NF文庫
ノンフィクション

零戦の真実

坂井三郎

潮書房光人新社

まえがき

個人でも組織体でも、自らの長所や成功例は、事実以上に美化し誇張してまで発表したがるのが人情である。それはそれでよいと私も思う。

しかし、こと人間世界の歴史に関することとなると一方に偏するのは誤まりであると考えるのが常識というものであろう。

日本海軍の一戦闘機パイロットとして、太平洋戦争で私が体験したことは、大きな歴史の中の一齣(ひとこま)にすぎない。

歴史は人間世界の、そして国の将来に資するためにあるとするならば、物事の正邪善悪の実態を正しく書き残さなければ価値はない。

戦争そのものの是非善悪といった大所高所からの議論は別として、ともかくも、われわれ日本人は、あの太平洋戦争で世界の列強を相手に三年九ヵ月も戦い、その結果われわれの国家と民族の運命に、大きな変革をもたらした。この歴史的事実を事実として可能な限り正確な体験者の記録を後世の人々に伝え残す義務があると私は考える。

サイレントネイビー、スマートな海軍の宣伝文句を信じて、一六歳の少年の身で海軍の一兵士となった私は、その実態のおぞましさに一時は戸惑いを感じ、ある時は素直に、またある時はポーカーフェイスを装い、かつ、したたかにその実態を見つめて生き抜いた。

あまりにもよきことの少なかった海軍兵科の下層階級の生活の実態、その苦しさの中で私が身につけた精神力、観察力、批判力、これらは、自ら熱望し、選び抜かれて掴(つか)み得た日本海軍戦闘機パイロットとしての自分に、目に見えない戦力となったことは確かである。

私は日華事変(日中戦争)の初陣から、太平洋戦争の最後まで日本海軍戦闘機パイロットとして、地上においては、軍の主力である下士官・兵の全搭乗員を掌握する先任搭乗員として、空戦場においては、列機を率いるリーダーとして闘った。このことは、当然のことながら平時においては得ることのできない尊い体験であった。

後に准士官、特務士官と進級し、海軍士官の待遇を受ける身とはなったが、私が人間として、海軍戦闘機隊パイロットとして、全力を傾注しその極限に挑戦し生きがいと誇りを全身に感得したのは、下士官、先任搭乗員時代であった。

この時期こそが、私の人生の焦点であったと今でも信じている。

光陰は矢よりも早い。精魂かたむけて戦い、そして刀折れ矢弾尽きて敗戦し、間もなく五〇年、私も七六歳を数える身となった。

戦友たちは南海の孤島に、ガダルカナル、ニューギニアのジャングルに、そして大空に、祖国の栄光のみを信じてたった一つの尊い命を捧げて散華していった。「どうして！」「なぜ！」「それはちがう」の一言も発せず人柱となった。

この無言の戦友たちの代弁者の一人として書き残したいことはあまりにも多岐にわたる。とても一冊の本で書き尽くせるものではないとは知りつつ、本書を認めた。一部の批判は覚悟の上のことである。

また、われらの愛機であった零戦についても万能というにはほど遠い欠点を多く抱えた戦闘機であったことも、私の体験と、大戦中零戦と死闘を繰り返し今なお健在な米国戦闘機パイロットたちの体験談などを参考として認めてみた。

本書の内容はさまざまな波紋を呼ぶと思うが、後世のための真実の一冊となることを願うばかりである。

平成四年（一九九二年）二月

坂井三郎

零戦の真実——目次

第四章　海軍戦闘機隊の悲劇

第五章 軍隊の要は戦闘にあり

昭和 14 年、南昌作戦時、九江基地における坂井。

上：昭和8年、戦艦霧島乗り組み時代の坂井三等水兵。前列左端。下：日本海軍戦闘機隊のトップエースたち。前列左より太田二飛曹、西沢一飛曹、後列左より高塚飛曹長、笹井中尉、坂井一飛曹。

上：九六式１号艦上戦闘機。
下：昭和17年３月、セレベス島メナド飛行場における零戦二一型。

上：岩国基地における新旧の戦闘機。上2列と手前が九六艦戦。中央の2列が零戦二一型。下：アクタン島で発見された古賀一飛曹の零戦。

上：中島栄一二型エンジン。
下：栄一二型エンジン整備中の零戦二一型。

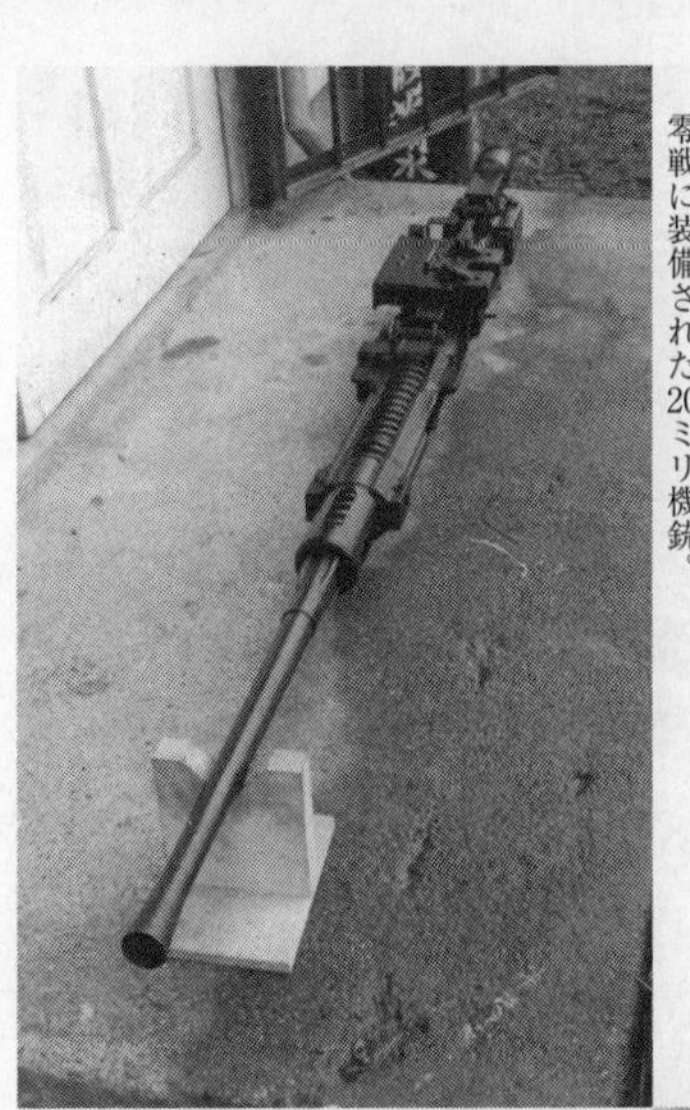

零戦に装備された20ミリ機銃。

同じく零戦に装備された九八式射爆照準器。

零戦と戦った敵戦闘機たち。上からポリカルポフ・イ－15、イ－16、ベル P39。

上からカーチスP40、グラマンF6F、スーパーマリン・スピットファイヤー。

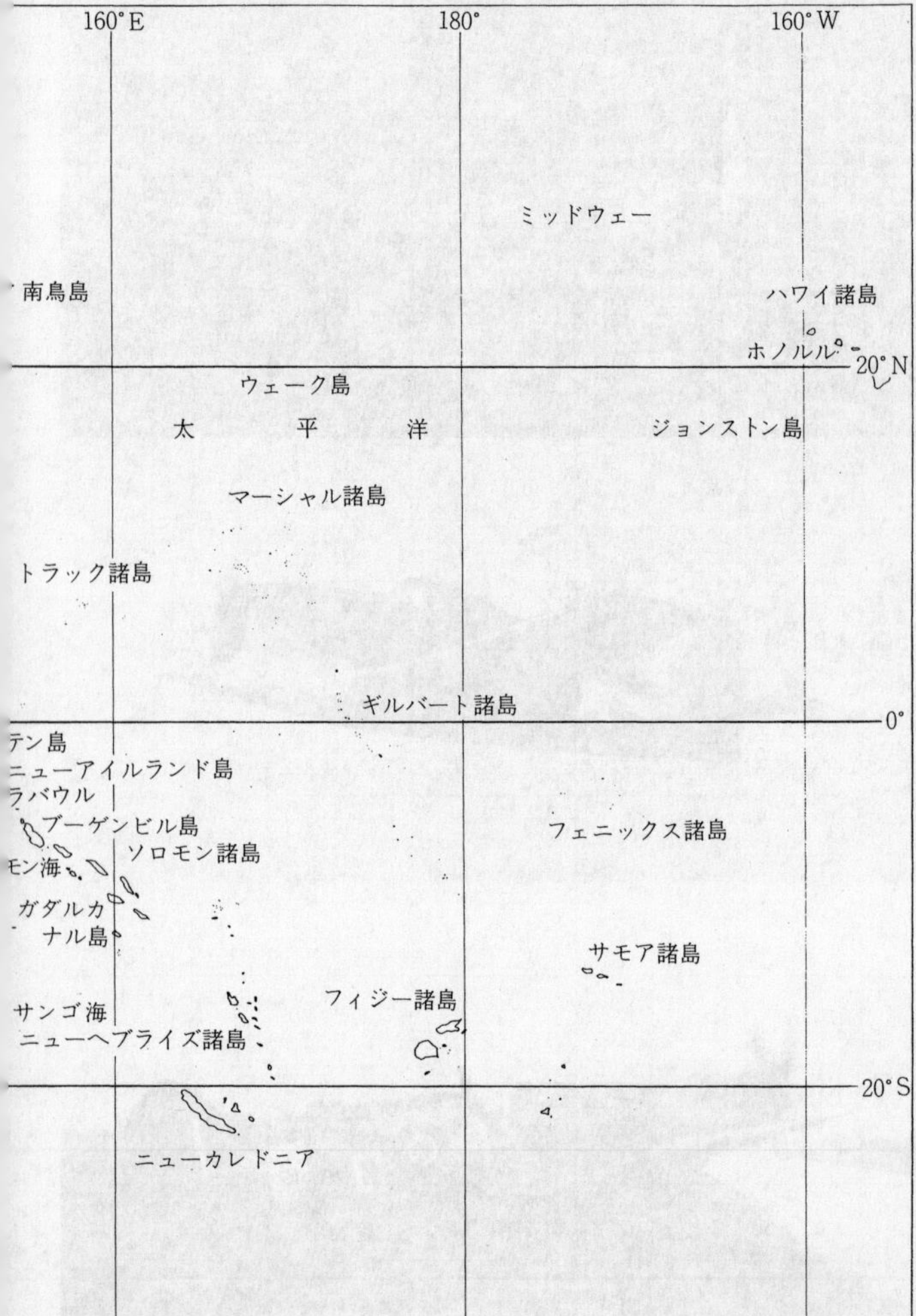

160°E 180° 160°W

ミッドウェー

南鳥島

ハワイ諸島

ホノルル

20°N

ウェーク島

太 平 洋

ジョンストン島

マーシャル諸島

トラック諸島

ギルバート諸島

0°

テン島

ニューアイルランド島

ラバウル

ブーゲンビル島

ソロモン諸島

モン海

フェニックス諸島

ガダルカ
ナル島

サモア諸島

フィジー諸島

サンゴ海

ニューヘブライズ諸島

20°S

ニューカレドニア

160°E 180° 160°W

120°E
140°E
青島
東京
中国
上海
父島
母島
沖縄
硫黄島
台南
台湾
ハノイ
香港
20°N
海南島
マリアナ諸島
ルソン島
マニラ
・サイパン
バンコク
南シナ海
・グアム
レイテ島
サイゴン
(ホー・チ・ミン)
ミンダナオ島
パラオ諸島
マレー半島
ブルネイ
ダバオ
シンガ
ポール
セレベス海
ボルネオ
0°
バリクパパン
ニューブリ
スマトラ
島
ニューギニア
ジャカルタ
スラバヤ
ラエ
ジャワ島
ソロ
アラフラ海
ポート
モレスビー
ラビ
クーパン
ポート
ダーウィン
ケアンズ
インド洋
20°S
オーストラリア
ブリスベーン
フリーマントル
シドニー
120°E
140°E

零戦の真実

第一章　太平洋の覇者

主役の登場

「アメリカはすべての力において世界最強でなければならない。それは、太平洋戦争の初期における日本海軍の零戦(ゼロせん)のように、圧倒的な力でなければならない」

この言葉は、戦後のアメリカ大統領の議会演説の中の一節である。私は迂闊(うかつ)にもこの大統領の名前を忘れてしまっているが、アメリカの最高指導者をしてかく言わしめるほど、零戦隊の強さは他を圧倒していた。当時の戦闘機の世界的水準をはるかに凌駕(りょうが)していたのである。

太平洋戦争の初期、アメリカ軍航空部隊の中で一つの訓令が出された。内容は空中において退避してもよい二つのケースを明示したものである。

一、行く方に雷雲(積乱雲)がある場合。

一、零戦に遭遇した場合。

すなわち、零戦に出会った時は逃げてもよいというのである。太平洋戦争の初期における零戦隊はそれほどの強さを発揮した。

台湾の台南と高雄基地からスタートして南方に展開した第三航空隊（三空）と台南航空隊（台南空）の零戦隊は、世界の常識をはるかに越える航続力を発揮して、来る日も来る日も南に西に東へと強力な攻撃を繰り返して連戦連勝。当時、米軍では、この神出鬼没とも思える日本の零戦隊はどこからやってくるのか、一体、日本はこの戦闘機を何百機何千機用意したのかという点が、重要な関心事ともなったという。それにもまして米軍側を驚愕させたのは、この戦闘機を操るパイロットたちの凄腕であった。

この頃の零戦搭乗員たちの技量を語るに、空中戦での切った張ったは枚挙にいとまがない。そこで私は、こんなエピソードから筆を執ることにしたい。

暴風雨の中を

イギリス東洋艦隊の戦艦プリンス・オブ・ウェールズと巡洋戦艦レパルスをマレー半島クワンタン沖で日本海軍航空部隊が撃沈した昭和十六年十二月十日。

この日、台湾、比島（フィリピン）方面は午後から天候悪化の兆しありとの予報であったが、マニラ周辺に敵戦闘機を求めて台南空の零戦隊は出撃した。新郷大尉の率いる第一中隊九機を第一陣に実動二〇機である。

私たちが比島西岸に敵前上陸を敢行する味方部隊の援護にあたっていると、この海上部隊を襲ってきたのがいる、空の要塞と豪語するＢ17爆撃機である。くしくも零戦対Ｂ17の初対決となった。

すかさず、数機の零戦が挑みかかり、私も執拗に食いさがり、B17がガソリンの尾をひき搭乗員が落下傘で降下、機体が密雲の中に消えるまでは見届けたが、この空の要塞を撃墜したと知ったのは後にも書いておいたが戦後になってからのことである。

私はB17を追い続けてかなりの時間を消費していた。早速、列機をまとめ帰路についたのはいいが、北上するにつれて予報どおり天候が悪化し暴風雨状態となった。

この日は、高雄の第三航空隊も大挙してマニラ周辺の攻撃を行なっていたので、零戦隊は三々五々、バラバラの状態での帰途となった。直距離にして台湾南部の基地まで二六〇浬（約四八〇キロメートル）あたりから密雲となってきた。前方雲下に九八陸偵（神風偵察機、九八式陸上偵察機）一機が誘導機としてかねての約束どおり待っているのを発見、この機に続けば航法はもう安心だ。思い思いに帰途につく味方零戦四機も集まってきて合計七機の集団。よろしく頼むのバンク（機体を傾ける）を合図に、九八陸偵は雲下を飛んで案内することになった。私の考えも同じである。戦闘機編隊に雲中飛行は無理だ。

北へ向けてスタートして間もなく、断雲をかすめながら飛行を続けるうちにとんだミスをしてしまった。私のちょっとした不注意で誘導機を見失ってしまったのだ。燃料計は余裕たっぷりという指度ではない。誘導機を探す手もあるが、私は燃料の浪費は危険と判断し、六機を引きつれて一路雲下を計算した針路で飛ぶことを決断した。

飛行機はもう猛烈な暴風雨の中、俗に台湾坊主といわれる移動性低気圧の北上だ。雲の下一〇〇メートル、すごい嵐だ。強烈な西風を受けて波頭が白く砕け針路の右へ飛んでいく。すごい横風である。編隊はどんどん東へ流される。

私は瞬間風速を最大二〇メートルと判断して大きく偏流を修正し、機首方向を西へ約一〇度変えコンパス指度三五〇度とした。予定時刻に台湾が見えないような場合、最悪となっても太平洋側にはずれないよう計算し、万一、間違って台湾をはずれても中国大陸の沿岸にたどり着くよう私は考えたのである。

厦門（中国）飛行場！　そうだ、三年前の夏、九五式戦闘機で行ったことがある。そこが第二の帰還目標である。

俺を信じろ

低空を飛び続けると予想以上にエンジンは燃料を食う。時には高度を下げすぎてプロペラが波頭を叩きそうになり、ハッと気がついて五〇メートルに上げる。

私を含めて七人の命が私の双肩にかかっている。列機たちも私を信じてしっかりとついてはいるが、こんな時私自身の自信がゆらぐように、リーダーの針路はこれでいいのだろうかと、最悪の事態のことが頭をかすめる。

心が動くと機も浮き沈みをはじめて落ち着きがなくなる。時々離れそうになる末端の列機をバンクを振って呼び寄せる。悪天候は何度も経験してはいるが、今日のは格別だ。

ここではリーダーの演出力がものをいう。こんな時リーダーが不安な顔を見せ、頭をかしげるような素振りを見せたら、列機たちはリーダーは迷っていると思って自分の考えているほうへ飛んでいってしまう。悪コンディションの中でリーダーより良い判断が若い列機にできるはずがない。ここで列機を離したらおしまいだ。

もう一度私は緊急バンクを振って列機を呼び寄せ、キャビンを開いて左側の二番機横川二空曹、右側の本田三空曹と顔を見合わせた。八～九メートルの距離である。

私はハッとした。二人とも大陸以来の中堅パイロットだ。それが、顔はひきつり顔面蒼白だ。果たして俺も二人と同じ顔色をしているのだろうか。リーダーが不安な顔を見せたら列機はいっぺんでふっ飛んで行く。

ここで演出だ。

私は二人を交互に見ながら、にっこりと笑顔をつくり大丈夫と言いながら右手を顔の前に立てた。しかし、そうする私の顔の筋肉は、正直なところ硬直していた。

若干の向かい風を計算してうまく飛べば、基点をとった位置から二六〇浬（かいり）、実速一六〇ノットとして台南基地に着くまで約一時間四〇分。

こんなケースで燃料計は見たくないが一番気にかかる。燃料計用ボタンを引いてみる。両主翼主タンクの残量はゼロを指した。エンジンがエアーを吸ったら一大事、素早く容量八五リットルの胴体タンク使用に切り換える。キャビンを開いて列機を振り返り、自分の唇を指さし、続いてネジを巻く動作をする。列機はただちに了解し、後続機に伝えていく。唇は燃料を意味し、ネジ巻き動作は燃料コックを切り換えよの手先信号だ。

未帰還機なし

七機の零戦は豪雨の中を飛び続ける。こんなすごい雨水を吸い込んでいるのに健気(けなげ)にもエンジンは回ってくれている。手を合わせて感謝する。

「あと一息だ、基地へ帰ったらゆっくり休ませる」と私はエンジンに語りかけながら飛ぶ。

また末端の列機が浮動し離れそうになる。私を信じてはいても、「もしかしたら帰れないのではないか?」と不安感が働く。心の動きはそのまま機の動きに反映する。列機を離しては大変である。

「死ぬも生きるも七人一緒だ、ついてこい!」

リーダーは冷静なのだということを示す必要がある。再度演出。往路に半分食べて残しておいた巻きずしの航空弁当がある。あと四〇~五〇分であの世行きになるかもしれない時だ。取り出して食べようとしたが、口の中も喉もからからになっている。再びバンクを振って列機を至近の距離まで呼び寄せ、弁当を食ってみせると、列機も食べはじめた。

気がつくと意外に燃料を消費している。まだ台湾が見えない。もう予定時刻! それでも台湾は見えない。陸地も見えない。いよいよ駄目かと覚悟した。

その時である、前方の嵐のベールの中で何か白いものが飛んだ。右前方だ。すぐ見えなくなった。

あれは何だ、幻影か？

と思いを巡らすうちにそうだ、あの白いものはガランピ岬の灯台のペンキの色だ。それしかないと気がついても自分が信じられない、こんなにうまく来ているはずがない。私は自分の頬をつかんでねじった。

「痛い！　夢じゃない！」

「よし、あの白いものを信じよう！」

台湾は目の前だ。編隊のままでは急激な舵が使えない。右手を高く上げて前に倒して「単縦陣（縦一列）の隊形をとれ！」と指示しながらやや右に変針、機首を突っ込んだ。

前下方に黒いラインが現われた。海岸線だ！　助かった。地点はすぐわかった。ここから台南基地まで六〇浬弱、燃料が足りない。そこで、すぐ近くのあらかじめ予定していた陸軍の恒春（台湾）の飛行場を目指した。

草地の不時着場といった飛行場だが、列機もうまく滑り込んだ。

「お世話になります」と挨拶のため陸軍の指揮所に、風雨の中ずぶぬれになりながら私はゆっくり歩いて、生きて地面を踏めた喜びをかみしめた。横川二番機、本田三番機が両腕をつかんできた。

「小隊長！　よく帰れましたナー、うまく引っぱってくれました！」

あとの四人も私の背中に飛びついてきた。

「貴様たちもよく俺を信じてついてきたなあ。ほめてやるよ！」

「いやあ、もう何度も駄目かと覚悟しましたが、先任は弁当は食うわ、バナナは食うわ、大したもんだとあれから安心し、しっかりつきましたばい！」

本田が九州弁でまくしたてる。私はすかさず、

「馬鹿野郎！　俺もあの時点で駄目かなと思って覚悟を決めかかったんだ。ここで海面へガツンといってあの世へ行った時、エンマ様の前で腹ペコじゃみっともないから、あの世行きの腹ごしらえをしていたんだよ！」

「何だ、先任もそう覚悟したんですか、あのあたりで……」

生きていればこその大笑いである。

それにしても、いざという時こそリーダーの真価が問われ、併せて演出力の大事さを今さらのように痛感させられた体験であった。

この日、台南空、三空の戦闘機隊の帰路の誘導に九八陸偵の活躍があったことは言うまでもないが、不時着救出組を含めて零戦隊員は全機帰還している。これは、当時のパイロットが如何に練達していたかを物語って顕著である。並の腕のパイロットだったら一機も還ってはこなかったであろう。

無敵の威力

いくら精鋭が揃っていても、何から何まで百パーセント完璧な出来映えという空中戦は望めない。要求するほうが無理である。しかし、それに近い空中戦を経験している。

ミッドウェーの敗戦からおよそ一〇日後にあたる昭和十七年六月十六日、数日来の情報からポートモレスビー（ニューギニア）方面、敵セブンマイルズ基地並びにキド基地に総計三十数機の敵戦闘機が進出したことを知った司令部は、ラエ基地（ニューギニア）の零戦隊に対し、この敵機群を撃滅せよとの命令を下した。

総指揮官は歴戦の河合四郎大尉、出撃する零戦二一機。私は六機編成の第三中隊笹井中隊の二小隊長として部下列機二機を引き連れての参加である。

六時四十分ラエ基地を発進、標高四三〇〇メートルのオーエンスタンレー山脈をひと飛びすればもう敵地である。

八時二十分、高度四五〇〇メートルでキド上空に海側から突入する。左斜前下方、反航、距離約五〇〇〇～六〇〇〇メートルに約二〇機の一群、さらに五〇〇～六〇〇メートル遅れて一五～一六機の敵機が山側からアラフラ海に向かって進むのを、太陽側に占位していた味方編隊の各中隊長がほとんど同時に発見した。もちろん私もその直前に発見していた。

河合大尉の一中隊九機はいっせいに増槽（ドロップタンク）を投下して身軽となり左急上昇に移り、左後上方攻撃の理想の型に入ると、山下大尉の二中隊六機は、単縦陣の左旋回で高度を上げずに全速力で後続の敵編隊の右後方から包み込む位置にと走ったのである。反航戦ではあっという間に距離がつまる。

敵の編隊はまだ動かない。零戦隊に気づいていない証拠である。好位置につけた河合中隊が後続の敵編隊にまるで絵に描いたような後上方攻撃に入った。瞬間、敵の先頭小隊の左側の一機が命中弾を受けキリキリ舞いで墜ちていった。

こんな時、敵が気づかないように後尾の敵機から片づけるのが常道ともいわれているが、部下たちの力を信じている河合指揮官は、すかさず攻撃に入ってくる部下小隊に後は任せて先頭編隊を狙ったのである。

この一撃で後方の敵機がいっせいに気がついた時はすでに手遅れだった。約一〇機が据え物斬りのように後方小隊の一撃によって墜とされ、あとは乱闘である。

一方笹井中隊の六機は、敵の主力編隊の頭を押さえるように動き、大きな弧を描いて右緩旋回で方向を変えつつある敵編隊の左下から喰い下がるように突き上げた。

笹井中尉の二〇ミリ機銃の第一撃で敵編隊中間の外側の一機が左翼を中ほどから吹っ飛ばされ左ロールのように回転しながら墜ちはじめた。翼の引っ張り側である裏面のメインスパー（主翼の主桁（しゅげた））の下面に命中すると飛行機は見事に破壊される。

続いて私が入った。左後下方から襲われたことに気がついた敵機は、いっせいに右旋回で急降下に入ろうとして大きく機体をさらした、その敵機の裏側に喰い下がって射弾を送った。

P39エアコブラである。

一撃で吹っ飛んだ。パラシュートが二つ三つ開く。P40も混じっている。確かに翼の形に特徴のあるスピットファイヤーも数機いたと見たが、約七分間の戦いで次から次と墜ちていった。

一〇分後、予定集合地点上空に集まってみると、味方は全機無事。今日は実にうまくいった。見事な闘いぶりであった。撃墜した敵戦闘機二一機（不確実四機）。勝因は各中隊長がほとんど同時に敵に先んじて敵編隊を発見し、攻撃目標を巧みに選定し先手、先手と主導権をとったことにあった。

さらにである、全機無事だったわが零戦隊にあっては、驚くなかれ、一機の被弾機もなかったのである。二一機撃墜して味方機被弾ゼロは、実に、奇跡に等しい成果である。

ちなみに、当日の編成は次のとおりであった。（　）内数字は撃墜数。

一中隊一小隊長　河合大尉（1）
　二番機　吉田二飛曹（2）
　三番機　鈴木三飛曹
　二小隊長　栗原中尉
　二番機　宮二飛曹
　三番機　二宮三飛曹
　三小隊長　西沢一飛曹（2）
　二番機　国分二飛曹（2）
　三番機　吉村一飛兵（2）

二中隊一小隊長　山下大尉
　二番機　石川二飛曹
　三番機　岡野三飛曹
　二小隊長　山下飛曹長（1）
　二番機　小林一飛曹（1）
　三番機　木村三飛曹

三中隊一小隊長　笹井中尉（1）
　二番機　太田一飛曹（2）共同（2）
　三番機　遠藤三飛曹
　二小隊長　坂井一飛曹（4）
　二番機　米川二飛曹

三番機　日高三飛曹（1）

この日の午後だった。ラエ基地を襲った敵B26の編隊を追撃した零戦隊の中に、午前中一緒に戦った日高武一郎三飛曹がおり、彼はワードフンド岬まで追撃したが、敵爆撃機の救援に来たP39一〇機の中の一機の奇襲にあって撃墜された。なお、そのP39は私が撃墜し、弔い合戦とした。

九機の単縦陣

戦闘機の攻撃に対し死角ゼロといわれた大型高速爆撃機ボーイングB17にも、零戦は果敢に挑んでいった。

陸軍部隊がブナ海岸に上陸を開始し橋頭堡が築かれ、一部がポートモレスビーを目指しオーエンスタンレー山脈越えに向かった頃は、くる日もくる日も、これを妨害しようとする米豪両軍との戦いが続いた。

八月二日、笹井中隊九機に第一直（哨戒飛行は、一直、二直、三直と順次時間を区分して行なう。その第一直）ブナ泊地上空哨戒（味方上空を守る目的の飛行）の命令が下った。

この頃、われわれ零戦隊には難敵がいた。四発大型爆撃機、空の要塞B17である。

私たちは笹井中尉を交えて真剣に攻撃法を研究した。針ねずみのように配置されたすさまじい防御砲火、優れた防弾装置、それにもまして機体の大きいことが最大の難点だった。大きいので攻撃の際、射距離を近く見誤まり、遠距離射撃となって、なかなか命中弾を得られない悔しさがあった。

これを克服するために私たちは、同高度またはやや前下方よりの反航攻撃（敵味方機が正面に向かい合ってする攻撃法）によって体当たり攻撃に近い必殺技をかけることがもっとも有効であるとの結論に達し、その機会を狙っていたが、早速、この技を試す日がやってきた。

反航攻撃は彼我の接近が速いので、衝突する危険は大いにあるが、戦いに危険はつきもの。けだし利点もあった。同じ弾丸でも反航で撃った方が両方の速力がプラスに作用し命中弾の威力が増すということである。機体の、特に翼の引っ張り側に当たった弾丸の威力がすごいことに私は気がついていた。

八時十分ブナ泊地上空着。高度四〇〇〇メートルで哨戒飛行に入った。

左へ大きく一廻りしたあと、南東にあたるワードフンド岬のほうを見つめた時であった、ほとんど同高度の水平線上にポツンポツンと数個の黒点を感じた。よくよく見ると五つだ。前へ進みでて笹井中隊長に知らせる。中隊長はすぐ了解の合図を返してきた。反航で近づく黒点は見る見る大きくなって、五個の串だんごになった。空の要塞B17である。

笹井中尉は右手を高く上げ、一列単縦陣となっての反航攻撃開始の合図をしながら先頭に立って突撃を開始した。私の小隊と西沢の三小隊も位置についた。九機の零戦が一本の槍になって突き進んでゆくのである。この槍は敵機の針路に対し約一〇～一五度の角度をもって進んでいく。これは、敵の機体と軸線を合わせることは敵機の旋回銃を固定銃にしてしまう不利と、敵の旋回銃に角度をもたせれば命中率が低下することを私たちが知っていたからであり、さらにこの角度がもっとも強力と考えられる敵機の背中の砲塔射線が内側プロペラにかかる角度であり、そのため射撃不能となると考えたからである（戦中、後にB17に搭乗する機会を得たが、私たちのこの判断は誤まりであった）。

先頭の笹井中隊長はすでに敵の一番機に対して第一撃を浴びせると、すれすれにこれを躱して急反転し、第二撃の準備行動に移っている。敵の一番機からは何か破片が飛んだようだ。間髪を入れず太田一飛曹が突っ込んだ、と見た瞬間、その一番機からパッと白煙が走り、同時に大爆発を起こしたのか一瞬にしてその機は空中から姿を消してしまった。

「太田、やったぞ！」

と私は叫んだ。太田もやられたか、爆発のあおりを喰ったかと一瞬心配したが、その中を通り抜け、見事な上昇反転で中隊長に続いて第二撃の用意に入っていく。三番機は突然の大爆発に目標を失い煙の中を通りすぎて反転している。

次の四番機が私である。しかし、敵の指揮官機がなくなったので敵二番機をと思ったが角度が悪く、敵三番機に狙いを変えた。前下方からほとんど衝突寸前と思われるくらい近づいて覆いかぶさってくる敵機を直接照準で力の限り左手の発射把柄を握った。

ところが、何ということだ、弾丸が一発も出ない。

「しまった！」

大きな敵機は私の背中を押しつぶすように通りすぎていく。やっと衝突はまぬがれたが、この大事な時に何としたことか、味方機に対して済まんと詫びるとともに、坂井ともあろうものが後輩たちの目の前で大ポカをやってしまったことを恥ずかしいと思いながら、歯を喰いしばって反転、第二撃に備えながら次の番が回ってくるまで敵機よ残っていてくれとも祈った。

馴れが油断となって、私は発射把柄の安全装置の止め金を解除していなかったのである。しかも、敵機を真上二〇メートルくらいでかわした瞬間、自機の爆音の中にバリバリという敵機の機銃発射音が聞こえた。自分の声さえ聞こえない操縦席で、敵の機銃音が聞こえたのである。

B17全機撃墜

私は第二撃に備えて全速力で敵機の前へ出た。この日の敵機は勇敢だ。まだ爆弾を捨てずにブナ泊地へ突進していく。第三小隊が接敵したと思った時、敵の二番機が爆発して消えてなくなった。私は敵機の二〇〇メートル前に出て反転した。見ると笹井中隊長が敵三番機に向かって突進している。そして、敵三番機と笹井機が重なって見えた瞬間、また敵機が爆発。見事命中撃墜だ。笹井機ははじかれたように反転する。

残るは二機だ。

ここへきて敵機は怯えたのか、一機は山のほうへ、残る一機は右旋回で海側へと分かれた。まだ爆弾を持っているようである。爆撃が本務だけに、なかなか空の要塞は爆弾を捨てない。

沖側に旋回しはじめたB17と私の機の軸線が合いはじめた。ぐんぐん近づく。相手の機銃が射ち出した。「あっ、衝突」と思いながら敵機の左翼つけ根と操縦席の間を狙って引き金を引いた。

その瞬間、私の目の前に得体の知れない大きな閃光が走り、私はその中を突き抜けた。ちょうどエアーポケットに落ち込んだ時のような、ずしんという衝撃を受けながら私は「ヤッタゾ!」と感じた。

山のほうに逃げた最後の一機は、ついに爆弾を捨て身軽になって逃走に入った。私が追いついた時には前後に味方六機がとりついて攻撃していたが、やっと私の番が巡ってきたので、味方機との接触を避けて前上方から攻撃をかけ早めに引き起こした時、またもや爆音の中にダダダダという敵機の機銃音、続いてゴツンゴツンと敵弾の命中感、同時に操縦桿を握っている右手首あたりにショックを感じ、手先の感覚がなくなった。

「エンジンは?」と直感したが快調。手袋の中がぬるぬるしだし痺れてきた。手袋をぬぎ捨ててみると右親指のつけ根をやられている。五センチほど引き裂かれ血が吹き出している。なぜか手袋にジュラルミンの破片がからみついている。どうやら、弾丸は右後方からきて機体を貫き、奇跡的にも私の右脇の下を通って右手を傷つけ、計器盤の左へ抜けていったらしい。弾道があと数センチ左へ寄っていたら私は背中から射抜かれていたことになる。間一髪であった。

最後の一機はついに力尽きてワードフンド岬沖の海上に突っ込んだ。

宿敵B17全機撃墜である。

味方上空とはいえ、勝ちほこった時に隙ができる。ポートモレスビーの敵基地はもうすでに一〇〇浬（約一八五キロメートル）の近距離、B17の緊急信を受け取って敵戦闘機が……警戒しながら高度一〇〇〇メートルに上がった時、後上方から三～四機の敵戦闘機である。危い！

降下急旋回で左に捻り込んで、敵戦闘機の腹の下から突き上げた。鋭く機首のとんがったP39エアコブラだ。手応え充分、先頭の一機が私の七ミリ七（七・七ミリ銃）の集中弾を後下方から受けてキリキリ舞いで墜ちていく。

敵二番機にからみついた三番機の羽藤一志が一撃で続く一機を吹っ飛ばした。彼はまだ二〇ミリ弾を持っていたようである。

かくして戦いは終わり、次の直（組）と交替して帰路についたが心は躍っていた。B17全機を笹井中隊がやっつけたのである。

激戦の空を振り向くと、数分前に爆発散華した空の要塞四機の墓標のように、大きな白色の煙の輪が四つ空中に横になって浮かんでいた。

基地に帰って右親指六針の縫合手術を受けたが、戦場ではこんなのは軽傷である。それにしてもやったものである。この一報、全海軍戦闘機隊に伝わり、B17攻撃法の参考にされたことを中島飛行隊長から後で聞いた。

あれから五〇年、今も私の右手親指つけ根には、大きな傷あとがくっきりと残っている。

一歩間違っていたら、私はこの世にはいなかったであろう。

向かうところ敵なしとはこのことか——と、その頃零戦を操縦して戦った私たちはそう思ったものである。

その頃アメリカはこの俊敏な戦闘機を「ゼロ」あるいは「ゼロファイター」と呼んで徹底して敬遠した。そんなことからか零戦を「ゼロセン」と呼ぶのが一般には慣用のようになっている。しかし、これは正確ではない。正しくは零式艦上戦闘機二一型、「レイセン」である。

戦闘機隊所見——すでにサッチ戦法

今、私の手元に、ラバウル方面において最大の戦果をあげた台南海軍航空隊の飛行隊長中島正少佐の所見を主とする空戦所見の記録がある。

通読すると、私たちが零戦の優位性にのみものをいわせ、匹夫の勇で当たるを幸いと戦ったのではないことが明白である。所見内容は抽象論ではなく精神論でもない。現実に即した具体論であり、文章は平明達意。しかも、あの時代らしく文語体なのも現在では珍しいので、少し長くなるがほぼ原文のまま写してみたい。戦う戦闘機隊の模様が手に取るようにわかり、興味深い。

◉戦闘機隊単独を以てする敵航空基地空襲法

一、本戦訓は二五一空（元台南空）自昭和十七年四月至十一月ニューギニア、ソロモン方面戦闘にて獲たるものにして、飛行隊長中島正少佐の所見を主とするものなり。
二、敵戦闘機の機種P39、P40、グラマンF4F、スピットファイヤー、味方一号零戦（二一型）。
三、敵の技量B乃至C の上程度。
◉戦闘機隊単独敵航空基地空襲法
一、目的　敵の戦闘機優勢にして、攻撃機を以てする空襲は、甚大なる被害を予想され、実施困難な時。
二、兵力は多々益々弁ずるものなるも、予想敵出現機数の一倍乃至一・五倍の兵力を有すれば充分なり。状況により寡兵を以て空襲を実施する場合も、最小限度二分の一の機数を要す。我が兵力敵の二分の一以下なる時は、会敵時空戦の実施極めて不利にして、戦果小なるのみならず、大なる被害を被る恐れ大なり。我が兵力小なる時は、若年者は可及的に参加せしめざるを要す。一名の不適切なる行動により之を掩護せんとして、全体の不利を来たす場合生ず。我が兵力大なる時は、若年者を多く参加せしめ、実戦経験を得せしむるを必要とす。
(イ)出発前、飛行機準備位置適切ならざる時は、大部隊の発進に際し、混雑を生じ、集合までに大なる時間を消費するものなり、特に前進基地は一般に狭小にして、単に滑走路一本の場合多きを以て尚然りとす。

整備員は、空襲搭乗員勢揃い三十分前迄に使用機を飛行場風下側、適当なる位置に編成する中隊順に列べ置くを要す。飛行機は常時敵空襲を考慮し、分散せしめ置くを要するものなるを以て過早（かそう）に準備せざるを要す。

⑵離陸は中隊番号順なるを要す（可とす）。離陸後基準中隊は、高度千メートル程度にて、なるべく飛行場に近く行動し、後続中隊よりの視認と集合運動を容易ならしむるを要す。雲ある場合は雲下を適当とし、断雲といえども、建前（たてまえ）として雲上に出ざるを可とす。下方にミスト（霧）ある場合は、其の上空にて集合するを可とす。

三、航行隊形

現在の空襲は、相当長時間飛行を要するを以て、航行中の搭乗員の疲労と編隊運動の難易を考慮し、一般戦闘隊形よりも多少開距離とするを要するも、長時間行動する時は、次第に間隔大となり、突入時隊形整備に間に合わざることあり、離れすぎざる様厳に戒むるを要す。

四、戦場突入

⑴戦闘機を以てする航空撃滅戦は、敵機の捕捉を第一条件とすべきを以て、突入場所、

させざる為に敵の見張所等の上空を避け、太陽を背影にする等、天象地象の利用に注意するを要す。

戦場に突入し、一航過に敵機を発見せざる場合は一時圏外に離脱し、反転して再び適当なる方向より、前回より高度を二千メートル程度高くし進入するを要す。

突入後敵を発見せず、そのまま戦場上空を旋回し敵を求むるか、又は次回の突入高度、前回と同様、又は以下なる時は敵より奇襲を受けるおそれ大なり。突入に際しては、運動困難ならざる限り、各中隊は可及的に横広なる隊形とし、一般に後続隊は同高度か又は僅かに高きを可とす。斯くすれば、中隊相互の後方警戒容易にして協同又容易なり。

戦場突入後は、敵発見時以外、なるべく大角度の旋回を実施せざるを要す。旋回する場合は、横広の隊形より一時縦陣となり、旋回後再び横広の隊形となるを要す。

(ロ)戦闘準備は、突入前少くとも二十分に完成するを要す。

増槽燃料の主槽切りかえは、燃料経済の為、突入時又は敵発見時実施するを可とするも、中攻隊の掩護の場合は、間に合わざる事多きを以て、突入前の適当なる時機に切りかえ、要すれば増槽投下し置くを要す。

五、空中戦闘

空戦中、敵機を撃墜し得る主なる場合は、①奇襲、②敵機降下より上昇に転ぜんとする場合、③巴戦にて追躡したる場合、④味方機を攻撃せんとする敵を側方（後方）より攻撃する場合。

①の場合は、所謂隠密に接敵し、攻撃開始まで敵に知られざる場合にして、見張りを極度に厳にし、天象地象を利用して接敵、敵に先んじて敵を発見、突撃するを要す。この場合、後下方より接敵するは最も隠密性あるも、接敵半ばにして敵に発見せられたる場合、不利なる態勢となる事あり。従って少機数の時は極めて有利なるも、大編隊の場合は、敵に感知される恐れ大なるを以て、実施せざるを可とす。状況により実施する場合は、不時に備えて、一部の隊を上方に配備し、奇襲部隊を支援せしむるを要す。支援部隊敵に発見されたる場合は、機宜の行動にて、奇襲部隊の行動を容易ならしむるを要す。奇襲部隊敵に発見せられたる場合は、機を失せず、極めて迅速に敵を攻撃するを要す。後上方より接敵するは、天象地象を利用すれば、割合に発見されざるものなり。而も発見せられても優位なる位置より戦闘を開始する利あるを以て、高度の優越を絶対に必要とす。大編隊の場合用いて効果大なるものあり。前方よりの接敵は敵に発見され易し。又前下方向攻撃は、しばしば有効なる攻撃実施可能なる事あるも、攻撃の持続性小にして、且発見せられたる場合、相互反航にて射撃する事となり不利となる事多し。

②項の場合、優位より敵機我を攻撃し、我が回避により前方にのめり、全力上昇せんと機首を上げる時機は、攻撃に最も良好なる時機なり。然しこの場合、他の一部の敵が上空に支援し居り敵を追う我を攻撃するは、敵のとる常用手段なるを以て、厳に注意する

を要す。

③の場合、巴戦に於いては、P39、P40は零戦に比し旋回圏極めて大なるを以て、一～二旋転に於いて容易に追躡し得るも、横の巴戦は既知の通り、食い込み手段少の縦の巴戦より長時間を要するのみならず、他の敵機より攻撃を受ける公算極めて大なるを以て、実施せざるを要す。敵は二機の共同を良くし、我、敵の一機を攻撃追躡する時は、他の敵は極めて適切に我を攻撃し来る事常なり。

(イ)長追いせざる事。

(ロ)後方の注意怠らざる事。

(ハ)味方相互に協同し、後方を支援すること肝要なり。モレスビー方面の敵は、現在二機協同より中隊の協同に進歩しつつある情況なり。

④我と空戦の経験なき敵は、初めは闘志あり積極的に挑戦し来たるも、技量我より遥かに拙劣なるを以て、之を捕捉し大なる戦果を揚げ得たり。二、三回空襲を重ねれば、わが技量を知り、奇襲又は優位よりの一撃の外は遁走(とんそう)するを常とするを以て、敵に先んじて敵を発見せざれば、捕捉は極めて困難となる。敵の遁走法は急反転より数千メートル急降下を常とするも、未熟者は約二千メートル降下して機首を上げるもの多数あり、この機会を攻撃すれば撃墜容易なり。この場合後方を注意し、相互に協同支援する要ある事前述の通りなり。

戦闘後味方機集合する場合後方より戦闘隊形に入らんとすれば、敵機との識別極めて困難なるを以て（この場合味方と思っても、念の為に敵対行動をとる要あり）相互に横より胴体側面の日の丸を見せつつ接近するか、又要する場合は機を傾けて翼の日の丸を見せるを要す。味方識別として単に〝バンク〟のみを使用する時は、敵これを利用して〝バンク〟接近攻撃し来るものあり、時に応じ〝片バンク〟（翼を片方に傾けて行なう飛行）等定むるを要す。

空戦後の集結は、極めて大切なるものなるを以て、各員は最善の努力をなすを要す。中小隊長列機を問わず、相互に速やかに集結するを要し、我は中隊長・小隊長なるを以て列機より集結するを待っては、極めて長時間を要し不可なり。

六、空襲後の基地帰投法

(イ)後方見張りを怠らざる事。敵機は味方の帰投針路に入るを待ち、後方死角より追躡し来り、奇襲一撃を加えたる後遁走する手を用いる事屡なり。単機にて帰投する時は勿論、多数機の場合といえども、相互に後方を警戒し、この奇襲を受けざる様留意するを要す。

(ロ)隊形としては、突入時と同様、可及的横広、同高度の隊形としてなるべく近迫しあるを要す。

(ハ)要すれば、しばしば蛇行運転を実施、後方死角を警戒す。

(ニ)ポートモレスビー方面の敵は、オーエンスタンレー山脈を越えて百浬余りも追躡し来れる事あり。

七、空襲より帰投時の基地着陸

敵航空基地は、一般に飛行場を多数有するを以て、一飛行場を壊滅せしむるも、他の飛行場は使用可能なること多々あるを以て、味方の空襲後敵追討的に空襲し来る公算大なる場合多々にして、味方としては、着陸中又は直後の空襲最も痛し。従って該空襲を予期する基地に於ては、先に帰投せる機は、速やかに燃料・弾薬を補給し待機せしめ、要すれば上空哨戒に発進せしむ。後に帰りたる機にして燃料・弾薬に残量ある機は、暫時(先に帰投せる飛行機の準備に要する時間約三十分)上空に残りて、警戒を厳にするを要す。

八、被弾時の処置

(イ)燃料槽に被弾ありたる時は、当該燃料槽を使用しつつ全速にて帰途につき、当該燃料槽零となりたる時他槽に切りかえ、経済速力にて帰投すべし。出発基地まで帰途不能なる時は、適宜前進不時着場又は味方艦艇付近海上に不時着す。

(ロ)機体に被弾ありたる場合にして、空戦に危険を感ずる時は、速かに戦場を離脱、帰投す。

(ハ)発動機に被弾、不調となりたる時は、決して回転を絞ることなく、むしろ回転を増加し、最も震動少き所にて速やかに帰投す。一般にエンジンを絞れば停止する事多し。

(ニ)潤滑油系統に被弾したる場合は、全速にて最も近き基地又は味方部隊所在地に不時着する如く帰投す。

(ホ)機体に被弾したる場合、着陸に際しては、降着装置の被害の有無に注意し、要すれば基地上空を低空にて飛行し、地上員に良否を検せしむるを要す。脚関係に被弾ある場合には、基地上空に到達するまでは絶対に脚把柄に触れざるを要す。濫(みだ)りに触れる時は、例え「上げ」にするとも「ケッチ」(脚固定金具(きゃくこていかなぐ))脱し、脚突出し、如何にするとも、収納不能となる事多し。脚装置の被害確実にして、脚を出して着陸せば、転覆のおそれ大なる時は、脚を出すことなく着陸するを可とす。この場合フラップを出さんとして脚把柄を「上げ」にする時、却って「ケッチ」脱し、脚突出することあり。フラップは出す事なく、そのまま着陸するを要す。

昨今、西南太平洋方面における戦闘は、航空撃滅戦の連続にして、敵の空襲も常に予想される情況にあり、又実際に於て敵の空襲熾烈なり。故に進攻の途中に於て、敵と遭遇する事あり。又敵戦闘機は、我が攻撃部隊の帰途を待ち伏せる事しばしばにして、離陸出発時より帰投着陸まで、絶対に油断をなす事なく、見張り警戒を厳にするとともに、敵上空に於て空戦如何に熾烈を極むる共、決して全弾を撃ち尽すことなく残しておくを要す。

◉自己の大東亜戦争に於ける経験より得たる戦訓

比較的若年搭乗員にして、戦地勤務未経験又は実戦経験浅き搭乗員に対する注意事項。

生を大日本帝国に亨け国家存亡の大東亜戦争に当り、海鷲戦闘機搭乗員として、活躍する千載一遇の好機を得たるを無上の栄光とし、誓って米英空軍を撃滅し、一死以て大東亜永遠の平和の捨て石とならん事を誓う。
一、健康、健全なる精神は健全なる身体にのみ宿る。常に健康を満点の状態に整え、自愛、自重、苟も、自己の不摂生により健康を害し、戦闘に参加出来ざるが如き事なき様、充分なる注意をなすべき事。

戦闘―空襲出撃に関し

一、準備
①前夜は充分なる睡眠をとり健全なる身体、爽快なる気分にて出発できる如く心掛る事。空中戦は、分秒を争うものなれば、その判断、操作の良否は自己の健康状態に比例す。具合悪く健康勝れざる気分にて、決して出撃せざる事。血気にはやりて、無理なる状態にて参加する如き事あるべからず。
②航空機の性能の発達により、現在、単座戦闘機による敵地攻撃は極めて距離長大となり、往復の航法は単座戦闘機としては困難なる状況にあり、常に航法に関しては、充分なる研究を成し置く必要あり。航空図、航法用具の整備には万全を期し、その使用に馴れ置くを要す。又南方戦線に於ては、天候の激変する事屡なれば、日頃より充分の研究

を成し、その対策も充分研究し置くを要す。古参搭乗員の経験談等聞き逃すべからず。
③愛機は、自己の与えられたる唯一の攻撃兵器にして、操縦席は戦闘の場であり死に場所なり。整備員まかせとせず、常に状態を熟知し、閑ある毎に愛護し、自己にて成し得る限りの手入れをなし、特に遮風板、風房、座席の手入れは充分なし置くべし。飛行機を愛護する者、戦闘に於いても亦強し。
④服装は常に戦闘機搭乗員として恥かしからぬ清潔なるものを着用し、すがすがしき気分にて出動すべし。中に暑さのあまり沓下（くつした）もはかず、裸足のまま飛行靴をはき、空襲に参加するが如き者あり。武人として心すべき事なり。
⑤携行用具及び物品は、常に一まとめにし置き、一個たりとも忘れざる様注意を要す。
⑥出発時の整列時刻には決して遅れるが如き事あるべからず。時間にも十分なる余裕を持つこと肝要なり。
⑦出発時の試運転は確実に入念に納得いくまで行ない、完璧を期せ。不良状態（このくらいなれば）にて決して発進せざる事。飛行機の状況不良なる時は、速（すみや）かに小隊長に対し、その状態、復旧の見込みの有無を報告し、その指示を待て。

二、発進

①離陸後の集合は迅速に行ない、適当なる時機に増槽への切り換えを行なう。この時、「燃料カック」の切り換えには、深甚（しんじん）なる注意を払い、間違いなきか、三度は顧るを要

す。大切の事なり。適当なる時機にエンジンの回転を調整し恒速プロペラの効能を利かせ、燃費の節約を期す。七ミリ七機銃の全装填、続いて、前方に注意を払い試射を行なう、片銃十発程度。

三、航行

①小隊長の指示により航行隊形となる（離陸直後よりよく見張りを行ない敵襲に配慮する）。敵地上空到着まで長時間を要する為小隊長機より離れ過ぎる者多し、要注意。

②筒温（シリンダー温度）、排温に注意し「カウルフラップ（カウリングの後端を開閉し、シリンダー温度を調整する装置）」「ＡＣ（オートミクスチャー・コントロールレバー＝気圧に応じ自動的に混合気を調整するレバー）の作動確認」「プロペラピッチ」を適正なる巡航諸元となす。

③往返航行中といえども常に会敵を予想し、見張りを忘れず、油断あるべからず。

四、戦闘準備

①敵地上空に接近せば、益々見張り警戒を厳になすと共に、高度により必要あらば酸素マスク装着（固からず、緩(ゆる)からず）。Ｏ・Ｐ・Ｌ（電映式照準器）照準器点灯、二〇ミリ機銃発射弁開く。プロペラピッチをローに固定。

五、会敵（敵機発見）

①列機先に敵機を発見したる時は、まず、す早く小隊長に報告すべし。小隊長に見え易く（合図のバンク、七ミリ七発射等）小隊長了解せば、定位置にもどるとともに速かに、手順よく戦闘諸元を整えて、戦闘準備をなす。

(イ)燃料カック主使用に切りかえたる後増槽投下、(ロ)機銃全装置作動、O・P・L確認、(ハ)プロペラピッチ再確認、(ニ)AC確認、(ホ)カウルフラップ開く等の操作、確認は急ぐなかにも念には念を。手順は自ら研究、暗記しおけ。すべて手落なく冷静に行ない、小隊長に続く。

②敵の一群を発見するも、その一群にのみ気を奪われることなく、敵は常に数群、数層に配備されおる事を心に置き、見張り警戒を厳にし、奇襲を受けざる如く注意せよ。

六、空中戦闘

①小隊長より絶対に分離せざる如く行動せよ。編隊空戦の思想忘れるな。僚機との連携を保て。

②功をあせるべからず、単機の深追いは絶対禁物。

③常に充分なる気速を保持せよ（特に小隊長より一時離れたる時は、機を横辷りさせ、正直な飛行をせざること）。

④敵は反航戦を挑む者多し。手に乗るなかれ。

⑤敵の奇襲に対し向首反撃は絶対不可。一時不利となるも、急激なる操作にて射弾を避けよ。
⑥敵に追尾、近接し、射撃を加えんとする直前、必ず後方を見返り、敵機の追尾なきかを確めよ。
⑦射撃は近接、一撃必中を期せよ。早期乱射は禁物（時間効果の発揮）。
⑧常に自機の死角の確認を怠るな。
⑨空戦中、長く直線飛行をするなかれ。
⑩やむを得ず、小隊長よりはぐれた時は、最寄りの味方機に併合せよ。
⑪空戦時間の厳守、戦闘情況の推移に対する予察（特に単機になりたる時）。
⑫激戦となるも、全弾射ち尽すなかれ。残弾一〇～一五パーセントを頭に置け（送り狼に備えて）。
⑬動中静、落ち付きを忘れる勿れ。
⑭二〇ミリに頼り過ぎるな。七ミリ七こそ主兵器。
⑮独断専行する場合は、指揮官の意図に合する如く行動する事を基本とするも、その成否は結果によって判定される。
⑯被弾時の処置は常に心に留めおくべし。
⑰最期に処する心。

七、空戦終了後の集合に関し
集合、離散の悪しき軍隊は烏合(うごう)の衆に等しく、戦いに臨んで弱し。空中戦闘に於いては特に然り。上指揮官より末端列機に至るまで、脈絡一貫克(よ)く一定の方針に従い衆心一致の行動に就き得る如く、日常から心がけ空戦軍紀の厳守を心がけよ。
空戦時間を厳守し、第一帰投予定集合地点、第二帰投予定集合地点、味方識別信号の厳守等々、日頃の上官、古参搭乗員の指導、注意の実行等々。(以下資料紛失)

海軍の切り札

資料紛失で尻切れトンボなのは残念だが、こうした所見がベースにあったうえで、我々は闘志満々、見敵必殺で戦場に臨んだのである。

私は戦後、太平洋戦争で零戦と戦った数多くのアメリカ人パイロットと対談する機会を得たが、アメリカ側の零戦に対する評価はおよそ三つの段階に分かれていて、微妙に違っている。

開戦からガダルカナル戦頃までが第一段階。第二段階はいずれ詳述しなければならないが、昭和十七年六月、アリューシャン作戦中に不時着した零戦が米軍に捕獲されてその全貌が解明され、零戦の弱点に着目したアメリカが、対零戦空戦に新戦法を使い出した時期。そして、第三段階は昭和十八年夏、アメリカ海軍待望のグラマンF6Fヘルキャットの登場から終戦までである。

このうち、零戦に散々痛めつけられたのは第一段階で零戦と対戦したパイロットたちである。彼らは異口同音、肩をすくめながら言う。

「ゼロを思い出すと脇の下に鳥肌が立ち、今でも背筋が寒くなる」

第二章　零戦の隠し味

零戦の第一印象

戦闘機の任務は、空中において敵機を捕捉しこれを撃墜することにある。空中にあっては、常に最強でなければならない宿命にあった。爆撃機や雷撃機は、その名の如く、爆撃、雷撃(魚雷で艦船を攻撃)を行なうことが任務であるので、相手の戦闘機には遭遇しないことを願っているし、もし、戦闘機に襲われたケースでは、旋回銃で迎え射つことになるが、これはあくまでも防御的戦いであり、原則として、空中戦では戦闘機に歯が立たないのもその性能上当然である。

したがって、空中において最強である戦闘機同士が、その覇権(はけん)をかけて戦う空中戦がもっとも熾烈(しれつ)な戦いであり、その空中戦において勝利を得た時、はじめてその空域における制空権を取ったと称するのである。

戦闘機には大別すると征空戦闘機(ファイター)と迎撃戦闘機(インターセプター)の二種があるが、ここでいう戦闘機とは征空戦闘機のことで、零戦はその代表的な戦闘機、主たる任務は無論のこと征空、もっと的を絞れば敵戦闘機の撃滅である。私たち戦闘機のパイロットは相手の戦闘機と戦うことにもっとも闘志を燃やし、技術を磨いた。

私が零戦を愛機とするようになったのは、昭和十五年の秋十月であった。鹿児島県鹿屋基地で用意されたA6M2零戦一一型九機を、台湾高雄航空隊へ空輸着任する時にはじまった。

それまで日本海軍の飛行機の塗色は、すべて鮮やかな銀色にまっ赤な日の丸と定まっていた。その塗色が零戦では灰色と変わっている。何か借り物の外国の飛行機といった感じで、鋭く研ぎすました刃物のように、いかにも精悍な姿の九六戦（九六式艦上戦闘機）と比較すると、零戦はその容姿もすんなりとしたなで肩でのっぺりとした感じを与え、どこか女性的。正直なところ、敵機に襲いかかって勝負する戦闘機という感懐は私には浮かばなかった。その上、九六戦に比べていやに大型である。こんな戦闘機で軽快な機敏な動きを要する格闘戦が果たしてできるであろうか。しかも、九六戦二号二型で一時採用されていながら全搭乗員に嫌われ取り払われた風房が再び採用されているではないか。

機器を取り扱う技術者は誰でも新しい型に興味を覚える半面、これまでに使い馴れた従来のものに対する信頼と愛着があり、離れたくない気持ちが働くものである。九六戦があまりにも単座戦闘機として傑出したものだっただけに、私の零戦に対する第一印象はあまりよいものではなかった。

零戦全敗——九六戦対零戦

実は、私が零戦をはじめて操縦したのはこれより数ヵ月前、横須賀海軍航空隊（横空）において行なわれた零戦（十二試艦戦）の取り扱いに関する講習会へ参加した時にさかのぼる。

この講習会は、母艦、航空隊の戦闘機パイロットの中から選ばれた十数名の下士官パイロットを主体に、数名の指揮官クラスも参加して行なわれた。参加者は腕利きの中堅、古参パイロットばかりである。私たちは約一週間ほどの飛行訓練で零戦を自由自在に操れるようになった。いよいよ講習会の終わりの日、当時まだ日本海軍の現役実力戦闘機として第一線で活躍していた九六艦戦（九六式艦上戦闘機）との空戦実験試合が行なわれた。これはどうしても避けて通るわけにはいかない経路であり、われわれ搭乗員たちも、ぜひやってみたい実用実験だった。

○同位戦（同じ高度、同じスピードで正面切って近づき、お互いに相手を真横に見る位置で、ヨーイドンで立ち上がる方法）

○優位戦（自分が約五〇〇メートル上空から反航で接近し、相手の真上に来た時急降下に移り、攻撃を開始する方法）

○劣位戦（これは優位戦の反対の立場から開始する方法）

実験の設定はこの三方式。

ほぼ同等の腕前だろうと判定された二人ずつのパイロットが、一戦終わるごとに機を乗り換えて行なったが、いずれも圧倒的な九六戦の強さの前に零戦はひねられたのである。そこでは、零戦はどのように戦ってみても九六戦の敵ではなかった。これは私たちの予想し得たとおりの結果である。隙をみて零戦得意の上昇力を利用してのズームアンドダイブ戦法でやっつけてやろうと試みても、九六戦はくるりと反転して零戦の腹の下にもぐり込み、マムシのように喰い下がって撃ち上げてくる。

零戦の番になった時、私は、零戦のスピード、上昇力が九六戦より優れているといってもこのくらいの差ではとても九六戦の機銃弾からは逃れられないと判定した。他の組の搭乗員たちの意見もみんな同じである。

「零戦ってこんな弱い戦闘機かい」

「いや九六戦が強すぎるんだよ。複葉の九五戦から九六戦に替わった時も実験試合が行なわれたが、その時はお互いにもっと手応えを感じたもんだがなあ!」

「日本海軍ではどうしてこんな戦闘機を作ったんだろう。九六戦の航続力を伸ばす工夫を考えてくれたほうがよっぽどマシだ」

そんな私たちの会話に割り込んできた飛行隊長が、

「おい、みんな! 今かりに七・七ミリ片銃四〇発ずつ持って、九六戦対零戦の決闘をやれと言われたら、どっちを取るか?」

この問いかけに対し、私たちの答えは全員「九六戦をとります!」であった。

単機空戦実験を終了して、次は一二機対一二機の編隊空戦が行なわれた。ここでの零戦はさすがに優速とすぐれた上昇力で次第に九六戦側を蹴おとす形になり一見優位に立ち零戦側の勝利のごとく見えたが、九六戦隊もしぶとい抵抗を見せて頑張った。

しかし、これが実弾を撃ち合う実戦だったら、零戦隊は優位に立つ前に、機速と合わせて約一〇〇〇メーター／秒（秒速一〇〇〇メートル）で撃ち出される九六戦の機銃弾の餌食になっただろうと私は見た。零戦は格闘戦では九六戦に勝てない。それでいて、今なぜ零戦なのか、私たちの疑問をはらしたのは、最後の講評における上司の言葉だった。

「固定脚、しかも小型で七ミリ七、二梃という貧弱な武装、航続力に乏しい九六戦は、如何に格闘戦だけが強くとも、総合戦力では大型、高馬力、大武装の世界の先進国の単座戦闘機に対抗することはまずできない。この意味から言うと零戦は、九六戦を単機空戦で倒すために開発されてきたものではなく、これから先、世界列強の戦闘機を相手に征空戦闘機として戦い、勝利するために生まれたのである。しっかり精進してもらいたい」

さすがに、開発当初からこの飛行機を手がけてきた飛行長には、零戦の晴々しい将来がお見通しであった――ことを、私は後にして知り得ることになる。

改造一四回

零戦は開発、試作、量産の過程では、A6という符号で呼ばれた。

はじめ十二試艦戦として誕生した試作機はA6M1すなわちA6のモデル1型であり、正式に日本海軍が採用し零式艦上戦闘機となった一一型はA6M2、翼端一メートルを折りたたみ式として、航空母艦に搭載された二一型もA6M2（零戦の型の呼称は一一型、二一型と呼ぶのであり、一一型、二一型と呼ぶのは誤りである）。この符号は製作会社や実験部、さらに実用実験を行なう横須賀海軍航空隊で使われた呼称で、試作当時、いちいち十二試艦上戦闘機と呼ぶことは不便をともなうことから昔から便宜上あった呼称法を使ったもので、日本海軍ではアルファベットのAは征空戦闘機を表わし、6は征空戦闘機の開発順番六番目を指し、M1は三菱一型の意味である。九六戦はA5、九五戦はA4で示した。

零戦は日本でもっとも大量に生産された機種である。フロート（浮舟）をつけた二式水上戦闘機三七二機を含め生産総数一万四二五機。この数字は日本の陸海軍および民間の全機種を通じ群を抜いて第一位である。そのうえ、次々に登場してくる連合国側の新鋭機に対応するため、改造すること一四回にもおよんでいる。

◉世界の主要単座戦闘機の総生産台数

ドイツ	メッサーシュミット	三万三四八〇機
イギリス	スーパーマリン・スピットファイヤー	二万二九一一機
アメリカ	P51ムスタング	一万四八一九機
〃	グラマンF4Fワイルドキャット	一万二六二〇機
〃	グラマンF6Fヘルキャット	一万二二五七機
日本	零戦	一万四二五機
アメリカ	P38ライトニング	九九二三機
〃	P39エアコブラ	九五五八機

日本　隼　五七五一機

◉零戦の変遷

A6M1　試作機
A6M2　一一型
A6M2　二一型
A6M3　三二型
A6M3　二二型
A6M5　五二型
A6M5a　五二型甲
A6M5b　五二型乙
A6M5c　五二型丙
A6M7　六三型
A6M8c　五四型丙
A6M8　六四型（五四丙型の量産型・未完成）
夜戦型
零戦練習用戦闘機　二一型改造複座
零戦練習用戦闘機　五二型改造複座

計一万四二五機

A6M2―N 二式水上戦闘機

征空戦闘機として開発された零戦は、相手の征空戦闘機との戦いに主眼をおき設計された戦闘機である。もちろん、中低空でやってくる小型、中型の爆撃機や雷撃機に対しても威力を発揮した。高空よりやってくるアメリカの大型爆撃機B17、B24までは、どうにか対応し得たものの、そこには限界もあった。八〇〇〇～一万メートルの超高空を高速でやってくるB29に対しては、残念ながら威力を発揮できなかった。

この点、海軍に比べて陸軍では、屠龍、飛燕、鍾馗、飛龍（改造型キ109）と次々に新鋭迎撃戦闘機を開発しB29に応戦して戦果をあげている。対して海軍では雷電だけが孤軍奮闘。戦争末期、ドイツの技術協力を受け、ロケット推進の対B29戦闘機秋水の開発を試みたが、時期がいかにも遅く、唯一回のテスト飛行で終戦を迎えた。

零戦の初陣

昭和十五年の半ば頃、日本海軍の九六式陸上攻撃機、略して九六陸攻隊は中国の漢口飛行場を基地とし、重慶、成都、蘭州といった奥地攻撃を繰り返していたが頭痛の種があった。それは頼りとする護衛戦闘機が随伴できないということだった。

九六戦は航続力不足のため、敵地深く征く陸攻隊を援護することができなかった。

その頃、奥地に後退し整備された中国戦闘機隊は、護衛戦闘機なしの陸攻隊を迎え撃って戦果をあげ、陸攻隊の被害は増大していた。その前線から、陸攻隊に随伴できる十二試艦戦の進出を要望する矢の催促があっても不思議ではない。未だ若干の改修の余地が残されていた十二試艦戦を、日本海軍は正式採用されていない試作機のままで第一線に送ることとし、昭和十五年七月、横山保大尉、進藤三郎大尉を指揮官とする二個中隊一五機が漢口へ進出した。

早速、数回の攻撃を行なったが、新鋭戦闘機の進出を察知した中国戦闘機隊はその都度退避を繰り返し、空中戦にはならなかった。

時に九月十三日、進藤大尉を指揮官とする一三機の十二試艦戦は攻撃目標の重慶上空から一度万県まで引き返した。退避していた中国戦闘機が戻ってくるとふんだのである。思惑は的中した。重慶上空に残しておいた九八陸偵から敵戦闘機重慶上空に現わるの通報。一三機はただちに反転、イ―15、イ―16からなる二七機の中国戦闘機隊を約三〇分足らずの空戦で一機残らず撃墜し、全機帰還するという大戦果をあげたのである。

格闘戦では九六戦の敵ではなかった零戦が、外国の戦闘機との初の実戦で、見事に大勝利してその真価を発揮した。

それにしても、この戦果を可能ならしめた第一の要因は、飛行機の空戦性能やパイロットの技量もさることながら予想を上回る航続力にあった。九六戦が果たし得なかった長大な往復一〇〇〇浬（約一八五二キロメートル）という（九六戦の二・五倍）、単座戦闘機の実戦進出距離としては、世界の常識をはるかに越えた航続力であった。

ちなみに、十二試艦戦としてデビューした零戦が日本海軍により正式に採用され、紀元二六〇〇年の末尾をとって、その名も零式艦上戦闘機として認知されたのは、昭和十五年七月二十四日のこと。零式一号艦上戦闘機二型（A6M2）という名称だったが、まもなく零式艦上戦闘機一一型と改称された。

先に紹介したように二一型、三二型と一四回にわたって改造がなされたとはいえ、零戦に継ぐ次期戦闘機の開発が遅れ（これは海軍の怠慢であり、陸軍は次々と新鋭戦闘機をくり出した）、零戦は太平洋戦争の最後の最後まで日本海軍の主力戦闘機として活躍を余儀なくされたのである。まさに、零戦は栄光にはじまり悲劇に終わった戦闘機だった。

また、私個人について言えば、「習うより馴れろ」の言葉があるとおり、はじめての宙返りで失神状態になったりして、はじめは九六戦に比べあまり好きではなかった零戦だったが、乗るほどに飛ぶほどに九六戦とはまた一味ちがった人機一体感は素晴らしいものとなり、太平洋戦争の開戦とともに、その零戦で私は米英機との勝負に入っていった。

零戦の長所短所

格闘戦の実験では、九六戦に手もなくひねられた零戦が、九六戦では不可能だった信じられないような航続力を発揮し、長駆して敵基地上空で敵戦闘機隊を圧倒してみせたように、戦闘機が名機といわれるためには、いくつもの戦力としての条件を兼ね備えなければならない。

人は機械、器具を取り扱ううちに、その使い方のコツを自分なりに発見するものである。単座戦闘機もその例外ではない。

はじめの頃、航続力を除いては何か不安を感じた零戦だったが、太平洋戦争を目前にする時期には、日華事変（日中戦争）での経験に日頃の厳しい訓練、研究も付加され、私たちは自信を持って開戦に立ち上がった。

果たせるかな、零戦は見事な働きをした。まさに、あっぱれな武者ぶりであったが、一躍太平洋の主役となった零戦とはどんな飛行機であったのか、ここで零戦の性能についてこれまであまり一般には語られていなかったことなどを含めて記述していきたい。

零戦は果たして理想・最高の単座戦闘機であったか。厳密に言えば答えは「ノー」である。開発時、限られた「栄」エンジン約一〇〇〇馬力の中から引き出すにしては、その性能要求はあまりにも欲張りすぎたものであり、要求の全部を満足させることは到底不可能だった。

敵戦闘機との空戦時の格闘戦性能を要求すれば、その反面最高スピードは小さくなる。スピードを第一義として求めれば、旋回半径は大きくなり格闘戦は不利となる。上昇力をよくするためには、全重量を軽くしなければならない。軽くするためには兵器、燃料の搭載量は小さくなる。

限られた馬力という懐具合の中でやりくりする設計陣の苦労は大変なもので、相反する要求に応えて折り合いをつけ、うまくまとめたのが零戦であれば、それを巧みに乗りこなし、先手必勝で長所を生かし、短所をカバーし、相手の長所を抑えて短所を突き味方有利の戦いに相手を引き込み、戦果を上げるのが機を操るパイロットの腕前であった。

飛行機はパイロットがどんなに頑張っても性能以上の働きはしてくれない。パイロットに、自分が操る機の長所短所をよく掌握することの必要性が求められるゆえんである。

太平洋戦争の前期、私たち零戦パイロットが格闘戦では苦もなくひねったアメリカ軍のP40を操縦し、ソロモン、東ニューギニア海域で零戦一二機を撃墜したアメリカのエースと戦後に会った時、君こそ最高のエースであると私は称賛した。

まさしく、格闘戦性能の劣る飛行機の長所を生かし短所を補い、相手機零戦の長所を封じ短所をついたからこその戦果である。

当然、零戦は無欠ではなかった。同様に私たちが大戦中に相手とした、アメリカやイギリスの戦闘機を操縦していたパイロットたちも、自分の使用機を完璧と思って戦った者は一人としておるまい。

長所と短所、その相反する因果関係にある愛機と折り合いをつけ、ある時はあきらめ、ある時はほれこんで戦っていたのである。

飛行機に完全は望めないというパイロットの不満は、今後とも永久に解決されることはないだろう。

五〇年の昔からみれば現在完璧とも思えるジェット戦闘機にしても、飛行中のパイロットの頭の中から一時も離れない大きな不安がある。それはバケツで汲み出すばかりとも思われるほどに消費する燃料の残量だ。この最大の不安を取り除く方法は、現在の科学を以てしても道未だ遠しの感がある。

零戦二一型

零戦のことが話題になった時など、零戦に関心を持つ方々から「ここはどうなっていたのか」「そこが知りたいんだが」といった質問を頂戴することがよくある。

そこで、太平洋戦争でもっとも活躍した零戦二一型を例にとり、零戦愛好者のご質問にお答えする気持ちで、パイロットの立場からこの飛行機を解いてみることとしたい。

単座戦闘機の性能とは、離昇能力・上昇力・実用上昇限度・急降下能力・最高速力・旋回能力(縦・横)・格闘戦能力・航続力・高・中・低速時における操舵応答・見張り能力・通信能力・防御力・巡航時の操縦安定性・操縦席居住性、そしてもっとも大事な火力などをいう。

前述したように零戦は、十二試艦戦としての試作機を含めて総数一万四二五機が製作され、その間終戦までに一四回の改造がなされたが、何といっても二一型がパイロットたちに一番信頼され、好まれ、また、もっとも戦果を上げた型である。

その理由についてはいろいろ語られているが、零戦の主任設計者堀越二郎技師をリーダーとした三菱設計陣、そして製作に当たった人たちが精魂こめて作り上げたオリジナルであるからだと私は考える。私もすべての型の零戦を操縦したパイロットとして、零戦の代表は二一型であると信じて疑わない一人である(ちなみに、昭和十八年後期に出現し、零戦最大の敵となったグラマンF6Fヘルキャットは、総数約一万二〇〇〇機が生産されたが、その間まったく改造されなかった)。

二一型の仕様は機の全長がプロペラ軸カバー(スピンナー)の先端から尾灯の先端まで九メートル六センチ、全幅一二メートル、全備重量二三三〇キログラム、そのうちエンジン重量五三〇キログラム(栄一二型・九五〇馬力・乾燥時)、そして、直径二・九メートルの三枚プロペラがこの機を引っぱった。

胴体本体の長さは七メートル、その輪切りの形となった胴体の前端にΣ型のエンジン架(鋼鉄の腕)左右計八本が取りつけてあり、その先端六ヵ所に接続してエンジンベッドと称する厚さ約六センチメートルのドーナツ型の環形のエンジンを支える板金があり、これにエンジンを取りつける。栄一二型ではこのエンジンベッドに一三個の円型の穴があり、この穴にエンジン本体から伸びた取付用ボルトを挿入しナットで締め付けて取りつけるのだが、約一〇〇〇馬力のエンジンの振動を吸収するために、一本一本の締付部に緩衝ゴムが使われていた。この一三本のナットの締付のトルクの基準は整備基準に定められてはいた。しかし、実際に運転してみると、いろいろと不具合なことが起こり振動を発生することがあり、この振動を除去するためにパイロットと整備担当者との間には意見の食い違いなどが起こることもあり、苦労があった。

このように、エンジンは機体に直接取りつけられるのではなく、エンジン架の長さとエンジンベッドの厚みを加えると機体前面から約七〇センチの箇所に取りつけられており、地上停止時はその全重量を〆型のエンジン架四ヵ所が支えており、その七〇センチのエンジン架の空間には、キャブレター、スーパーチャージャー、エナーシャースターター、機銃連動カム装置、発電機などが隙間なくぎっしりと配置されている。

零戦では、九六戦までの固定ピッチに代わって、はじめて三枚プロペラの恒速プロペラが採用された。

この恒速プロペラは、飛行中パイロットがプロペラピッチ把柄（はへい）を操作することによって、プロペラ角度を二三度から四三度の範囲において任意に設定することを可能にしたもので、恒速プロペラの採用は、零戦の長大な飛行時間と距離の伸びを生んだ最大の要因となった。

そして、順序からいえばここで画期的ともいえる恒速プロペラを、実際にパイロットがどのように活用したかについて解説すべきであるが、この件については後の項目で詳しく述べることとして、先にエンジンについて述べておきたい。

栄一二型エンジン

エンジンは零戦の心臓であり原動力である。

零戦二一型に装備されたエンジンは中島の「栄」一二型空冷星形一四気筒で出力は九五〇馬力。エンジン重量一グラム当たり、ガソリン一グラム当たりの馬力発生率は当時の世界の水準を抜き、この級の星形空冷エンジンとしては正面面積も世界水準よりはるかに小さく、零戦のあの優美ともいえるスタイルも、このエンジンの径が定めたともいえる。

そのエンジンも開発当初は筒温（シリンダー温度）過昇、過冷、ピストンリングの焼損といったトラブルが相次いで発生、不安を感じさせた時期もあった。

現に私も飛行中に二番シリンダーが焼きつき、ピストンがカバーを突き破りとび出すという故障を体験したが、技術陣は昭和十六年の前半でこれらの不安を見事に解決した。以来、私たち零戦パイロットは、機体とともにこのエンジンには全幅の信頼を置いて飛行することができた。

零戦が当時の世界の常識をはるかに越えた長大な航続力を誇り得たのは、恒速プロペラの採用と併せて、栄一二型エンジンの優れた経済性の効能である。

太平洋戦争を前に台南海軍航空隊で実施された燃費節減研究飛行で私が達成した巡航状態での一二時間五分の無給油連続飛行記録は、当時の単座戦闘機の世界記録といわれたが、この記録がその後破られたということを私はまだ聞いていない。この時の毎時燃料消費量はわずかに六七リットル強であった。

台南海軍航空隊での燃料節減実験飛行の成果は多大であったといえよう。

長距離攻撃

飛行機は少数機の場合より大編隊での飛行のほうが余計な燃料を必要とする。その理由は、編隊が大きいと飛行中に飛行機同士の間隔が伸び縮みを繰り返し、総指揮官以外の機は予想以上に燃料を消費するからである。しかし、実験飛行の結果、大編隊でも約八時間半の飛行が可能であるとの予測が立ったのである。
日米開戦となった場合、台湾に展開していた海軍航空隊の攻撃目標は、当然、比島（フィリピン）中部のアメリカ軍航空基地である。当初、大本営海軍部は零戦が台湾から比島まで一挙に渡洋攻撃することは燃料の関係から無理と判断し、陸上航空隊の零戦を三隻の航空母艦に収容し、比島近くの海域まで運び、空母から攻撃部隊を発進させるプランを立てたのである。

そこへ、台湾より比島まで往復約一〇〇〇浬の長距離攻撃可能の朗報である。安堵（あんど）した大本営海軍部が空母三隻よりの発進計画を取りやめにしたことは言うまでもないが、当時の私たち零戦パイロットには最初から安堵も心配もなかった。中国大陸でこの程度の実戦長距離飛行は、何回も体験ずみだったからである。

大本営海軍部の幹部は、当然のことながら零戦を操縦したことはない。ましてや、零戦で長駆往復一〇〇〇浬の実戦を体験したこともない人たちで、何を根拠にして比島攻撃作戦に空母三隻の派遣を持ち出したのだろうか。

とばっちりは現場にくる。
空母使用となれば、陸上部隊の零戦には普段あまりご縁のない着艦訓練を行なう必要が生じる。おかげで、高雄基地の三空（第三航空隊）戦闘機隊とともに私たち全搭乗員は、重要な戦闘訓練を犠牲にして結果として無意味に終わった着艦訓練を繰り返したものである。
思うに、零戦の航続力も、長距離攻撃に充分耐え得る零戦搭乗員たちの能力も把握（はあく）しないままで練られた作戦計画だったのだろう。大本営海軍部が自分の国の主力戦闘機の性能ばかりか、その搭乗員たちの手練にまで疎い(うと)とは、どう考えてみても評価は落第としか言いようがない。

恒速(こうそく)プロペラ

零戦では、九六艦戦に採用してきた従来の固定ピッチプロペラに替えて、回転中のプロペラの羽根の角度をパイロットが操作することで変えられる恒速(こうそく)プロペラ（定速プロペラとも呼ばれた）を採用したことはすでに紹介したとおりである。

固定ピッチプロペラでは、エンジンの全馬力を引き出し最高回転に達した時、最高スピードを得られるのは当然として、この時燃料消費量も最大となる。燃費は回転に比例するからだ。

ところが、固定ピッチのプロペラで長時間巡航状態を続けるには、ある必要な回転を維持しなければならないことから、相当のエンジン出力のロスが生じることになる。

そこで考えられたのが長時間の巡航飛行時のプロペラのロスを除く方法である。はじめ九六陸攻などが採用した可変ピッチプロペラがそれである。

これはピッチ角度を低・中・高の三段階、または低・中の二段階に変えられるようにし、離陸時や最高スピードを要する時だけ低ピッチを使い、巡航時には高ピッチに変え、回転を落として燃費を少なくするようにするのだが、この方法では低・中・高ピッチいずれかにピッチは固定され、それ以外のピッチの選択は望めないのである。

それでも、固定ピッチプロペラに比べれば大きな進歩である。格段に燃費効率はよくなり、航続力も伸ばすことができた。

そこへ恒速プロペラの登場である。零戦に採用された恒速プロペラは、ピッチ把柄の操作によって二三度から四三度の広い範囲内で角度を任意に定めることを可能としたのである。

零戦では、大体一三〇ノットから一五〇ノットの巡航スピード時には、基準として一八五〇回転を経済回転と定めていたが、離昇時には二三度の最低ピッチに固定して、最大回転、最大馬力で離陸し、通常四〇〇〇メートル付近の巡航高度に達した時、ブースト計一五〇から二〇〇付近でプロペラピッチ把柄（スロットルレバーの内側にある）の固定止金を解除し、回転計を確かめながらレールに沿って静かに手前へ引くと、それまで二一〇〇〜二三〇〇回転を示していた回転が下がり、予定の一八五〇回転に近づく。ここでは、スロットルレバーは利かしていないのにスピードを増すのである。

これは巡航時には不経済な低ピッチから効率の良いハイピッチに変わったことを示し、同時にエンジンの過給器の圧力を示すブースト計も上がってくる。しかしながら、そのままでは不経済なため、ブースト計を見ながらスロットルレバーを引いてブースト圧力を下げ、エンジン出力を弱め、零戦の経済巡航高度三〇〇〇〜六〇〇〇メートル弱における計算された経済スピード一二五〜一四〇ノット（これは増槽装着時の気速で、増槽を投下すると、気速は二割近く増す）に固定して飛行を続けるのである。

とはいっても長時間の巡航飛行では、各小隊間、小隊内では一番機と列機の間隔が大体間延びするのが通例であり、巡航時においてほとんどスロットルレバーを操作する必要のない機は、最先頭に位置している総指揮官機だけで、後方に追従する機は間隔の修正を行なうためにスロットルレバーを操作して気速の増減をはかるが、恒速プロペラでは、遅れた機が増速するためにスロットルレバーを押しても回転は一八五〇に固定されたままでエンジン出力の増減はプロペラ角度が自動的に変わってスピードの増減を図ってくれる。この時はブースト圧力だけが増減する。

すなわち、恒速プロペラは、スロットルレバーが操作されるたびにピッチを変えながら回転して経済運転をするのだが、これにも限度があり、一八五〇回転にセットしたままスロットルレバーを最大限まで押してブースト圧力を最高に上げても、最大馬力、最大スピードは得られない。この理由は最高ピッチの四三度近くでは、プロペラに当たる空気抵抗が増大して最高スピードを得るに必要な回転が得られずロスが大きく、最大スピードにはならない。

空中戦を予測して敵地圏内に入る前に、いち早く最低ピッチに戻すことは、会敵前に整えなければならない戦闘諸元の中の最大要素である。飛行機が最大限に馬力を発揮できない状態では、最高スピードを必要とする空中戦には臨めない。

要するに恒速プロペラの効能は巡航時のプロペラのロスを最小限に喰い止め、燃料を節約し航続力を延ばすことにあったのである。九六戦が零戦の半分にも満たない短い航続距離に終わった最大理由の一つは、固定プロペラの採用にあったといえる。

九六戦時代の固定プロペラではエンジンの巡航時のロスが大きく、九六戦の進出距離もそのことが原因となって短かったのである。

中尉の失態

笑えない話がある。恒速プロペラの使用を誤った例にこんなことがあった。

私たちが漢口飛行場を基地として重慶、成都といった奥地攻撃を続けていた時のことだ。内地部隊から新参のT中尉がわが隊の隊付となってやってきた。

やってきたのはかまわない、呆れたのはその新参の中尉が歴戦のわれわれ下士官に、零戦の使い方や空中戦の注意事項を、聞きかじった知識であろう、得意顔で講義する。一度も実戦に参加したことのない若い搭乗員がである。

階級は中尉、一応上官だから、われわれ下士官は聞いてるふりをしながら馬耳東風。一席ぶつ中尉のそばで古参の大尉の分隊長が聞いていたが、よくもこんな釈迦に説法を許していたものである。講義が終わった時、一下士官が吐き捨てるように言った。

「えらいずうずうしいのが来たが、横空（横須賀海軍航空隊）から転勤してきたらしいがありゃ何だい！」

古参、中堅の搭乗員を前にこの手の講義とは、いかにも鉄面皮（てつめんぴ）である。私は新任士官の空戦論を何度か拝聴しているが、琴線（きんせん）に触れたものは皆無、虚しさだけが残ったものである。

――さて、笑えない話がある。

数日がたって、その中尉は敵地偵察を兼ね、一応、重慶空襲の名目で空襲に参加した。漢口—重慶間の距離は片道四〇五浬(約七五〇キロメートル)、零戦では往復するだけで約五時間強の飛行時間である。

出撃後四時間三〇分を経過した時である。増槽を投下した一機の零戦が西空から還ってくると下手な着陸をして列線に止まった。機から降りたったのは例のT中尉で顔面蒼白、近づいた機担当の整備員に文句を言っているらしい。何事かとそばに寄って聞いてみると、「この機はエンジンの整備がなっとらん! どうしてこんなに燃料を喰うのか!」とさかんに怒っている。燃料タンクはほとんど空に近い。

相手が上官だからおとなしく聞いていた整備の下士官は、その場で試運転をしてみたが異状は見つからない。あげくは私がその飛行機に乗り燃費実験をすることになった。胴体タンクを満タンにして三〇〇〇メートルになったところで巡航状態になり、胴体タンクのみで三〇分飛行したところでコックを主タンクに切り換えて着陸し、燃料消費量を正確に計ったところ、異状なしの結果となった。

原因はほどなくわかった。何とその中尉は、はじめての出撃にすっかり上気してしまい、恒速プロペラを低ピッチ固定のまま飛び続けたのである。

私は零戦を足かけ六年操縦したが、兵のパイロットでさえこんな馬鹿げたミスをやったということを聞いたことはない。この大失態、われわれに侮蔑を込めた笑いを提供してくれたものである。

補足しておけば、零戦二一型は、翼内、胴体内タンク合計約五〇〇リットル、増槽三三〇リットル、計八三〇リットルを搭載していたが、空戦開始前に増槽は燃料残の有無に関係なく必ず切り離すので、あとは自前の約五〇〇リットルだけが頼りである。プロペラを低ピッチに固定し全力で戦う空中戦では、巡航時の三〜五倍の燃費となり、その計算にも神経を使いながらパイロットは戦うのである。

特命検閲

大失態の逸話を書き留めたついでに——。

私が勤務していたある航空隊で検閲が行なわれた。

検閲には恒例検閲と特命検閲があった。これは鎮守府司令長官が隷下の部隊、艦船の現状を視察する行事であって、その隊（艦）の各部門、部署を担当する参謀が、その専門ごとに徹底的に調査を行なう。

一方、検閲を受ける側の隊（艦）では上は司令（艦長）から下は一兵に至るまで、当日はもちろんその前の相当の期間にわたって準備、整備に全力が注がれる。

わけても特命検閲は、恒例検閲とは別に特に指名する部隊（艦船）を狙って行なわれるものので、隊員はもちろん、各部署の長が特に緊張する時である。その特命検閲の時、こんなことがあった。

戦闘機の整備状態を検閲する鎮守府の整備参謀が、参謀肩章をきらめかせて、随員を引き連れこの日のために磨き上げ整備された九六艦戦の列線を視察した。機関学校出身の大佐である。もちろん、この隊の整備長（機関中佐）が案内に立っての行列だ。列線にある九六戦一機一機には機付の整備下士官、整備兵が、それぞれの機に寄り添ってこれを迎える。そこでは質問がなされる。整備員たちは緊張その極に達した状態となる。

と、白手袋の大佐の整備先任参謀が、列線の中ほどにあった一機の九六戦のプロペラの先端近くに手をかけ、よせばよいのにプロペラの回転方向に押してみた。そして逆転の方向に引いて、次に何を感じたのか、プロペラを回転方向と逆転方向の交互にゆすってみたのである。

そして、整備長に向かい、このプロペラにはガタがあると言い、さらに近くの機のプロペラにも同じようにガタがあることを知ると、居丈高（いたけだか）に、「この列線にある戦闘機の整備は不良である、どうしたことか」と詰問した。

あわてたのは実務に当たっていない整備長である。自分では説明できないので機付の下士官に対して、「掌整備長（下士官から上った整備の特務士官、その隊では整備の神様である）を呼べ！」と来た。すぐそばの格納庫前で長官の到着を待っていた掌整備長は、整備長からプロペラのガタについて問いただされると、さすがはベテラン、あわてず、恐れず、

「内燃機関である飛行機のエンジンには、メーカーの設計、製作時から各部品ごとに遊隙があるように製作されておりまして、この計算上のガタがなければ、エンジンは焼きついて作動困難になってしまいます。この列線にある戦闘機のエンジンは、正しく整備されておりま

して、これが正常であります」

と事もなげに答えた。

この一言は、計算上の「遊び」さえ知らずに金色の縄を下げた整備参謀、さらには整備科の長として上に立つ中佐の整備長に対する痛烈な一撃であった。二人の佐官は内心たじろいだにちがいない。しかしながらすぐに立ち直ると、何とも厚かましいものである。

「それはわかっているが、それにしても少し遊びが大きいようだ！」

このようなことは日本海軍ではザラにあったことである。

私は軍艦霧島の新兵として、何度も艦体手入れの作業で側面艦底に入り錆落とし作業をやったが、二重底になった艦底は真の闇夜より暗い暗黒の世界である、時には細い紐を引っぱりながら進んでいくが、照明には電灯を使わないのが鉄則である。そこでは必ず原始的とも思えるロウソクを使った。空気のまったく通わない小さく区切られたその区画の酸欠が恐ろしいからだ。酸素が少なくなると正直にロウソクの火が細くなりゆらぐのだ。そうなったら早く出ないと危ない。

その頃、私はこれでよいのかという恐ろしいものを見た。

戦艦の水線下の横腹は、敵の魚雷や水面下に命中する砲弾に備えて厚い鋼鉄で覆われていた。ここで錆落としの作業をするのだが、ハンマーで力一杯たたいてもカーンといった鉄板の音ではなく、錆の塊をたたく音だった、そして、錆の実態にはものすごいものがあった。ある箇所では、たたくごとにドサッドサッと壁土のような鉄錆が落ち、少し湿っているので舐(な)めてみたら塩の塊のようで、底には海水が滲(にじ)んでいる箇所もあるではないか。私は指揮にあたっている一等水兵に、「これでいいんでしょうか?」と尋ねると、「そんなことは、エライ人が決めるんだから、言わないほうがいいんじゃないか」との返事であった。

外から見た偉容に比べて中身は腐(くさ)りかかっている戦艦、ここのところに日本海軍の上官の何人が気づいていたであろう。

大戦中、三万トンの巨艦霧島や榛名が次々と撃沈されるニュースを聞くたびに、私はあの艦底の巨大な錆の塊を思い出したものである。戦隊の司令官は、艦を指揮する艦長は、その実状を知っていたのであろうか。

征空戦闘機と迎撃戦闘機

単座戦闘機には大別して、征空戦闘機(ファイター)と迎撃戦闘機(インターセプター)の二種があることはこの章の最初でも触れておいた。

ファイターは相手のファイターと戦うために設計、製作される。インターセプターは、主として相手の大型爆撃機攻撃を目的として計画された戦闘機であり、スピード、上昇力、急降下能力、火力に重点を置くため、格闘戦ではファイターの敵ではないが、逆にB29のように高空を高速でやってくる大型爆撃機に対する攻撃力は優れていた。もちろん中低空でやってくる中・小型の爆撃機、雷撃機に対する攻撃力は、征空、迎撃両戦闘機とも、充分その能力を保持していた。

単座戦闘機の機銃は、口径の大小にかかわらず必ず固定銃である。

固定銃とは字の如く、胴体・翼といった機体に機首方向、つまり前方に向けてボルト、ナットで固定されているところからこの名称で呼ばれるようになった。対して中・大型機は単座戦闘機のような機敏な操縦はできないので固定銃は使えない。

そこで、小型の雷撃機などは後席に、また、大型機であれば要所に旋回銃を備えて、攻撃してくる単座戦闘機に立ち向かうのだが、単座戦闘機の固定銃と旋回銃の命中率の比較は、七対一と言われるくらい単座戦闘機の固定銃の方が圧倒的に威力がある。そのため中攻（中型陸上攻撃機）のような爆撃機隊は大編隊を組んで飛行し、攻撃してくる単座戦闘機に対応する、いわば集団となって銃の数で抵抗するのである。

空中戦闘のはじまり

空中戦のはじまりは、第一次世界大戦にさかのぼる。

はじめの頃、飛行機はもっぱら陸戦における敵情偵察を目的に使用されていた。その頃は敵味方の偵察機が空中で行き合うと、お互いの無事と幸運を祈って挨拶を交したという騎士道精神に似たものがあった。ところがである、陸兵の斥候や気球による偵察より、飛行機による偵察の効果のほうがはるかに大きいとなると、お互いに敵の偵察機の行動を空中で妨害することを考えるようになった。その結果、操縦席や後席に石ころや煉瓦（れんが）を積んで飛び、お互いに相手偵察機を目がけてこれを投げ合ったというから、今考えると陳腐（ちんぷ）であり、もちろん効果のほどもあるはずはなかったが、これが空中戦のはじまりである。

かくして、石や煉瓦ではじまった空中戦も、やがて拳銃やライフルで撃ち合うようになり、ついには後席に機関銃を搭載して撃ち合いを演ずるようになった。私たちが少年の頃「暁の偵察」などといったアメリカ映画に血を沸かしたのも、時代背景はこの頃である。

やがて、飛行機に搭載する機銃は機体の首尾線前方に向けて固定する方法がもっとも効果的であることを、それまでの経験から知り、固定することにしたのはいいが、前方のプロペラを避けて複葉機の上翼のプロペラ圏外に装備したが、機銃のブレのため命中率が悪く弾倉は数十発で撃ち終わってしまう。弾倉の交換は操縦席より離れているので容易ではなく、故障の処理もできないという不具合が生じたのである。

そこで、今度は乱暴にも操縦席直前方に機銃を備えつけ、撃ってみると効果は抜群である。しかし、これで問題が解決したわけではない。そこでは自分が乗っている飛行機のプロペラに自分が射った銃弾があたってプロペラを吹っ飛ばしてしまい、飛行不能となって不時着したり、悪くすると墜落する事故も続出したのである。こうした苦い体験をふまえ、試行錯誤の結果考え出されたのがプロペラの回転に合わせて、回転するプロペラの間を一発一発弾丸を通してやる発射同調装置である。日本海軍でも複葉の三式艦上戦闘機（艦上戦闘機とは、航空母艦の飛行甲板を発着の場とする戦闘機のことである。もちろん陸上基地からも発着する。この艦上機と似た呼称で呼ばれる機種に艦載機があるが、これは俗に呼ばれる下駄ばき機のことである）、九〇式艦上戦闘機、九五式艦上戦闘機に採用されたが、油圧を利用したものでC・C同調装置と称した。

発射のメカニズム

機関銃は単発のライフル銃から進歩したものである。ライフル銃は一発ごとに手動によって次の弾丸を装塡するのであるが、口径六ミリ、七ミリという弾丸であっても、初速八〇〇メートル近くで飛び出す弾丸の反動は大きなもので、日本陸軍で使用した三八式歩兵銃でも、発射のさい床尾鈑（銃の最後尾の肩にあたる部分）をぴったりと肩に引きつけ密着の状態で発射しないと、その反動で鎖骨を折るほどの力がある。

機関銃はその反動を利用して連続発射を行なうものであり発射のメカニズムは次のようになっている。

弾倉または連帯によって数珠繋ぎにされた弾薬包の最初の一発目の装塡は、装塡把を利用して手動で行なわれる。まず銃の薬室に案内された弾薬包は、手動によって後退した尾栓の前進によって薬室にぴったりと装塡され固定される。その時、尾栓の前端中心部の小さい穴に用意された撃針（薬莢の雷管を突く針）を残しておく必要がある。残された撃針は、バネの力で前進しようとする。この時尾栓は前進の極に達するが、尾栓下面の突起部に対向する別の突起部によって前進を阻止された状態となる。この状態が発射用意であり、引金を引くことで阻止していた突起金具がはずされ、撃針が前進して薬莢の雷管を叩くと、薬莢内の火薬が急速燃焼する、すなわち、爆発して大量のガスとなり、その圧力で弾丸を押し出し、第一発が銃口を飛び出す。その反動で遊底（閉鎖機）が後退し尾栓も押し下げられ、その途中で不要となった薬莢を外へ蹴り出し、続いて次の弾丸を引き込み、あとは同じプロセスの繰り返しとなるのである。

尾栓の前進によって弾薬包は装填され、引金が引かれた状態にある間は弾丸は続けて発射されるが、引金をゆるめることにより弾薬包を尾栓が押し込み、装填しても撃針は前進を阻止され、発射待ての状態となる。太平洋戦争で米軍歩兵が盛んに活用した自動小銃も、この原理を応用した簡易小型の機関銃である。

単座戦闘機の固定銃も、この原理によって発射される機関銃である。しかし、プロペラ圏内を弾丸が通過する固定銃は、一発一発の発射時機をエンジンの回転と同調させたところが旋回銃のような一般の機関銃とちがうところで、同じ零戦の固定銃であっても二〇ミリ銃と七・七ミリ銃では、発射の方法は当然のことながらちがうのである。プロペラ圏外で発射する二〇ミリには同調装置は不要である。

固定銃の命中率は、機銃を胴体中心部（機軸）にまとめて装備するほうが翼内装備よりははるかによい。しかし二〇ミリをプロペラ圏内から発射して、万一プロペラに当たりでもしたら、二〇ミリが炸裂弾であるところからプロペラが吹っ飛んでしまう。そこでプロペラ圏外すれすれの主翼内に装備したが、この二梃の間隔は何と四メートルもあった。プロペラ圏外から発射する二〇ミリは固定銃ではあっても、プロペラ回転には関係のない従来の発射方法をとった機銃である。

ところが、液冷エンジンを装備した戦闘機の中には、プロペラ軸とエンジン軸に延長軸を利用して段差をつけ、プロペラ軸から二〇ミリ機銃弾を発射する方法を開発した戦闘機が現われた。アメリカのP39エアコブラ、ドイツのメッサーシュミットなどがそれに当たる、断わるまでもなく、これにはもちろん同調装置は不要であった。モーターカノンがそれである。

プロペラ圏内よりの固定銃

プロペラ圏内から発射される固定銃の場合は、その発射機構（雷管を突く方法）が一般の機銃とは少しちがうということは前述のとおりである。さてその機構とは――。

高速で回転する三枚のプロペラの間隙を縫って弾丸を通過させるためには、エンジンの回転と見合うように一発一発を正確に発射し通過させる必要があり、そのために最初に開発されたのが油圧を利用して引金を引く同調装置、C・C同調装置である。

この方法は、エンジンの主軸の回転に連動させた減速歯車によって作動する歯車の末端にカム輪（偏突輪）を連動させ、カムの表面にバネの力によって上下する動輪を圧着し、動輪に密閉直結するパイプに圧力を加えた作動油を満たし、液体の圧縮されにくい性質を利用して、機銃側の末端に油圧とバネによって往復する小型のピストンを置き、そのピストンの先端が突き棒となって機銃の上部に装着された引金作動器を動かし、尾栓内の突き棒を作動させ、装填された弾薬包の雷管を突くのである。これは一発一発を機関銃が自動的にではなく、エンジンの回転と同調して発射する仕組みなのである。

日本海軍も九〇戦、九五戦の旧式機時代には、この油圧を利用したC・C同調装置であったが、自動車のエアーポンプに似た油圧発生器の引手を射撃前に引いて、油圧をかけなければならないが、この装置は油圧ロスが大きく、たびたび失敗した。

さて、この油圧式の不備を一挙に解決してくれたのが、油圧をピアノ線に代えた九五式同調発射装置である。九六艦戦にこれがはじめて採用された時、油圧もれの不安からパイロットは解放された。零戦ではさらに改良されたピアノ線式同調装置を備えたのである。この装置は高性能で大戦中、発射装置の故障は私の記憶にはまったくない。それほど高い信頼性があった。

機銃とプロペラの調整

私たち零戦パイロットがもっとも信頼し、もっとも多用した七ミリ七固定銃は、操縦席前方の機体内の中心線を基準として右銃、左銃それぞれ二五センチの位置に固定されていた。したがって両銃の間隔は五〇センチ。問題は、どのように機銃とプロペラが調整されたかである。

弾丸がプロペラを射貫しないようにするためには、三枚プロペラのそれぞれの中間の空間を弾丸が通過することが理想である。しかし、空戦中パイロットはプロペラを低ピッチに固定して運転し、敵機との態勢に応じてエンジンを操作するので回転は増減する。

このことから恒速プロペラを活用すればよいとの考えもあるが、ハイピッチではエンジンの最大馬力は得られないので固定ピッチにするのだ。零戦では固定銃を発射する回転数の最低を毎分二〇〇〇回転、最高を二五〇〇回転と定められていた。しかしながら命を的に戦う時、パイロットはいちいち回転計を確認して戦うことはまずできない、そのため、たまにプロペラを射貫する事例もあったが、ガツンと手応えがあって少し振動がでるものの、一発や二発ではプロペラが飛ぶことはなかった。

この発射装置の調整は左右銃別個に行なわれ、担当は兵器整備員である。装填された弾丸の先端からプロペラまでの距離は約一・五メートルであるから、初速約八〇〇メートル弱で飛び出す弾丸を三枚のプロペラそれぞれの中間を通過させるためには、空戦時常用するエンジンの回転数の平均値から換算すると、銃身からのぞいたプロペラの前縁一五度前方で発射すれば、プロペラが銃身直前を通過して次のプロペラとの中間点を弾丸が通過することになる。もちろん回転の増減によって多少どちらかに寄ったりするが、通算してプロペラを射貫することはめったになかった。

プロペラを射貫くといえば、敵のB26、B25といった中型爆撃機を低高度で追尾して戦う時は、一五〇発、二〇〇発の連続発射を行なうことがあるが、銃身が焼けてしまい空気冷却が間に合わず、薬莢内の装薬が銃身の過熱によって引金をゆるめた状態でもポンポンと自然発火し、時たまプロペラを射貫したことがあった。これなどは実戦でこそ発生しても訓練では絶対に起こらない事故である。

次に機銃の照準調整はどのようにして行なったかである。この照準点調整の作業は、九〇戦の時代から搭乗員の受持で、照準調整法には、平行調整と一点調整の二通りがあり、日本海軍戦闘機隊では前方二〇〇メートル一点調整法を採用した。

やり方は、正確に計って二〇〇メートルの位置に標的を立て、戦闘機の尾部を上げて台に据え、水平飛行の姿勢にし照準器の十字線の中心一点と標的とを合致させたところで、銃身の後方ののぞき穴から標的を銃身内を通して直接見る方法で行なうが、この時、調整螺で機銃を上下左右に動かして照準する。二〇〇メートルまでを直線弾道と見てなされるが、ラバウル時代、私は誰よりも近接して撃つことを心がけていたので、私の機は勝手を許してもらい特別に一五〇メートル一点に調整した。この調整法、効果甚大であった。

二〇ミリ機銃の採用

空中において敵機を捕捉し、これを撃墜することを主目的とし、固定銃を装備する単座戦闘機の威力は、その飛行性能と装備する機銃の威力によって定まる。言い換えれば、単座戦闘機は翼をつけた機銃であり、その翼をパイロットが操縦するのだ。

実戦で優れた性能を証明し大成功を成し遂げた九六戦に引き継ぎ零戦が開発される過程において、単座戦闘機の命ともいうべき搭載機銃の選定にあたり、七ミリ七、二梃の九六戦並みの装備ではこれからの空中戦には力不足ということから、当時としては画期的ともいわれた大口径二〇ミリ機銃が採用されることになった。

この時、当時中国にあり単座戦闘機（九六戦）を擁して戦い続けた日本海軍戦闘機隊の中でもっとも権威ある実戦部隊であった第一二海軍航空隊より、装備機銃に関する意見が出された。

「機銃弾の効果を現在よりも増大するために、機銃の口径を一〇ミリないし一三ミリとすることは必要と思われるが、初速劣小で携行弾数の少ない重量過大の翼上二〇ミリ機銃の装備は、単座戦闘機にとっては百害あって一利なし」

との厳しいものであったが、この意見は海軍中央によって無視され、結局は大口径二〇ミリ機銃が採用されたのである。もちろん、この採用を決定した人たちから見れば、二〇ミリ機銃の装備は成功だったとの意見が多数を占めているだろう。しかし私の体験からいえば、一二空戦闘機隊の意見のほうが対戦闘機空戦に関する限り、正しかったといえる根拠がある。

皮肉にも零戦は、一二空に最初に配備されることになり、昭和十五年九月十三日、進藤三郎大尉の率いる一三機の零戦隊が重慶上空で中国空軍の戦闘機二七機を捉え、これを一機残らず撃墜し、全機帰還したことはすでに紹介ずみである。

この空中戦で全機撃墜に使用され大きな威力を発揮した機銃は大半が二〇ミリではなく七ミリ七であった実態を知る人は少ないようだ。二〇ミリは携行弾数が一号銃でわずか五〇発、二号銃でも一〇〇発はあまりにも少なく、それに旋回戦ともなれば初速不足で、弾道が七ミリ七に比べ、いわゆる小便弾となって垂れ下がり命中せず、あっという間に撃ち終わりになってしまう。そうなった時、翼に無用の重量物をかついで七ミリ七だけを頼りに空戦を行なったパイロットの心情を、命がけの空中戦を一度も経験したことのない人たちはご存知であったろうか。さすがに命中すれば二〇ミリは七ミリ七など比較にならない絶大な威力はあった、しかし、組んずほぐれつの格闘戦ではほとんど命中しなかった。

私は、対戦闘機の格闘戦で二〇ミリ機銃をもって何機も敵戦闘機を撃墜した、という方があったらお聞きしたい。私が撃墜した敵戦闘機の大半は七ミリ七の弾幕によって捕捉したものであり、二〇ミリで撃墜したのは、ほんのわずか数機である。

小口径多銃多弾方式

零戦の敵ではなかったが、ドイツ空軍の攻撃からイギリスを救ったといわれる世界の名戦闘機スーパーマリン・スピットファイヤーは、七・七ミリ、八梃で一貫し、零戦の強敵グラマンF6Fは一二・七ミリ、六梃を備え、翼の前縁(ぜんえん)からオレンジ色の発射火焔(かえん)を吹き出して無数の弾丸を浴びせてきたが、うらやましい限りであった。

相手の単座戦闘機と戦うことを目的とする単座戦闘機の武器は、初速が遅く弾数の少ない重火器より、浴びせるほどの弾幕でもって相手を仕留める小口径多銃多弾方式のほうが決定的に有利であることを、私は現在でも信じて疑わない。その意味からも私は九七式七ミリ七機銃には九六戦の時代から絶対の信頼を感じていた。

この七・七ミリ機銃の完成に命をかけた一人の特務士官がいた。

その名は田中悦太郎大尉。横須賀海軍航空隊という海軍の中枢部署で一三年の長きに亘(わた)って戦闘機の機銃一筋に打ち込み、機銃の神様といわれた人物。私たち戦闘機乗りは九六戦、零戦の活躍の陰にこの人の存在を忘れることはできないが、海軍戦闘機用機銃の実験研究、試作戦闘機の武装艤装の実験審査、設計、指導といった仕事は何とも地味なものである。若いパイロットでこの人の名前を知る者は少なかった。

画期的といわれるものは、良い結果だけでなく、画期的に悪い結果を生むことを開発者は自覚すべきである。世に学識経験者と呼ばれる人たちがあるが、これは学識者と経験者ということである。たとえば今でも名機と呼ばれる零戦の開発段階において、日本海軍きっての名戦闘機パイロットといわれ、実戦において、あるいは教育の場で、パイロットとしての実力を十二分に発揮した古参下士官、准士官、特務士官といった経験者が一人も参加させられなかったのはどうしたことであろうか。その損失は計りしれないものがあったと私は考える。

もし、と仮説をたて、現場のベテランパイロットたちが零戦の開発段階で参加していたら、二〇ミリ機銃不要を強調する一二空と同じ意見を具申したことは間違いない。誰が考えても一機の戦闘機にまったく性能の異なる二種類の固定銃を装備して空戦を行なえというのは不可解である。初速、弾道、口径の異なった機銃をどのように使えというのか。地上に固定された機銃の水平撃ちで命中させた二〇ミリ炸裂弾の威力に満足して画期的と喜んだが、空戦中、プラスG、マイナスG、横辷り、浮き沈みしながら発射した弾丸がどのように飛ぶのか、自分がパイロットとなって実験すれば一挙に解決する問題である。

当たらない弾丸は何の役にも立たないのである。

よく戦後の空中戦の記事で、零戦の二〇ミリ機関銃の威力をたたえる内容を見ることがある、あれは命中した時のことで、さすがに一二空は実戦部隊、重量過大の翼上二〇ミリ不要の意見には先見性があった。

固定銃照準器

射撃の眼となるのが照準器である。

九〇戦の古い時代から九六戦に至るまで、日本海軍では直径約五センチ、長さ約六五センチの筒型のO・E・G照準器を使用してきた。遮風板直前方の機体の中心に備えられたO・E・G照準器は、ガラス製遮風板の中を突き通して前後二点でがっちりと固定されていたが、一見素朴な原始的とも思える射爆照準器は極めて精度が高く、全戦闘機操縦者がもっとも信頼を置いた照準器だった。これにはレンズが使われていたが、拡大率はほとんどなかった。

零戦にはそれまでの筒型照準器に替えて、影像式のO・P・L照準器（正式には九八式射爆照準器）が採用された。

風房遮風板を貫いて取りつけられたいかにも原始的なO・E・Gに比べ、見るからに精度の良い新型照準器という謳い文句の一見モダンな形の照準器であったが、私は終始、O・E・Gが勝れていると思いながら使用した。

その理由はこうである。

O・E・G照準器は筒型二点固定であるため、一度定めた照準点に狂いが生ずることはほとんどなく、照準線もブレが皆無の優れた照準器であったからだ。実的射撃でも吹き流し射撃においても、望遠鏡をのぞくようにして操縦し目標を捉え射撃することは、一般の方が考えると極めて不自由、窮屈と思われるかもしれない。しかしながら、照準器をのぞきながら操縦するくらいのことは手慣れた戦闘機パイロットにとっては苦もないことである。私は今でもO・P・L照準器を考案した人は、おそらく戦闘機を操縦しての空中射撃を体験したことのない人ではなかったかと思っている。

零戦採用のO・P・L照準器には、私に言わせるなら大きな欠点があった。

第一に二〇〇メートルも遠方の標的を狙うにしては、その取付方法が一点支持に近い方法をとったため、ちょっとのブレで照準点が狂い、飛行中の振動によっても照準線が大きくぶれることがあり、また、不注意な整備員が操縦席の乗り降りなどでこれに触れることも多く、そのためによく狂いが生じた。しかし、一度定めた調整はよほどの狂いが発見されない限り再検査をすることがなかったことから、照準精度は低下していたといえるのが実状であった。ライフルとはちがい弾幕によって目標をつかむ照準器ではあるが、私の信頼度は今一つという感じであった。

もっとも、戦闘機の射撃は弾幕射撃であるからこれでもよいのだという意見があるが、筒型のO・E・Gなら、さらに理想的な弾幕射撃が行なえるのである。

O・E・G照準器とO・P・L照準器。どちらかといえば、私は筒型のO・E・G照準器に軍配を上げたい。それにO・P・L照準器には、電球（フィラメント）切れの心配がいつもパイロットの神経をとらえて離さなかった。九六戦から零戦に変わり、O・P・L照準器をはじめて見せられた時の高級感と実際の信頼性にはかなりの差を感じさせられたものである。

操縦性

零戦が出現した時、それまで日本海軍が世界に誇る傑作機と自負していた九六戦は、零戦との格闘戦競技に圧勝し、そのしたたかさを示しながらも、総合戦力の面ではその使命を次期戦闘機零戦にゆずったが、九六戦の空戦時の各スピードにおける三舵（昇降舵、方向舵・補助翼〈エルロン〉）の利きは抜群で、カミソリにも似た切れ味であった。

その頃までの飛行機設計者の考えの中には、飛行機の三舵の操縦系統には絶対の剛性、すなわち操縦索、槓桿(こうかん)（てこ棒）には寸分のゆるみや撓(たわ)みがあってはならない、というのが世界の定説であった。従って九六戦時代には操縦桿の操作量と昇降舵の動きがあらゆるスピードで完全に一致していたので、パイロットには極めて繊細な感覚が必要であった。いわゆる手元の器用な勘のするどい日本人向きの戦闘機であったといえよう。戦後この九六戦をアメリカに持ち帰り、テスト飛行を行なったアメリカのパイロットは、こんな敏感な戦闘機ではとても空戦はできない、これはあばれ馬だ、それに比べて零戦は巧みに調教された名馬だと言ったというが、よく両者の特長を言い表わしたものといえよう。

その名馬零戦は引込脚、高馬力、九六戦に比較して一段と高速化したことから、操縦系統の剛性が障害となることが飛行実験の結果判明したのである。特に、操縦系統の中でもっとも重要な昇降舵の利きは、高速時を基準に舵を設計すると、低速、わけても離着陸時の低速飛行時の利きが悪くなり、逆に、低速時の舵の利きを良くすると、高速時には舵が敏感になりすぎ、特に昇降舵の舵の利きすぎは急速に操作すると機が横転（自転）するという致命的な欠陥を生ずるのである。

九六戦までは機体の縦横比や固定脚、エンジンの馬力、そしてスピードの調和によって、パイロットは操縦上の違和感を感じなかった。ところが、零戦になってはじめて、その常識が通用しないことがわかり、操縦系統、特に昇降舵の「剛性低下方式」が必要となり、従来の常識とは逆に操縦系統を意図的に柔らかく作ることを堀越二郎技師は考えたのである。

具体的には、操縦索の導輪が操縦索の圧力によって操作時に上下または左右に移動し、また、舵面を直接動かす槓桿を柔らかく作ることで、舵面の空気抵抗が比較的小さい低速時には、九六戦と同じように操縦桿の操作量がそのまま昇降舵の角度となるが、空気抵抗の大きい高速時には、剛性を低下させたことで操縦桿の操作量に対して昇降舵の舵角の動きが小さくなるように操縦索の張り具合を調節しておくのである。そうすれば、より高速になればなったで昇降舵の舵面に当たる風圧が大となるため抵抗も大となり、操縦桿の操作量はゴム索の伸びによってコントロールされる状態となり、操縦桿の操作量は大きくても舵面の動きは小さくてすみ、機の急速な引き起こし時に起こる自転を押さえることができるのである。

たとえば、計算した正確な値ではないが、低速時に操縦桿を二〇センチ手前に引いた場合、昇降舵も二〇度アップになると仮定して、高速での空中戦の最中に舵をそのとおりに動かすと飛行機は自転してしまうか、あるいは自転しないまでも舵が利きすぎてパイロットは過大なプラスGのために失神することになってしまう。そこで、二〇センチの操縦桿の操作量でも空気抵抗のために操縦索が延びて、舵面はわずか五センチの動きにとどまるようにあらかじめ調節してあったのが、零戦の昇降舵の操縦系統である。

操縦桿の一の操作に対しては一の動き、二の操作に対しては二の動きといった、低速から高速に至る範囲のいかなる気速にもピタリと反応する零戦独特の操縦性、これをパイロットは操舵応答と呼び天下一品と賞していながら、はじめて剛性低下方式を採用した堀越技師の素晴らしい着想のありがたさを、ほとんどのパイロットは知ることなく飛んでいたのである。

しかし、この天下一品の操縦性も、三〇〇ノットを超す零戦にとっての超高速ともなると効果はない。昇降舵舵面の大きさの故に人の腕をもってしては引き起こすことが困難なほどの風圧力、たとえるなら一〇〇キロの重量物を右手一本で引き上げるような力を要する状態となってしまうのである。

零戦の特攻機が、防御砲火をくぐり敵戦闘機を排除して目標上空に到達しながら、命中し得なかった数々の例は、降下角度が過大となり、過速に陥り、操縦困難となった結果であると私は考えている。

零戦の引込脚

パイロットが新型の飛行機に乗り換える時は、もちろん、操縦座学等で先輩たちの指導を受けるが、もっとも気にかかることは着陸の難易度である。

飛行機事故の大部分は飛行中の飛行機が再び地球と縁を結ぶ時に起こるケースが多い。私は離着陸はどんな大飛行、大空中戦にも増して、飛行機乗りにとっては厳粛な儀式であると自らも考え後輩にもそう指導してきた。零戦は降下時の前方着地点の見え具合がよく、最後の三点着陸（着陸の接地は、両主脚の二点と尾輪の一点合計三点を同時に接地する意。これは母艦着艦の基本である）の操作も楽なら、引込脚でありながら脚が丈夫であったことなどから、容易に着陸操作になじむことができたのは幸いであった。

零戦の脚とフラップは油圧によって作動した。この油圧はエンジン潤滑油とはまったくちがった別の油圧発生器によって作られるもので、運転中、作動油は常にポンプとパイプの間を循環し、脚、フラップ弁を操作する時のみ圧力となって働く仕組みになっていた。

離陸直後、パイロットが脚操作把柄を「上げ」の位置に操作すると、脚は収納の位置に向かって動きはじめる。圧力は左右同圧であるはずだから、当然左右同時に上がりはじめるはずであるのに、左右同時がないわけではないが、大抵はどちらかが先になる。これを、注意深く観察していると、右脚の方から上がりはじめることが多い。その理由は空気の抵抗の相違である。

プロペラは万国共通であって、操縦席から見て右まわりである。そのためプロペラの蹴った空気は右脚の内側より、左脚の右側（内側）を多くたたくことになりどうしても左脚の内側が気流に押され、遅く入ることになる。

この光景を下から見て、左右同時に収納するより「カッコいい」などと言う人もあったが、中にはひねくれがいて左側から入りはじめる機もあったりした。人間と同じように、飛行機にもそれぞれ個性があり面白いものである。

零戦の寿命

艦船や戦車にも規定によって定められた耐用年数があるが、飛行機にもその規定がある。特に飛行機の極限とも思われる激しい特殊飛行を行なう戦闘機の場合、耐用時間は驚くほど短いものだ。

使用開始から耐用時間終了までの運転にかかわるすべての症状は、その機の来歴簿に正確に一機一機記録される。使用開始からある時間ごとに毎日の点検整備作業のほかに小検査、中検査が行なわれ、大検査の時には機体・発動機の総点検となる。

エンジンは取りはずして整備場にまわされ、完全に分解して点検、部品交換などの俗にいうオーバーホールとなる。九〇戦、九五戦の頃の信頼度は驚くほどに低いもので、その大検査までの飛行時間はわずかに一〇〇時間、九六戦時代になって精度が上がり、それでも一五〇時間、零戦も初期は一五〇時間、後に延長されたとはいっても、飛行時間二〇〇時間を限度とされていた。

二〇〇時間が終了すれば、まったく異常なく快適飛行を続けていても、その時点で大検査、総分解となる。ラバウル時代、私の愛機は機付の整備下士官との絶妙な呼吸で整備に万全を期して快調そのものであったことから、悪いことではあったが時々帳簿をごまかして二五〇時間まで延長したことがあった。

動きの激しい戦闘機に対し比較的水平飛行が多い雷撃機などは六〇〇～七〇〇時間、中攻などでは一〇〇〇時間とも聞いていたが、何しろ戦闘機は激しい横辷り、遠心力、Gなどでパイロットの背骨も折れるほどの激動をする機種である、よくこんな無茶な操作に耐えてくれるものだと、内心心配しながら飛んでいたのは私だけではないと思う。

大検査を終わった機は再び修理点検後組立てられ飛行を開始する。しかし、大検査ごとに耐用時間は短縮され、やがて廃機となる。第一線では数回の大検査を受けるまでに姿を消してしまうものが多かったようである。

零戦の病気診断

第一線において酷使される戦闘機は、人間と同じように病気を起こし負傷もした。毎日、司令部から翌日の出撃機数の要求が出されるが、その無理難題とも思える機数を揃えるために、灯火管制の中で夜業、徹夜で頑張る整備隊の苦労は、言葉では言い尽くせないものがあった。

人間にも風邪や疲労でいろいろの症状が表われる。飛行機もまさにその点は人間と同じ、運の悪い時は故障機の続出となる。その症状は大半が振動の発生となって表われる。昔からレシプロエンジンでは振動にはじまり振動に終わるといわれるほどである。人が発熱で不調を訴えるように振動を起こして不調を知らせるのである。

時には止まらない振動に手をやいた整備のベテラン分隊士が、癇癪を起こすのを見たこともたびたびであった。

「こんな軽い機体に一〇〇〇馬力のエンジンが回転しているんだ、振動があるのは当たり前だ。鉄道の蒸気機関車は八〇〇馬力ぐらいだ。あれより強いんだぞ」

その振動も許容限度があり、これを放置すると致命傷となるから厄介である。

飛行機というものは、地上でどんなに良い運転状態であっても、空中での飛行状態において良好でなければ正常とは言えない。言い換えると、地上運転時と飛行時とで大きく変化することがあるから厄介なのである。

飛行機の爆音、振動

一般の人にはただブーンブーンと聞こえる飛行機の爆音も、整備員やパイロットのベテランになると、その音の内容を聞き分けるのである。

プロペラが空気を切る音、エンジンの排気音、エンジン内部の機械の摺動音、歯車の回転音、そのすべてが機体表面に伝播して出る共鳴音等々、そこに何か異音があればそれは異状を示し、異状は振動となって表われることが多く、その振動の原因となる元にはいくつかが考えられる。

まずエンジン内に何が起こっているかを考えると、電気系統（発火系統）、燃料系統、そして先端で回転するプロペラ系統、エンジンベッドの締付等々発生元はいろいろある。ベテラン整備員はその発生源を巧みにとらえて処置をしてくれるが、どんなに地上運転が良好状態であっても、飛行機は飛んでみなければわからない。

そこで飛行機の健康診断は、空中においてベテランパイロットが行なってＯＫを出すのである。地上で完璧の運転状態である飛行機が空中に上がったとたん振動を起こすこともあれば、その反対に地上で相当の振動を発生していたエンジンが離陸した瞬間、その振動がなくなることもある。これは、飛行機が地上にあるとき――零戦の場合なら、主脚二点、尾輪一点の三点で支えられた状態にあり、ゴムで作られたタイヤが地上では振動を吸収したり、逆に共鳴し増幅することもあるからである。

特に、プロペラから発生する振動は、なかなか厄介な問題であった。飛行中の各回転、恒速プロペラのピッチ角度、ローピッチからハイピッチへ、またその逆で起こる振動、地上でどうしても整備の人が納得しない場合には、零戦の操縦席のうしろに整備下士官を同乗させて、空中での運転状態を説明しながら解明したこともたびたびで、このテスト飛行はベテラン搭乗員の役目だった。若い士官が飛行時間稼ぎにこれをやりたがったが、無駄なことだと私は思った。

振動の原因不明のままで飛行機がどうしてもごねてくると、「先任、御苦労さんだが飛んでみてくれないか」となって一機一機をテストしては若い列機たちの飛行機を点検したが、もっとも多い時はラエ基地で一ヵ月の飛行時間が実戦出撃を含めて一〇〇時間を越えた月もあったほどである。

数多い搭乗員の中には、飛行機に振動はつきものと思い込んでいた者もいた。迎撃戦の時は身近な機に誰が飛び乗ってもかまわないことになっていた。たまたま私の愛機で迎撃戦をやった若い搭乗員が感じ入ったように言う。

「先任の飛行機はまったく振動がなく、空気の中をすべるような感じですが、これがほんとうの零戦なんですか、私のも一度試飛行していただけませんか」

こんな依頼もあって折を見て列機の零戦で飛んでみると、振動の許容限度ともいえる零戦もあって、恐ろしいことであった。

なお、振動について言えば、私自身はエンジン本体取付部の一三本のボルトの一本一本の緩衝ゴムの締め具合を見極める勘どころに、大きな興味を感じていた。

離陸距離、旋回半径

零戦二一型は、無風状態で一九四メートル、向かい風一〇メートルではわずか一〇〇メートルの滑走で地面を切った。ベテランパイロットの腕をもってすれば、高度五〇〇メートルで行なう水平飛行からの一八〇度の急速方向変換、たとえば一五〇ノットで開始される垂直旋回なら、旋回半径は一八六メートル、所要時間は三秒半ないし四秒弱でやってのけた。

これほどの操舵応答を示した零戦二一型をもってしても、命をかけた大空の一騎討ちで相手を撃ち墜とすということは至難の業であった。

自分もふっ飛ぶ相手もふっ飛ぶ、そこではお互いのわずかな機の辷り、浮沈も命中を阻害する要因となる。その上、一発勝負で生命がかかってくると、撃った弾丸もまっすぐ飛ばないのである。

初心者の頃、幸運にもはじめて一機を撃墜した時のことを想起すると、地上でたとえるなら、走りながら木綿針の穴に一発で糸を通すほどのむずかしさであった。

生命に別状のないプロ野球の打者が、ピッチャーの投げ込む白球を待ちかまえて打ち返し、一シーズン三割打てば上乗といわれるが、戦闘機同士の勝負における撃墜とはそんな生やさしいものではない。空中戦で一人で五機を撃墜すれば世界のエース列伝に名前を連ねることになるのであるが、撃墜とはそれはそれは至難のことであった。

空中電話

日本海軍戦闘機隊でもっともお粗末と思われる機器は、戦闘機用無線電話機であった。

国際的なレベルからは遅れているといわれた日華事変（日中戦争）当時の中国空軍戦闘機でさえ、無線電話を巧みに使っていたといわれているのに、日本海軍の戦闘機用無線電話「空一号無線電話機」は、お粗末の一語に尽きる代物であった。これは三八式歩兵銃と同じで、まったく日本海軍の怠慢であった。

その主たる原因であるが、これは一に電波の検波・増幅を行なう真空管の劣悪さにあったのである。零戦ほどの名機を造り出した日本に、その方面の技術がなかったとは、とても考えられないことだが、雑音の発生と音質の悪さは何とも最低であった。また、戦闘機用無線機の開発が遅れた原因の一つは、戦闘機パイロットたちにもあったと思われる。ほぼ単一言語の日本人には、昔から阿吽（あうん）の呼吸とか以心伝心といった考え方がごく自然に伝承されてきた。編隊内、編隊間における協同作戦の進め方もいちいち電話で指図されなくても、意志を疎通させるという訓練に重点をおき、性能の悪い空中電話は無用のものという考え方もなきにしもあらずであった。

加えて、レシーバー着用時の違和感、操縦しながらの送受信の切り替え操作の繁雑等々、無線電話は戦闘機パイロットが操縦に専念する心を乱す原因とも考える時代が長く続き、ようやく太平洋戦争末期になって、迎撃戦闘で指揮所との連絡、指示に電話を使って成功した数例があるが、それでも戦闘機用の無線電話の性能の劣悪からは抜け出すことができなかった。残念ながら無線電話技術の研究者の非能力、不勉強はおおうべくもないことであった。

聞くところによると陸軍戦闘機隊のほうが無線電話に関しては、海軍よりはるかに優れていたようである。

空戦中の無線電話

空中電話を活用すれば、果たして空戦がうまくいったか——？

劇映画の中の空中戦で、僚機の一機が空中無線電話を巧みに使って「ジョン！　六時の方向（直後の意）にゼロ！」と叫んで後方に敵機が回っていることを知らせる場面を見ることがある。

　敵味方数十機が空中で入り乱れて空中戦を行なう中であのようなことができれば、まことに都合がよいのであるが、実際にはああしたことは不可能に近い。空中戦の渦の中、自分の身を守ることも精一杯の状態の中では三機か四機の同じ小隊（編隊）内でさえむずかしいのに、他の編隊の一機に注意を与えるようなゆとりがあったとしたら、それはもう名人中の名人だろう。第一、注意を与えるその機が誰であるのかわからないことが実状である。

　空中戦の渦の中では、全員がレシーバーを「受」にして戦っているのである。その空戦の渦の中の味方の一機が敵に追尾され危機におちいっていることに気がついた別の味方機が、ジョンなどと名前を呼んで注意を喚起すれば、全機が敵機に追尾された時の処置に移り、危急を脱するということになる。エンジン音で自分の声さえ聞こえない操縦席にあって、しかも送受切り換え操作は空戦を行ないながらできるものではない。

　太平洋戦争中、よく大きな空中戦になると、その空戦の渦の輪から離れて、高度一〇〇〇メートルぐらいの上空に一機、時には二機の敵機がいることに私は気がついた。はじめの頃、私は「卑怯者で修羅場から逃げている奴！」と思っていたので、空戦が終わるとその上空に逃れている敵機の死角、後下方から近づいて一撃で撃墜したことが何度もあった。中島飛行隊長が名づけた「坂井の落穂拾い戦法」がこれである、不意を突かれやられた相手こそ災難であったが、この種の飛行機は戦後知ったことだが敵の空戦指導員、監視通報員であったらしく、空戦圏外の上空から、味方機に対して警告を発していたようである。

こういう敵機こそ曲者なのである。零戦の戦闘ぶりを観察研究し次の戦闘の資料としていくのである。気の毒ながら生かして還すわけにはいかない相手である。

空中電話に話を戻して——。

もし、雑音が少なく音質の良い空中電話機が開発されていたとしても、飛行機の場合、たとえばお互いの声の届く運動場で、お互いに声を出し合ってゲームを行なうようには、できないのである。

無線電話を使用するにあたっては、まずその飛行機の編隊に、使用する電話の波長が与えられる。これは定められた水晶片を各飛行機の発信機に挿入することによって決まる。たとえば、その編隊に与えられた電波のサイクルが五〇〇キロサイクルであれば、その波長を使用する電話機以外の通話電波は入ってこない。入っても雑音であり、五〇〇キロサイクルと定められた一つの波長が一本の電話線であり、その電話線も同時に二人以上が送話することのできない一方通行であって、発信しようとする機が「送」にスイッチを入れた時、その水晶片によって定められた搬送波が出る。これが一本の電話線で、同時に二人以上が送話した場合は大混信となって全機聞きとることはできなくなるのである。

そのため、編隊飛行を行なっている状態では、原則として、全機が「受」にスイッチを入れて傍受の態勢になり、情報待ちとなって飛び続け、迎撃戦であれば、味方基地指揮所よりの敵情通知を待ち、敵発見と同時に指揮官がはじめて攻撃の方法を送信機によって全編隊に指示を下すが、その指示が終われば指揮官といえども他機と同じく「受」の情報待ちとならなければならないのである。この場合、もし、編隊の中の不注意な一機が、何かの間違いで「送」に入れたままの状態で飛行しているのを他機が注意をしようとしても、二人以上が同時に「送」に入れることになり、その注意も届かないことになるというもどかしさがあって、なかなか単座戦闘機の無線電話使用はむずかしいものであった。

零戦の特長

よく、あの戦闘機は空戦性能がよいとか、あまりよくなかったとか、内外各種の戦闘機を比較評価するが、そうした時、何を基準として良し悪しの評価がなされるのであろうか。

私は数多くの実戦の体験から、零戦の最大特長は、長大なる航続力であると断言する。飛行機というものは、他にどんな素晴らしい特長、戦力を備えていたとしても、飛べなくなった飛行機、地上にある戦闘機の戦力は零なのである。

征空戦闘機としての零戦隊が長駆敵地に進攻して存分の働きを発揮できたのは、一にかかって航続力、航続時間に自信があったからであり、帰りの燃料の心配などしていたら、パイロットは適切な判断、良い思案も浮ばないのである。燃料切れは、車や船なら停止してもよいが、飛行機の場合、戦場においては間違いなく死を意味することであり、戦わずして敗れることである。

メッサーシュミットやフォッケウルフといったドイツの戦闘機は、素晴らしい性能を備えた単座戦闘機と評価されている。

ヨーロッパ戦線では西フランスの占領地を離陸し、ロンドンその他のイギリス本土を空襲するドイツ爆撃機を援護したが、帰りを急ぐドイツ戦闘機はイギリス空軍の名機スピットファイヤーやホーカー・ハリケーンといった戦闘機にドーヴァー海峡上空でまつわりつかれて撃墜され、ついにイギリス全土どころかロンドン上空の制空権さえとることができなかった。

その原因は、単座戦闘機にとって命の綱であるところの燃料欠乏に陥ったからである。ちなみにメッサーシュミットの進出可能距離は、わずかに一〇〇キロ弱であったと聞く。

当時、スピットファイヤーは史上最も優秀な戦闘機と折り紙がつけられていたものである。事実、見事にドイツ空軍を撃退しているが、そのスピットファイヤー戦闘機を、太平洋戦争初期、二一型零戦隊は長駆進撃、敵地上空において手もなくひねったものである。これは体験談である。自慢話ではない。

神出鬼没の正体

太平洋戦争の初期、いずこからともなく大挙して現われ、マニラその他フィリピン全土の制空権をとった零戦隊が、突如ボルネオ、セレベスに現われ、ジャワ本土を襲い、ティモール島より長駆オーストラリア、ポートダーウィンを襲う。

米豪連合軍はそのころ真剣に推し測っていた。日本はこのすごい零戦を何千機用意したのであろうか、後進国、特に航空機に関しては劣等国と蔑視していた日本が、どのようにしてこの戦闘機を開発し得たのであろうか、と。そして、この戦闘機に対抗する戦力を整えるまでは、とても攻勢に転ずることはできないと驚き嘆いていたというが、タネを明かせば神出鬼没の零戦隊の正体は、台湾高雄を基地とする第三海軍航空隊、それに私たち台南海軍航空隊のわずか二航空隊の零戦隊だったのである。

機数は一〇〇〇機どころか、帳面づらではそれぞれ保有機一〇〇機ずつとなっていてもそれは名目だけ、開戦当日でさえ実動それぞれ四五機、両航空隊合わせてわずか九〇機の零戦隊を割り振って、南へ、西へ、東へと長駆活躍していたのである。

ちなみにパリ―ロンドン間は一七八浬(かいり)(約三三〇キロメートル)、アムステルダム―ロンドン間は一八九浬(約三五〇キロメートル)、ベルリンからだと四八五浬(約九〇〇キロメートル)である。もし、零戦隊がパリを基地としたら、イギリス全土を難なくカバーできたのである。私たちが行なったラバウル―ガダルカナルの片道距離は、何と五七〇浬(約一〇五六キロメートル)の超遠距離であった。

もっと圧巻がある。昭和十七年一月、二七機の零戦隊が台南基地を発ってボルネオ島目前のスールー諸島の中のホロ島のゴルフ場に全機進出した時の飛行距離は、何と一一〇七浬(約二〇五〇キロメートル)である。これは破天荒というか、想像を絶するというか、当時の世界の戦闘機の常識をはるかに越えた大冒険とも思われる大編隊移動であったが、日華事変(日中戦争)以来、体験を重ねてきた私たち歴戦の零戦パイロットたちにとっては、さしたる難事ではなかった。難事はむしろ別にあった、尻の痛さと便意には閉口したものである。

恒速プロペラの採用は、空中戦闘には無関係であったとしても、巡航時の燃料消費量の節減に絶大な役目を果たしたことは前述したとおりである。また、栄エンジンの信頼性は、若干の馬力不足感をカバーしてなお余るものがあったといえる。

開戦当初、連合艦隊司令部は、台湾より行なう零戦隊のマニラ周辺に対する長距離先制攻撃に対して、三隻の航空母艦を用意し、重要な戦闘訓練を一時中止し着艦訓練を実施させたことは前に述べておいたとおりである。

この件、重複になるのを承知で書き添えておくと、零戦の場合、三三〇リットルの増槽をもってすれば、大編隊で行動しても、約三時間半(増槽のみで)の飛行が可能であり、空戦開始直前には、たとえ燃料残があっても増槽は投下し、機内タンク燃料を使用して空戦を行ない、なお残量で心配なく台湾基地へ悠々帰投する能力をもっていたのである。この事実を司令部の上層部が知らなかったとすれば、お粗末の限りといわれてもしかたがあるまい。零戦隊は昭和十五年九月の初出撃から約一ヵ年にわたって中国の奥地攻撃を続行し、すでに台湾よりするマニラ周辺攻撃に要する長時間飛行の下準備は完了していたのである。開戦時、一下士官搭乗員にすぎない私でさえ、航空母艦派遣など無用なことと思ったことであった。

涙滴型風房

涙滴型、全展望可能の風房を零戦が採用したことは、パイロットに大きな安心感を与えた(零戦の操縦席の風房が涙滴の形に似ていることから涙滴型といわれた)。単座戦闘機対単座戦闘機の編隊空戦の際、パイロットがもっとも気になり、奇襲を恐れる方角は、眼のない後方である。

前方に向けて装備した固定銃を武器とする単座戦闘機は、敵機に意識、無意識いずれにしても後方に回り込まれることは致命的である。後下方は飛行機の機体の構造上見透すことはできない。しかしながらこれはお互いに同等の条件であるからあきらめるとしても、直後方、および後上方は上体及び首を回すことによって見ることができるから、見通しのよい風房はパイロットにとっては当然の要求である。

その反面、機体設計者側から考えれば、戦闘機の空戦性能を良くするためには後方防御鉄板を採用した胴体一体型を選ぶほうに理があり、そのほうが機体の強度も向上するし、製作面の利便もあるのである。

しかし、パイロットを後方からの攻撃から守る、すなわち、後方防御鉄板をつけパイロットの頭部と胴体全部をカバーするためには涙滴型では不可能となる。このように相反する難題を解決、決定するには、もちろんパイロット側の意見を第一の参考条件とされるべきであるが、国民性の相違、戦術思想による要望が判定の基準となってくる例が多い。

欧米人は、後方見張りが少々不良であっても胴体一体型を好んだ。イギリスの名戦闘機、スピットファイヤー、ホーカー・ハリケーン、ドイツのメッサーシュミット、アメリカのP40、F4Uコルセア、グラマンF6F、P47サンダーボルトがこれに当たる。戦争末期に現われ、当時世界最強を誇ったP51ムスタング、ドイツのフォッケウルフAは涙滴型に近い風房を採用、終戦直前に開発されたグラマンF8ベアキャットはついに涙滴型となっている。

日本海軍でも、九六戦二号二型で風房密閉型を採用したが、後方見張り不良が不安を呼び空戦に不利ということで全パイロットたちに拒否され、これを取り払い、パイロット露出型の九六式四号艦戦となり空中戦で大活躍をしている。

欧米では、空中戦で被弾し飛行不可能におちいった場合、パイロット自身が健在なら当然、あるいはたとえ重傷を負っていてもパラシュートで脱出し、パイロットの生命を守る思想が徹底していたので、可能な限り後方からの射撃による被害を食い止めるため防弾鈑を採用した。対して日本では、攻撃は最大の防御なり、生きて虜囚のはずかしめを受けずという、いさぎよしを心意気とした時代であったから、パイロット自身も防御など不要という考えで涙滴型を好んでいた。ムスタングや最終の新型グラマンがこの涙滴型を選んだのは、結局は戦闘に有利、見張り能力を重視したからと想像できる。

後顧の憂いなくという言葉がある。一人乗りの単座戦闘機パイロットにとって、長大なる航続力の安心感と後方見張りの容易な全展望型風房の採用は、空戦時におけるパイロットの判断力の原点であった。

バックミラーをつけたら便利ではなかったか？という質問をよく受けたものだが、全視野の一〇〇分の一にも満たないバックミラーの視界など、何の役にも立たないのだ。はじめて操縦を習った全木製複葉の三式初歩練習機には、前席の教官席にバックミラーがあった。これは後席にいる学生、練習生の動作や表情を確めるのがやっとで、とても後方見張りなどに役立つものではなかった。

捩り翼

先に述べた昇降舵操縦系統に採用された画期的な剛性低下方式は、宙返りや、翼を四五度以上傾けて飛ぶ垂直旋回には、素晴らしい効能を発揮し、他機種の追従を許さない操舵応答を示すものであったが、零戦にはもうひとつ隠し味ともいえるものがあった。捩り翼である。

零戦の両主翼には大仰角の旋回時の翼端失速を防ぐため、両主翼の翼端に至るに従って主翼の迎い角を徐々に小さくする、いわゆる主翼の捩り下げがなされていたのである。これは、空戦時、特に、格闘戦中における翼端失速を防ぐのに大いに役立ってくれた工夫である。すなわち、大仰角時の横安定度を増すことによってパイロットに安心感を与えてくれたのである。私たちパイロットが捩り翼と呼んでいたのがこれである。

この方法は、堀越技師の発想によって画期的大成功といわれた九六艦戦の翼にはじめて採用されたもので、九六戦の抜群の格闘戦性能の秘密はここにあったといえる。

ちなみに零戦（二一型）の捩り翼は、主翼取付角はエルロン（飛行機の左右傾斜を司る補助翼）内端でプラス二度、エルロン外端でマイナス〇・五度となっており、内端より外端までの間の途中はサイン曲線状（曲線的捩り）に捩りを変化させてあったが、製作にあたった方々の細かい心遣いともいえる技術には、パイロットとして頭の下がる思いを常に感じながら空戦を行なったものである。

空戦性能向上のために考えられた捩り翼の効果は、剛性低下方式と相俟って、絶妙な働きを示してくれ、まさに零戦の隠し味であった。また、高速時の機首引き上げによって起こる自転、続いて起こる悪性錐揉（水平錐揉、背面錐揉）を防止することにも役立ったのである。

離着陸時の安定性

戦闘機に限らず、すべての飛行機にとって、離着陸時の安定性はもっとも重要な要素の一つである。飛行機の事故の九〇パーセント近くは、離着陸に関係して起こるといわれている。私はどんな長距離飛行、激しい空中戦を行なおうと、パイロットとして離着陸は人間が地球と縁を切って大空に舞い、再び地球と縁を結ぶ儀式と心得てもっとも神経を使ったものである。

零戦は九六戦に比べて極めて離着陸が容易な戦闘機であった。

これは着陸、着艦時の降下スピード、即ち低速時の安定性がよく、また九六戦時代には着地点を狙う方法として、シリンダーの隙間、後には座席を無理に上げてカウリングの上からの狙いに変えるなど、パイロットは無理をし、特に身長の低い操縦者は苦労をしたものである。

その点零戦は機体、エンジンの形状から、無理のない狙いが得られたため、パイロットは疲労時にあっても着陸には安堵感を得ることができたのである。

地上滑走も零戦は両脚の間隔が広く、ブレーキの利きも比較的良好であって、無風または追い風での着陸時に、九六戦時代は三点角度が高いことが原因となり着陸滑走の最終において、特に若手搭乗員が回されて機を損傷する事故が多かったが、零戦は九六戦に比べて地上滑走時においても極めて安定した戦闘機であった。

操縦席の諸装置の配置は、日本人の平均身長を考慮におかれていた。したがって、長時間飛行、激しい空中戦を行なう操縦席としては、座り心地、居心地は良好であった。ただ、身長の特に高いパイロットには、何かと苦労があったようであり、逆に身長の低いパイロットは自分専用のクッションを活用することで対応していた。フットバーが各人の身長に合わせて調節できるようになっていたことは良い考えであった。

七・七ミリと二〇ミリ

一つの戦闘機に性能の異なる機銃を装備することは賢明な策ではない、という第一線からの反対を無視して、実際問題として零戦には初速の遅い二〇ミリ機銃と七ミリ七が装備されてしまったのである。そうなったら零戦を愛機とする零戦パイロットはもうこのことを議論してもはじまらない。零戦をどのように効果的に使うかということを、私たちパイロットは真剣に考えた。

私の結論はこうであった。

初速が遅く弾丸の重量の重い二〇ミリは、格闘戦になったら弾道低下率が大きく、俗にいう小便弾になってまず命中しない。格闘戦、巴(ともえ)戦で二〇ミリを有効にあてる人がいたら、その人は名人だ。私などにはとてもできない。では二〇ミリをどこで使うのか。相手が戦闘機の場合、敵機が急激な動きに入る前、直線飛行を行なっている時に使う。水平飛行であれ上昇、降下であれ、敵機がこちらに気づかず、弾道修正不要の直線飛行時を狙う。

そのためには、敵に先んじて敵を発見し、素早く追尾して一撃で据え物斬りに倒す必要がある。二〇ミリは、一号銃で弾数はわずかに片銃五〇発、二号銃でも一〇〇発である。あっという間に弾丸はなくなってしまう。可能な限り有効に使うことである。信頼のおける七ミリ七は片銃六〇〇発（計一二〇〇発）で初速、発射速度も早く命中精度は抜群で、故障も少なく、私には正宗の名刀の感があった。

私は空戦で合計数万発は発射したと計算しているが、幸運にして、ただの一度も故障を起こしたことはなかった。そして、七ミリ七でも多数の有効弾を射ち込めば、四発の大型機以外ならまず撃墜できた。私が撃墜した敵戦闘機の大半はこの七ミリ七で仕留めたものだ。

私がよくB26、B25といった比較的大型の双発爆撃機に対し至近の距離に食い下がり、七ミリ七の連続発射で撃墜するのを並行して飛びながら見ていた笹井中隊長が、「よく七ミリ七だけで墜とせるもんだなあ！」と首をかしげていた。

「七ミリ七でも数百発同じところに射ち込めば、相手は爆発物です、必ず墜ちますよ。まず後方銃座をやっつけるのが先ですがね！」

世界の名機、イギリスのスーパーマリン・スピットファイヤーが頑固なまでに七ミリ七、八梃で押し通した思想が、私には痛いほどよくわかる。それに、二〇ミリの一号銃でさえ、乱戦中に敵弾を弾倉にくらうと、その爆発の威力は三〇キロ爆弾に匹敵するといわれていた。

空戦中にこの弾倉に命中弾を受け、瞬時に飛散した零戦を私は何回か目撃したことがあるが、すさまじいものだった。

昭和十七年二月十九日のスラバヤ空襲の時であった。迎えうった敵戦闘機四〇機との空戦となり、わが方はその大部分を撃墜した。しかし、空戦開始して数十秒、私の目前で味方零戦一機が一瞬のうちに消えてなくなるのを見た。その機は胴体に二本線のはいった指揮官機で、第二中隊長浅井正雄大尉機であった。こんなことを何回か見ているうちに、いつしか搭乗員たちの間にこんな声が広がった。

「二〇ミリの弾倉に敵弾をくらうと吹っ飛んでしまうぞ。速く射ったほうが安全だ」

実際には射ち合いになったら二〇ミリの弾丸はあっという間に射ち尽くし、弾倉は空になっていたのだ。

米国製無線帰投方位測定器

太平洋戦争の初め頃、純国産の零戦が敵国アメリカ製の機器を搭載して戦ったといったら、驚かれるであろう。疑う人もあると思うが事実である。

超長距離飛行が可能となった零戦の泣きどころの一つは単座戦闘機、すなわち一人乗りの飛行機の航法であった。二人乗り以上の飛行機には、パイロットの他に必ず偵察員が同乗した。偵察員には無線電信による交信、敵戦闘機に襲われた場合の旋回銃による応戦の任務があるが、刻々移動し続ける機位の確認、すなわち航法の主任務があって、地文航法（地形、地物を見ながら方向を定める航法）はもちろん、偏流測定（横風によって飛行機が流される量を測る）をすることにより風向、風速を知る推測航法ばかりか、大型機になれば天測航法も可能である。

ところが、単座戦闘機では、パイロットの目測と体験を元に飛ぶのである。俗に山勘航法と私たちは称していたが、さて、この山勘航法も陸地上空や島伝いならともかく、洋上航法ともなるとこれは至難の業であった。

そこで零戦に搭載されたのがク式無線帰投方位測定器、略して私たちがクルシーと称したアメリカ製の無線器であった。はじめの頃の零戦の写真を見ると、パイロットの後方、風房内にO型のループアンテナがあるが、このアンテナで必要な電波を受ける。マニラ空襲の時、零戦が受けた電波はNHK台南放送局の電波七六〇キロサイクルであった。有効距離は百浬が限界であったと記憶している。

ルソン島北端でクルシーのスイッチをONにしてダイヤルを回すと、台南放送局のラジオの声が聞こえてきた。飛行機はそのラジオを受けながらクルシー専用の計器の針を中心、真上零度の位置に保持し飛び続ける。最後には放送局の電波の発射塔の真上にたどり着く。その瞬間、その針がピーンとはねて真上にきたことを知らせるから、雲中、雲上、夜間でも、操作を誤らなければ効果があり、便利そのものであった。

ただし、飛行機は電波塔に向かって常に直進するわけではない。無風状態なら直進する。しかし、横風を受けて飛ぶ時はそうはいかない。機の首尾線は電波塔に向かっていても、飛行機は風に流されて、軌跡は大曲線を描くことになるのだ。私も何回かこのクルシーのお世話になったが、大体は経験による山勘航法で何とかたどり着いた。クルシーは実際には数が少なく、主としてリーダー機に搭載された。

昭和十七年六月、角田覚治少将の率いる第二機動部隊によるアリューシャン攻撃の時、濃霧のため機位を失いかけていた偵察員搭乗の艦爆隊を、クルシーを使った零戦が母艦へ誘導帰還したことがあったというから、立派に役に立った。あれば便利で利用価値のあったクルシーも、アメリカからの輸入品であるため部品切れとなり、いつしか消えてなくなってしまった。

坂井式零戦用航法計算尺

海軍の戦闘機も零戦時代に入って、九六戦時代には考えられなかった長距離飛行を作戦の中で行なうようになると、従来の航法では、そのうちに大きな間違いを犯すのではないかと私は考えるようになった。

航法専門の偵察員の搭乗する雷撃機、大型双発の中攻隊にも随伴して攻撃に参加するようになると、分離した時、一番の問題は戦闘機単独による航法である。一人乗りの単座戦闘機では偏流測定儀などの航法計器は使えないから、もっぱら航空地図とコンパスによる地文航法を行なう以外に方法はなかった。

クルシーもある一定の制限があり、敵国アメリカよりの輸入品であるので先の望みはなかった。

太平洋戦争における中攻隊援護の戦爆連合の攻撃行は、往路は中攻隊任せなので航法の心配はないといっても、敵地上空で空中戦となると中攻隊は爆撃終了とともに一目散で帰路につくので、残って空中戦を行なう零戦隊は単独で帰投することになる。また戦闘機だけで航空撃滅戦に向かうケースでは、四五〇浬（約八三三キロメートル）以上ともなると九八陸偵が先導して航法を助けてくれるが、大空戦ともなるとバラバラとなって復路は零戦隊だけの飛行となることが多くなった。

この中攻隊や偵察機に道案内をされている間、あなた任せでついて行く者と、「この時が航法の勉強をする大事な時なのだ！」と考える者とでは、大変な違いとなる。特に小隊長以上の列機を率いるリーダーには、この心構えと研究心が大事であった。つまり、航法能力は戦闘機パイロットにとっても最大の武器であり、戦力の一つでもあった。

私は日華事変（日中戦争）の奥地攻撃に参加するようになって、航法、特に地文航法を行なう戦闘機パイロットとして今のままの考え方でいいのだろうか、何か方法はないかを考え続けているうちに、夜の夢の中でひらめきがあり、自分独特の航法計算尺を考案した。名称は航法計算尺と大げさだが、航法用の一本の物差である。

素材は、台湾で求めた孟宗竹の古材であった。竹を選んだ理由は、丈夫で使いやすいからだ。狭い操縦席で使いやすい長さは二五センチぐらいと考え、厚さ五ミリ、幅は一五ミリにナイフで削り上げた。あとは航空図に合わせて目盛りを入れるのだ。

重宝な武器

私は日本海軍が製作した航空図をもとに、削った竹に航空図の緯度に合せて目盛を入れ距離測定用の物差とした。私の航法計算尺である。これは実に便利だった。

コンパスと定規を使う方法もあるが、これだといちいち換算する必要がある。操縦しながら使うことはできない。物差なら一発だ。飛行機には気速計があってスピードを計る。気速は現在の飛行高度における空気に対するスピードをピトー管を介して表示しているものである、ところがこれにも誤差があって、修正値を求めるが、パイロットの知りたいのは地球地面に対する機のスピード、すなわち実速である。

飛行中の飛行機は、その時の風速に左右される。向かい風なら風速だけ押し戻され、追風ならその分だけ乗せられて実速は速くなる。しかし、気速計は変わらない。これが斜の風となったらまた実速の計算が変わってくる。

ここで私は、地上飛行では地点、海上飛行では点在する島の二点間を計算尺によって、素早く距離を計り、二点間を自機が何分間で飛んだかを確かめることで、暗算で実速を計るようにした。これでもし、帰途、戦闘機単独帰投となった場合の参考としたが、安心感も得ることができた。よほどの天候の激変がない限り、往路と帰路の間に風向、風速はそれほど変わるものではないことも知り得た。

次に孟宗竹の物差の端に穴をあけ紐を通して飛行服のポケットに差し込み常用した。私にとってこの物差は七ミリ七機銃に匹敵するほどの優秀な武器であった。ガダルカナル上空で被弾し両眼をやられてラバウルまで帰る五七〇浬（約一〇五六キロメートル）の飛行で迷いに迷った時、最後に残りの距離を私に示してくれたのがこの計算尺であった。

太平洋戦争の洋上における戦いで未帰還となったパイロットたちの中には、機位を失して燃料切れとなった者が数多いとのこと。零戦の敵の一つは長距離航法であった。

南方基地で私の計算尺を見て「それは何ですか、どう使用するんですか」と聞く搭乗員は何人もいた。それでいて、そんな重宝なものなら自分も作って使ってみようというパイロットが一人もいなかったことは、不思議であり悲しいことでもあった。

この計算尺に古竹を用いたのには、丈夫で使いやすいことの他にもう一つ理由があった。零戦隊は中国大陸から南半球までを行動したが、航法に用いる航空図は赤道上を基準としているので、地図の南と北では同じ緯度一分であっても縮尺率がちがうのだ。

私たちは、移動するその範囲の地図によって距離の計り方は基本的に理解しているので頻繁に南北に基地を移動することがあっても、その緯度の範囲に応じて航空図を使いわけるのである。その時は当然、計算尺の目盛も変えなければならない。そんな時、竹なら、簡単にナイフで削って新しい目盛と入れ替えができる。

私たちパイロットは、どんな地図であっても、緯度の線を見て地点間の距離を計ることができる。里程表などはいらない。緯度一分は一浬（約一・八五二キロメートル）、一度は六〇浬という算定基礎は一生忘れないからである。また、赤道上の地球の円周が何浬であるか、九〇〇ノットの飛行機が西に向かって赤道上を飛び続けることができたら、時間は経過しても、何時間飛んでも、太陽の位置は変わらないことも知っている。

確かな航法技術

戦後のことになる。私は数多くのアメリカ軍の戦闘機パイロットたちと、お互いの体験談を交わす機会を得たが、彼らの興味は零戦に関することが多かった。

空戦性能に関する質問ももちろんのこと数多くなされる、しかしながら、開戦前、私が滞空実験飛行で一二時間五分の記録を作ったことや、日華事変（日中戦争）の頃の奥地攻撃や太平洋戦争のはじめの頃の進攻作戦では片道四〇〇浬（約七四〇キロメートル）や五〇〇浬は珍しいことではなく、空戦時間を含めて一回の作戦の飛行時間が五時間半から六時間を要したことは普通のことだったと話すと、みんな一様に驚き、信じられないといった顔をして首をすくめた。

その驚きは、プロペラ時代の単座戦闘機で、しかも無給油でこれほどの長時間を飛び続けることが可能であったという驚きもあるが、同時に零戦を操縦してそのような遠距離進出をごく当たり前のようにやってのけた、日本海軍の零戦パイロットたちの航法技術の確かさと度胸のよさに対する驚嘆のようだった。

特に太平洋戦争では、航法のむずかしい海上飛行が多かったと聞いて、信じられないことだと驚いていた。

そう言われてみると、私たちが体験したラバウル―ガダルカナル島の片道の距離は何と五七〇浬（約一〇五六キロメートル）、これは東京―屋久島の距離に等しく、しかも敵地上空で空中戦を交え再び反転帰投するのであるから、激しい訓練と実戦の体験によって身につけた技とはいえ、今、静かに考えてみると我ながらよくやれたものだと思う。

アメリカにモリソンの報告書という太平洋戦争に関する公式記録がある、権威ある報告書である。これに零戦隊の行なった開戦初日の台湾よりの比島攻撃、ボルネオ島よりのスラバヤ空襲、ティモール島クーパンよりの豪州ポートダーウィン攻撃、そしてラバウルよりのガダルカナル攻撃が記録されているが、これは日本零戦隊が空母より発艦して攻撃に来たものであるとして、未だに訂正を行なっていないということである。信じていないのである。そんな超遠距離を飛べる単座戦闘機があの時代に存在したとはとても信じられないのであろう。

今でも、あれほどの距離を我ながらよく飛んだものだと重ねて思うが、その頃の零戦隊を引き連れて進攻して行ったリーダー格の零戦搭乗員たちの年齢が弱冠二十四、五歳であったことを考えると、今さらながらよくやったと思う。

帰巣（きそう）本能

生まれながらにして空を飛ぶ能力を有する鳥類の仲間でも、種類によってその移動距離にものすごく差がある。すなわち帰巣（きそう）本能差である。雀などは自分の生まれた巣から数キロメートルしか離れることはできないといわれる。鳥などの若干大型の鳥でも数十キロからせいぜい一〇〇キロメートルが限界のようだ。

ところが小型ながら渡り鳥になると、南極からシベリアへ移動する。これは零戦どころではない。どのようにして数千キロの距離の洋上を目標に向かって飛ぶのだろうか。地磁気を感じる能力を備えているのか、または太陽、恒星から飛んでくる電波を捕らえて飛ぶのではといわれるが、定かではないようだ。

伝書鳩に至っては、訓練することで東京—北海道間を往復し、正確に自分の巣に帰ってくる。

地上の動物でもこんな例がある。私の知人が、東京の自宅を数ヵ月間空けることになった。その時一匹の飼猫を、青森の親戚に預けるため、自動車で青森まで運んでいった。四ヵ月後、自宅に戻ったその人は、青森へ電話を入れて猫を受け取りに行くことを知らせたところ、「数日前から猫の姿が見えない」という返事。心中、猫に悪いことをしたと思いながら二ヵ月たったある日の朝、ニャーニャーという聞き馴れた愛猫の声にびっくり、玄関を開けたところ、そこには、半年前に青森へ預けた猫が汚れ、やせ衰えて座っていた。これも一つの驚くべき動物の帰巣本能である。

私の体験からいえることであるが、人間にも自分の巣に帰るという帰巣本能があるようで、その帰巣性には、はっきりと優劣がある気がする。またその差異は人種的なものでもあり、同一人種の中でも個人差があるようで、その劣の最たるものが方向音痴といわれるものらしい。アメリカの古い戦闘機パイロットたちとこのことを語り合うたびに、日本人はアメリカ人に比べて帰巣性が極めて優れている民族であるらしいことを私は感じている。大嵐のマニラ―台湾間、大雨のスラバヤ―バンゼルマシン間、重傷を負い視力を失っての ガダルカナル―ラバウル間、昭和十九年七月四日の体当たり攻撃では太平洋上でほとんど全滅を喫し、大雨を抜け暗闇の洋上を列機を引き連れての手さぐり飛行で奇跡的に帰り着いた硫黄島基地、これらは通常の航法以前の、私の帰巣本能がそうさせたのだとしか思われない。海に空に陸に、電波とレーダー万能といわれる時代に、原始的な帰巣本能などとり上げると笑われるかもしれない。しかし、それでは最新式のレーダーを装備した船同士が衝突したり、訓練中の最新式のジェット機が悪天候のために機位を失い帰投できなかったりするのはなぜだろうか？　人智が進んで科学機械万能でまことに便利極まる時代ではあるが、一度レーダーが故障したり電波のレールからはずれた時、また悪天候に遭遇した時、的確に自己の現在位置を確かめ針路を誤らないのがすぐれた飛行士である。それは、すぐれた帰巣本能の上に科学的な訓練と実戦で積み重ねられてはじめてできることである。

それにしても、人工衛星の飛び交う時代だというのに、伝書鳩の航法能力、すなわち帰巣性を解明することは不可能なことであろうか。

第三章　戦闘以前の問題

連続七発殴打

相当に悪い少年だと自分でも認めていた私ではあったが、一六歳と八ヵ月で一人の志願兵として海軍に入籍する日まで、親からも殴られたことは一度としてなかった。だから、あの時の驚きといったらなかった。

忘れもしない昭和八年五月一日、佐世保海兵団における入団式の直後である、兵舎内で、大川好喜という下士官（教班長）が、これから勉強に訓練にともに励むことになる同僚二〇〇名の前に私を引きずり出したのである。理由なんかなにもない、要するに誰でもよかったのである。彼が欲しかったのは生贄の羊なのである。

「みんな見ていろ、これからこの兵隊に海軍精神をたたき込んでやる！」

私は両手を上に伸ばし両足を左右に踏んばった状態にされると、臀部を野球用バットで力一杯連続七発殴打の刑を受けたのである。これはもうでたらめである、不運の一語に尽きるとしか言いようがなく、私の海軍生活は、あたかも狂犬病の犬にいきなり噛みつかれたようなとんだ災難でスタートを切ったのである。

露骨に言って大川兵曹は狂気の人である。この日からはじまった私の長い海軍生活において、自分自身はもちろん下士官（曹）が兵（士）を殴るなど、よほど目にあまる行為がない限り体験することはなかった。ましてや士官（将校）が下士官や兵を直接殴ることは皆無に等しく、たまにあったとすれば、大川兵曹のような情緒不安定な人間による暴行ぐらいのものだった。

訓練の方は厳しかった、遠慮なく締めあげられたものである。海兵団での基礎教育における訓練は、入団前に想像していたのとは比べものにならないほど過酷なもので、一六歳の少年の身には骨身が軋（きし）むという感じであった。しかしながら、少年とはいえ男が一度志願して入ってきた以上、これに耐えられなければ一人前の海軍軍人になれないと自覚して耐え忍ぶうちに、月日の経過とともに自らの血となり肉となって、約半年の練成期間はあっという間に過ぎていった。この期間にあっては大川好喜のような狂人下士官は別として、俗に語られるビンタとか私的制裁はまったくといってよいくらい体験することなく教育課程をこなしていった。

新兵のトイレと食事

卒業前になると、約一〇日間ほどの艦務実習が行なわれる。

乗り組む艦は、日露戦争当時は新鋭艦として活躍したといわれる敷島という一万トンぐらいの軍艦。佐世保軍港の岸に碇泊（ていはく）といえば格好はよいが、海底の砂の中に鎮座して動かない艦で、新兵の艦務実習専用となっているイギリス製の極めて古い型の戦艦であった。

生まれてはじめての軍艦の生活は、厳しい中にも珍しいことばかり、もうすぐ本物の軍艦の乗組員となると思うと心のはずむ毎日であった。ところが、私たちはここで本当に思いもかけない体験をすることになったのである。

人間、食べて飲んでおれば必ず生理的現象が起こる。当然である。狭い軍艦の中の生活であるから、当然のことながらスペースは狭い。小のほうは鉄製の大型の雨樋の形をしたやつで、そこには海水が流れていて、それこそ押し合いへしあいすますのだが、艦内旅行の時、案内された大のほうを見て、私たち新兵一同は思わず「アッ！」という声さえ立てられないほどのショックを覚えた、仰天とはこのことである。

何と兵便所には囲いも何にもなく、それだけでは驚かないが、軍艦だからもちろん水洗であるのは当然として、その形は異様ともいえるものであった。

こんなところで用が足せるのか……驚くなかれ、仕切りも何にもない台の上に幅五〇センチ、長さ三メートルほどの分厚い板に尻を置くための大きな穴が五ヵ所開けられている。その穴に腰を下ろして用を足す。その板は朴のような材質で石けんと砂で見事に手入れはされているので清潔ではあるといっても、単なる穴の開いた朴の木の板には、全員顔を見合わせては息をのむばかりだった。

こうした場合、大体考えることは皆同じである。一日二日と我慢が続く。体験豊かな教班長が助言する。

「我慢をすると体調を崩すぞ。はじめは誰でも躊躇するが、一度体験すればあとは平気になるもんだ。間もなく皆な本物の軍艦の乗組員となるが、これほどではないにしても、軍艦生活は似たり寄ったりだ。ハハハハ」

それではと覚悟を定めたものの、次の手段も考えは誰も同じである。みんな寝しずまった夜更けにやろうと行ってみると、同じことを考えている連中で一杯だった。一度やってしまうと諦めは早かった。「一度体験すればあとは平気」という教班長の言葉は本当だった。

退艦前ともなると、隔壁も何もないから、仲良しとは肩を組みながらできるようになるのだから慣れとは妙なものであるが、いくら男所帯は気ままなものよとはいっても、これぱかりは一生忘れられない想い出である。

敷島の次に乗った三万二〇〇〇トンの巨艦、戦艦霧島も似たようなもので、ようやく一人一便座とはなったものの、二、三等兵用には隣との隔壁はなく、外で順番待ちしていると先を越されるので用を足している兵隊の直前で待つことになる。

「おい早くやれよ！」

「あっ、ちり紙忘れた、少し分けてくれ！」

といったやりとりも日常のこと、これができれば一人前の船乗りである。一等兵になると隣りとの隔壁がつく。まだ前扉はない。下士官用は少し上等になり、准士官以上になるとはじめて隔壁、扉付きの普通の洋式便所となるが、隔壁のないものから正式の洋式便所まで、海軍ではこれを総称して厠と呼んだ。

戦後欧米を訪ねて知ったことだが、あちらでは生理現象を処理するのに何が恥ずかしいんだという考え方が強く、公衆便所で無料のところは前の扉がないといったことも珍しくなく、現在のアメリカの軍隊でも扉のないトイレがあるようである。

習慣のちがいと片づけてしまえばそれまでだが、たかが排泄（はいせつ）というなかれ。食事と便通は軍隊にとっては不可欠な戦力の基である。

生理的順序からいえば逆であろうが、〝食事〟にも簡略に言及しておくと、海軍では、食事の用意からあと片づけまで、すべて新三等兵の受け持ちである。新三等兵というのは、同じ二等兵でも初めて海軍生活を経験するホヤホヤの三等兵、それこそ新兵である。新三等兵は烹炊所（ほうすいじょ）から受け取った食べ物をテーブル上に配膳する。配膳が終わった頃には、班長はじめ下士官、一等兵はもう食べはじめる。新三等兵は全員にお茶をつぐ。それが終わり末席でやっと自分の食事の番となるが、食べながらも常に班長はじめ上の人たちに気を配り、お茶を足さなければならない。そして何と新三等兵が一番先に食べ終わらないと、「上官より後まで三等兵が食っている」と言って文句が出る、ビンタが飛ぶ。こんな不合理なことはない。最後に食いはじめて最初に食べ終われとは無茶な要求である。軍隊では早飯、早ぐそも芸のうちと聞いていたが、こんな馬鹿なことが軍隊では当然のごとくまかり通っていた。

地獄の霧島五分隊

練成期間は、軍服に階級章もない海軍四等水兵である。それが、卒業と同時に海軍三等水兵となって右腕に碇一個の階級章がつき、いよいよ各艦船（部隊）に配属されることになる。「地獄の海軍」が新参の乗組員を待ち受けている。この時点からいやというほど地獄の味を体験することになる。

同じ海軍軍人でも、戦闘配置にある大砲・水雷といった兵科、その他の機関科、主計科などと任務が違うと、それぞれに独自の気風、伝統、習慣というものがあり、新参のしごき方も違っていたようだ。さらに艦船で大別すれば、戦艦、巡洋艦、航空母艦のように乗組員も一〇〇〇人以上という大型艦と、駆逐艦や水雷艇といった小人数の小型艦とでは、文字どおり天国と地獄の差があった。もちろん大型艦が地獄であったことは言うまでもない。

私がはじめて新兵として乗り組みを命ぜられた戦艦霧島は、排水量は三万トンを超す巨艦。千数百名が乗り組み、中でも副砲一五センチ砲一六門を受け持つ第五分隊は二〇〇名を超す大所帯で、「地獄の霧島五分隊」と呼ばれ日本海軍でも有名な分隊だったのである。

入団式当日の連続七発殴打の刑、そして最初の配属が日本海軍に鳴り響く「地獄の霧島五分隊」。

私は軍艦生活のスタートからして、またもや貧乏くじを引いてしまったが、この苦しさを体験したおかげで、一等兵を経験した途中から飛行科に転科して以後の海軍勤務は、これでも軍隊かと思えるほど楽なものであった。

ところで、地獄と名のつくその五分隊の中でも、私は下士官同士はもちろん、下士官が兵を殴るのを一度も見てはいない。

それでは一体、どの階級の者が誰たちをしごくのかということになるが、兵同士の間において行なわれるのである。平易にいえば上級の兵が下級の兵をしごくのであるが——。

ここで地獄の話はしばらく置いて少々寄り道をしていきたい。

新兵の朝

この時代の海軍の生活は、陸軍より垢抜けしていて格好良いなどと言われていたようだ。一般にもそう受け止めている風潮が確かにあった。ところが、聞くと見るとは大違い。実際に自分が新兵として戦艦の乗組員となってみると、夢も希望も吹っ飛んでしまったという表現がぴったりの現場であった。

そのつらさは、とても言葉には言い表わせないほどであった、もちろん、砲手としての訓練や船乗りとしての知識、技術を磨くことは必須条件だったから、これには少年ながらもどうにか耐えられた。問題は別にあった。その第一は、外からはきれいに見える海軍も若い兵隊にとっては、それはそれは不潔極まるところだった。

原因はただ一つ、海水は浴びるほどあっても、真水が自由にならない世界ということである。

猛訓練のあとののどの渇きを癒す飲み水でさえ自由にならず、新兵になって次の新兵が入ってくるまでの約一年間は、歯を磨くことはおろか、洗面さえ行なうことはできない。それこそ新兵のくせに顔でも洗っていようものなら、途端に顎へ一撃くらう世界である、三万トンの巨艦であっても、軍艦には士官様にはあるが、下士官・兵の洗面所はないのである。
ようやく二年目になって、次の新兵が入ってきた頃から朝の洗面を恐る恐るはじめる。朝の甲板洗い掃除が終わると、号令だけはもっともらしく、

「総員顔洗え！」

とスピーカーが号令するが、実際には、これは新兵抜きの総員ということだ。

こうやって、海軍は朝一番から嘘の命令ではじまった。

洗面の場所は中央近くの上甲板である。露天甲板ともいう。順番がきて班に用意された、わずか二個の真鍮（しんちゅう）製の直径二〇センチほどの洗面器に一人約一リットルの真水を機関科の水係が配給してくれるが、洗面器の中に小さな金属製の湯飲みを立てておくと、自然にその湯のみの中にも真水が入る。その一杯が歯磨き用の水である。

不潔極まれる

兵隊の服装はすべて官給品である。下着は半袖シャツ夏冬三着ずつ、このうち一着は上陸（外出）用と点検用であるから、ふだんの着替えはわずか二枚である。

朝から晩まで重労働を行なう新兵などは一日で汗と脂で汚れてしまう。だからといってうっかり着替えたらあとがなかなか大変だ。

洗濯は一週間に一回だから着替えるわけにはいかない。しかたなく体温で乾かす。二日三日となれば臭気を発して鼻にくるがどうにもならない。大汗をかいても上半身裸となって夕

オルで拭こうにも水はない。汗を吸い込んだタオルを洗う水ももちろんない。そんな生活だから、新兵のほとんどの者がたむし、かいせん、といった皮膚病にかかり、甲板洗いの海水をおとす水もないから水虫は全員がかかっていた。

そのような生活の中で、夕食後になるとスピーカーが「等級順に風呂に入れ！」と叫ぶ。軍艦にも風呂がある。

階級章をつけて湯に入るわけではない。しかし、そこは大きいとはいっても狭い艦内のこととて、顔を合わせただけで先任、後任がわかる。下士官がすんで「一等兵湯に入れ！」とくる。兵の中でも海軍では一等兵ともなれば最低三年の古参兵で一人前に扱われる。そして「二、三等兵湯に入れ！」となる。ここでも二、三等兵と一緒に呼ばれたからといって新兵の三等兵あたりが先に行ったら、顎に一発が飛ぶ世界である。

まあ三日に一回も入れればいいほうだ。たたみ一畳半ほどの湯舟は真水ではなく海水である。これはたくさんあるからたっぷりだが、時間が限られているのでいつ入っても文字どおり芋を洗う状態。湯舟から出て、さて次は身体を洗う段取りになるが、市中の銭湯のように水道の蛇口など一個もない。海水では石けんが利かないから真水が当然必要である。ここで海軍はうまいことを考えた。

風呂場の中には浴室当番という水の配給係がいて水を配るのである。

その際、不公平があってはならないので、浴室の入口にもう一人の係がいて、入浴する一人ひとりに真鍮（しんちゅう）の指輪二個を渡してくれる。この指輪一個と交換に朝の洗面に使う洗面器に、約一リットル半の真水を配給する。その配給された洗面器のわずかな真水で石けんを使って体を洗い、ついで、二本目の指輪が石けん水を洗い落とす真水の分として使われるのだが、石けんを落としそこなったら大変なことになるから、たいていは仲良し二人の共同ということで何とか助け合ったものである。

このような生活だから、予備艦生活では、新兵は一週間に一度、二、三等兵になると四日に一度、下士官では一日おきに許される上陸を海軍では入湯上陸と呼んでいた。陸に上がって集会所や下宿で、自由にふんだんに使える真水。つくづく思ったものである。こんなに使っては罰があたるのではなかろうか――と。

軍艦の洗濯

その頃の軍艦霧島では、木曜日が艦をあげて週に一度の洗濯日であった。

朝食前に前甲板において、洗濯用真水の配給が「洗濯用水受けとれ！」の号令ではじまる。とにかく士官を除いて千数百名の乗組員の洗濯用水は大変である。大体艦内では、その戦闘配置によって多少の差異はあっても人員は班で編成され、最先任の下士官班長を中心に一テーブル平均一二〜一三名の生活である。これが一世帯ということだ。

洗濯用水の真水は、班の若い者がドラム缶を輪切りにしたくらいの大中小に分かれた洗濯桶を持参して配給を受けるのだが、貴重な真水、少しばかりの量目のちがいにも殺気立つことがあった。

洗濯は定められた露天甲板の自分の班の洗濯場で二列に向かい合って洗うのだが、一二〜一三人一週間分の汚れ物を洗う真水の量は、何と全部で約一二〇リットル、ドラム缶の三分の二ほどの量である。一人当たりわずか一〇リットルの計算である。これをいきなりみんなでジャブジャブはじめたら大変だ。体験こそ真の学問といわれるが、ここでも頭を使わなければならない。

まず時間が限られているので下士官も自分で洗う。洗う順序は階級順、古い等級順に一番小さい桶の水を使って甲板の上でこするようにして洗い、ゆすぐのも等級順になるから新兵さんがゆすぐ頃には大分石けんの残った水になってしまうが、最後の一滴まで無駄なく使い終わる技術は一般社会の人には到底真似のできない高等技術である。

昭和九年頃から大型の有料の洗濯機械が試験的に取り入れられたことがあったが、これとて三等水兵あたりが金を払えばよいということで利用しようものなら、その晩は「生意気だぞ！」とバッター（野球のバットで尻を叩く制裁法）をくらうことは間違いなしである。

そうした戦艦の中でも士官はまったく別格、風呂も小さいながら真水であり、下着などは、その風呂の真水を使って従兵が洗うのである。中には、自分より年上の補充兵の従兵に自分の褌（ふんどし）まで洗わせるバチ当たりの若い士官もいた。

連合艦隊の冬

日本海軍の艦船勤務には、艦隊勤務と予備艦勤務とがあった。

何百隻という軍艦を常に動かすということは国家予算の関係でできないから、行動する連合艦隊と予備艦に分けられるのである。今まで取り上げてきたことは大体予備艦の生活であって、一度、自分の乗艦がその年の連合艦隊に編入されると、実戦さながらの戦技が行なわれ、太平洋上の航海、そして演習、大演習となり一段と気合が入ってくる。しごきもすごくなってくる。

一方予備艦は所属の軍港に碇泊し、乗組員は船体の保存手入れが仕事であり、訓練も時々行なわれるが連合艦隊のような厳しさはなく、それだけにどこか陰湿な気分であった。

連合艦隊の行事は一月の半ば頃からはじまる。時がくると佐世保、呉、横須賀の所属軍港を出港した艦は、洋上を一路南下し、第一期の訓練地に集まってくる。

第一集合地点は、南九州は鹿児島県の志布志湾と決まっていた。思い出してもゾッとする地獄の志布志湾。南九州とはいっても志布志湾の一月の海上の風は冷たかった。

裸足になってブラシを両手で押さえ、海水をかけられながら這いずりまわる日本海軍の朝の甲板洗いは、兵隊いじめ以外の何ものでもなく、合理性を強調する近代日本海軍のやることではなかった。目的はいかに非能率に兵員を動かしていじめぬくかであり、その時、甲板士官一人を除いて士官たちは全員ぬくぬくとベッドの中であった。

しかもこの間、上陸は一切許されない。「男所帯は気ままなものよ！」などとは無責任である。体験もしたことのない者が作詞した艦隊勤務の爽やかさなど一かけらもなく、日に日に気持ちがすさんでくるから、昼の猛訓練に続いて夜の兵隊いじめ、リンチが激しくなり、私的制裁禁止令などどこ吹く風、士官たちは見ても見ぬふりであった。

春風とともに桜の咲く頃、ようやく半舷上陸が一度許される。それも、ただ田舎町の志布志町を散歩するだけなのだが、久しぶりに見る女性はみんな美人に見えた。

ここでその年の桜の開花を見ると、全艦隊は碇をあげ太平洋上で演習を行ないながら第二の訓練地四国の宿毛（すくも）湾に入る。その頃には桜前線もこの地まで北上している。そして、順次大阪湾、東京湾と北上して、最後の北海道函館に着く頃には、すでに夏を迎える。

私は霧島の水泳部員であったので何回か上陸を許され、プールがなかったので函館の五稜郭のお堀で水泳の練習をしたこともあった。艦隊行動の間に新兵には思わぬ強敵が待っていた。船酔いである。それも大型艦ほど深刻だ。むかむかが続いて食欲などまったくなくて、フラフラしながらも食事の用意をする。「大揺れするほど腹が空く」といって平気で食事をする一等兵・下士官たちの強さに驚く。

その後、連合艦隊は津軽海峡を抜けて日本海に入り、演習を続けながら舞鶴へ入る頃にはすでに秋風である。

また年によっては大演習（四年に一度）が行なわれ、戦技終了と同時にその年の連合艦隊は解散となり、それぞれの母港に向かい、入港すれば二週間の休暇が待っている。

この母港に帰る時の艦のスピードは、ホームスピードと称して不思議なほどの行足（ゆきあし）となる。

おろかな鍛え方

準備期間を含めて、この一ヵ月間におよぶ連合艦隊の猛訓練を歌った〝海の男の艦隊勤務、月月火水木金金〟の歌詞のようにこの間は中国芝居と関係なく全然幕引きがなく、土、日をぬいて月月火水木金金として鍛えれば強くなる——と国民もこれを支持し無責任にも歌まで作って励ましたが、果たして本当に効果があったであろうか。

人間は一週間頑張って、土曜の半ドンがあり日曜の休養と、楽しみがあるから頑張れるのであって、まるで賽の河原のように楽しみを取り除かれた状態が続くとどうだろう。機械だったらすり切れるまで動き続けるが、人間はそうはいかない。当時下士官・兵と馬鹿にされた者たちでも馬鹿じゃない、いつか上手に手を抜くことを考え出す。士官たちの目をうまくごまかす方法も発見するのである。

下士官・兵には夜の憩いも土、日も与えず鍛えたつもりでも、実際にはそれほどの効果は上がらない。かくして、精鋭とは困苦欠乏に耐えることなりと勘違いして、国民までが、戦場に向かう者に死んで帰れと励ます思想がはびこったのは何とも恐ろしいことであった。

なお、月月火水木金金といっても、私室を持っている士官たちにはいろいろな楽しみが許されていたのであり、私的に奉仕させられる従兵たちは、じっとそれを見て知っていたのだ。人間というものは、一週間のウイークエンドに楽しみがあるから一生懸命頑張るのであり、それを奪って精兵に鍛え上げたと思ったら、とんだ大間違いである。戦後になってから、ある上級士官が海軍には歌にあるような月月火水木金金などなかったとうそぶいていたが、それは、われわれが苦しめられた枠の外でのうのうと楽をしていたからにほかならない。

震源地は下士官

前に「地獄の霧島五分隊」へ配属されたことを書いて、地獄を置きっぱなしにそのまま回り道をしてしまったが、そろそろ筆を戻さなければならない。しごきは上級の兵が下級の兵に加えるのだということまでは説明しておいた。さて、その続きである。

まず殴られる原因であるが、第一が上級者、上官に対する欠礼である。軍艦の中でも、上官を直前に見たら敬礼である。うっかり欠礼すると士官、下士官はたいてい一睨みして「コラ!」で済む。しかし三等兵が一等兵に欠礼すると、まず顎に一発やられる。

それですめばよい。日頃から上官に対する言葉遣いや態度が悪いと睨まれていると一発ではすまない。とにかく毎日の生活が砲長である先任の下士官を班長として編成されているのである。すべてお見通しだからたまらない。朝起きが悪い、ハンモックの片づけ方が遅い、居住区の整理整頓が下手、下士官の身の回りの仕え方が無神経、食事の配膳のやり方が気にいらぬ、靴の磨き方が……、洗面器の磨き方が……など、言いがかりをつけようと思えばいくらでもある。

班の構成は一二〜一三名で一班。その中で班長以下下士官は三名くらいであとは善行章一線の一等兵が二人、そして二等兵、三等兵の編成である。若い兵隊がヘマをやっても下士官が直接兵隊に手を下すということはまったくといってよいくらいない。二等兵、三等兵に直接制裁を加えるのは、善行章一線の一等兵の役目である。

海軍では入団して大過なく推移すると、満三年目に〈形の善行章が附与され、善行章が一本ついてはじめて一人前と認められたものである。

その一等兵を差配できる下士官は牢名主(ろうなぬし)とでも言おうか、また、その頃の下士官にはそのような風格というか貫禄があった。したがって下士官がこれは注意しておいたほうがいいと判断すると、また第一番に先任の一等兵に対して一言、時にはチクリと注意または文句を言う。すると一等兵の手がうなるという段取りで事は運ぶのである。つまり、制裁、リンチの震源地は実は下士官であり、その下士官自身、兵の生活を充分経験ずみであるから、二、三等兵としても言い訳やごまかしが利かないのだ。

また海軍には、昔から連帯責任という妙な習慣があった。一人の不心得者があった時、制裁はその者一人に加えられるべきところを、その兵隊の同年兵全部が受けるというものである。だから、自分一人がどんなに注意をしていても誰かがミスを犯すと、同年兵全員が一緒にその責任を問われるのであるからたまったものではない。そんなことで、新兵の頃は毎日のようにビンタを喰ったような気がするが、成長するにつれてその数も減っていき、気がつくといつの間にか自分が制裁を加える立場に立っていたということだ。

今振り返ると、私の新兵の頃、怖いながらも尊敬していた一等兵は、私より四年古い昭和四年の志願兵でその年齢は二〇歳か二一歳であったと思うが、一五センチ砲の花形一番砲手としての操砲ぶりはまさに天下一品の切れ味であった。怖い人たちであったが、同時に磨き上げられた先輩たちでもあった。

ところが、成績が悪くて五年たっても下士官に進級しない一等兵がいると大変である、その不平不満が若い兵隊に八つ当たりとなって飛んでくる、その種のとばっちりは陰湿なリンチともなった。

「夜の巡検」後

昭和五年を第一期生とする少年航空兵、さらに昭和十二年を一期生とする甲種飛行予科練習生制度が採用されると、このコースに乗った志願兵は一般兵種に比べて進級が早く、若くして一斉に下士官に進級したことから、若い下士官が誕生し、若さのせいか下士官同士の制裁も行なわれたようだが、この時代の若い下士官より、昭和初期の善行章一線をつけた一等兵の方がはるかに実力があり、下級者から見ても貫禄十分といった感じであった。実力とか貫禄というのは不思議なものである。先輩一等兵の制裁を受けながらも貫禄に押されて納得させられてしまう面もあり、「俺も早くああなりたい」という目標でもあった。

昼間行なわれる制裁や罰の類は一過性のものだ。「馬鹿野郎!」とか「ふざけるな!」のビンタ一発ですみ、大して気になるものではなかった。一般にビンタというとパシッという平手打ちを連想する。しかし、海軍のビンタは拳固打ちで、数回繰り返す往復ビンタである。

「足を開け、歯を喰いしばれ!」

の号令がかかってゴツンとくる。はじめの頃は一発くらってもグロッキーになり、歯を欠いたりしたし、殴り方の下手なのにかかると耳を痛めることも珍しいことではなかった。

怖いのは夜だ。「地獄の海軍」が正体を現わす。

海軍の制裁、集団リンチは、午後八時の副長による艦内巡視、すなわち「夜の巡検」後に古参一等兵たちの集合命令によって行なわれる。ここには下士官は出てこない。もちろん准士官以上の偉い方たちは私室で寛いでいて無縁である。

海軍の責め道具や方法には、いくつかの種類があった。

一等兵が、自らまったく手を下さずに制裁を加える方法には二種類があった。その一つは、「前に支え！」の号令一下全員に〝腕立て伏せ〟をやらせるのである。五分、一〇分、真冬でも汗が流れる。痺れて耐えられなくなって膝などを甲板につけようものなら、「この野郎」と竹刀や棒で打たれる。これは応える。

もう一つは「奇数列回れ右」の号令で仲間が向かい合い、代わるがわる拳固のなぐり合いをやらされる方法だ。誰でも仲良しと向かい合った場合は手加減して軽くごまかそうとするのが人情だが、これをやっていると、「この野郎、顎はこうやってなぐるんだ！」と見本を示され、おまけがつくから始末が悪い。

海軍精神注入棒

制裁に使う道具である。臀部をなぐる道具として野球用のバットがあったが、察していただきたい。これが手もとから簡単に折れてしまうほどの勢いで叩かれる。そこで、別に手製の杉の丸太が用意されていた。長さ八〇センチ、太さ七センチの代物だが、これでも折れることがあるので常時数本がギヤロッカー（甲板用具格納所）にストックされており、それぞれに達筆で海軍精神注入棒などの名文句が書かれていた。

次に用意されたのが、海軍独特のストッパーというロープである。碇泊中の軍艦では、朝、海上に降ろしたボートを夕方大勢の兵隊が二本のロープでダビット（ボートを吊り下げておく二本の鉄柱）に引き上げる作業を行なうが、引き上げ終わって固定する時、引き上げ用のロープが戻らないようにダビットの根本に固定する準備として、別に甲板上に用意されたストッパーと称する短いロープを使って仮止めをする。制裁用のストッパーはこれと同じ種類のロープを約一メートルの長さに切り、先端を運用術の結索法を使い一等兵が芸術的に仕上げたものである、これを精神棒が折れて代わりがない時に使う。

ふだんギヤロッカーに吊るされている時は柔らかく、棒の代用には使いにくい。ところが、ストッパーを塩水に漬けると硬直して棒と同じようになる。昼間ギヤロッカーの前を通った若い兵隊が四斗桶の海水にこれが漬けられているのに気づくと、若い兵隊の間にあっという間に「今夜はバッターがあるぞ！」という警告が伝わる。このストッパーの痛さはまた格別で、下手ななぐり手にかかると、先端が前方へ曲がり急所を打たれて病室へ担ぎ込まれることさえあった。

私は二年と六ヵ月かかって一等兵になった。ビンタやバッターの数は進級に比例して少なくなる。しかし、三等兵から二等兵に進むまでの一年二ヵ月は人並みに地獄の海軍を経験したが、人間おかしなもので、その頃、夜の巡検後なぐられてしまうと、瞬間は飛び上がるほどの痛さでも、時間の経過とともに冬の夜などはジーンと痺れがきて快感さえ感じたものだ。その上、「ああ、明日の夜の今頃まではなぐられずにすむんだ！」という安堵感が先に湧いて、それから後の一等兵たちの語る小言は上の空であった。

こうした制裁、リンチは「地獄の五分隊」だけではない。他分隊も同じである。うす暗い広い戦艦の露天甲板のあっちこっちで、バタッ、ドスッと人間を叩く音が気味悪く響きはじめると次々に連鎖反応が起こるのもたびたびだった。

夜の甲板での制裁、リンチは陰惨な光景だが、この現場に現われない下士官たちも経験者である。事の次第は先刻ご承知である。そして、私室でくつろぐ士官たちにはまったく無縁のことであったが、負傷者などが出ると時たま副長通達とかで兵隊間の私的制裁について注意がなされても、その効力も数日で元の木阿弥。かく言う私も一等兵になるまでに何千発なぐられたか忘れてしまったが、一等兵になってから先任下士官や古参下士官にチクリと言われると、先輩たちの例を思い出しながら、名文句か迷文句を並べたのち制裁を加えたことは確かだ。制裁とかリンチはほめられたことではあるまい。良い習慣とは決して思わないが、こうやって強い兵隊が育ったこともまた事実である。

敬礼、敬礼また敬礼

一つ、軍人は礼儀を正しくすべし。

これは軍人勅諭の一ヵ条である。日本陸海軍では一階級でも上の者に対しては挙手の敬礼を強要した。敬礼をさせることで、下級者に上官に対する服従と尊敬の念を躾けるのである。

軍隊においては、欠礼に対しては厳しく、その場でただちにビンタの制裁が行なわれた。軍港の町などでは予備艦、陸上部隊などの上陸外出者で町が軍人で一杯となるが、新兵時代、そんな軍人で溢れた町を歩くことは災難に等しかった。右を向いても左を見ても、前も後ろも軍人であれば上級者、上官である。行き合う軍人には皆敬礼をしなければならない。歩行中はまるで米搗き（こめつ）バッタのように敬礼のしっぱなし、仲良しの新兵に提案したことがある。

「オイ、今日何回敬礼しなければならないか数えてみよう！」

佐世保の町の目抜通りを歩いて早速実験に移してみた。一時間三〇分の間に、二五〇〇回を数え、これは二・一六秒に一回と答が出た。

こうなると受けるほうも大変である。たとえば海軍大尉の制服を着用して町に出れば、敬礼はあまりないが答礼が大変である。数少ない士官は別として、下士官・兵は全部その対象となる。

ところがそこはよくしたもので、偉い人にはちゃんと逃げ道が合法的に用意されていた。日本海軍では下士官・兵は、外出時は必ず軍服を着用すべしという規則があったが、准士官以上は洋服の場合は背広、袴を着用すれば和服での外出が認められていたので、陸上部隊などでは背広で外出する士官も珍しくなかった。

そういえば、その背広を海軍では背広といわずに商人服という妙な呼び方をした。つまり、商人服、和服だと士官は敬礼から逃げられる。下士官・兵も上官とわかっていても敬礼をする必要はないとなっていたから、お互いに手間がはぶけてよかったのだが、私が戦闘機のパイロットであった三等航空兵曹の時、こんなことが起こった。

市内で鉄拳制裁

桜の花もほころびはじめた三月のある日曜日の午後のこと、私と同じ昭和八年の志願兵で、戦闘機の整備を担当する優秀なYという下士官がいた。私とは妙に馬が合って仲が良かった、当時、Y兵曹はすでに妻帯者で可愛い二歳になる女の子が一人いた。

その日、佐伯（大分県）の町の本通りをY兵曹一家は城山公園に向かって歩いていた。奥さんはネンネコで覆（おお）って一人娘のお嬢さんをおぶっていた。親子水入らずの楽しい日曜日の一時の散策である。

本通りの中ほどへかかった時、Y兵曹と行き合った一人の男が突然声をかけた。背広姿の男である。

「おい！　そこの下士官、俺の顔がわからないか！」

軍服なら本能的に気がつく、しかし、背広の人に気を配る必要はない。呆気にとられたY兵曹がよく見ると戦闘機パイロットで嫌われ者のS大尉であった。S大尉は怒鳴りつけた。

「貴様は俺の顔を見てなぜ敬礼しない！」

それだけではない、何としたことかS大尉はいきなり奥さんと娘さんの面前で、いや、市中の人たち大勢の見ている前で「この野郎！」と叫びながら一発二発と鉄拳を喰わしたのである。Y兵曹の唇は切れて血が流れた。

私服を着用すれば敬礼、答礼のわずらわしさから逃れられるから商人服を着ていたのではないのか。商人服を着た上官にまでいちいち気を配っていたらたまったものではない。本人の悔しさはもちろんであるが、それにもまして奥さんは、理由もなく市中の人々の面前で御主人が殴打されたのを見てどんな思いをされたであろうか。

Y兵曹は奥さんと別れて隊に戻ってきて私に事の次第を告げた。彼の血相は変わっていた。Y兵曹を殴ったS大尉は日頃から威張りやで、搭乗員にも整備員にも毛嫌いされていた、いわゆる鼻持ちならない士官で、操縦の腕はまったくの下手くそであった。

Y兵曹は私に言った。思い込んだ口調である。

「俺にとっては日頃から気に入らないS大尉だが、今日という今日は覚悟を決めた。奴の行った先は大体わかっている。俺はこれから出かけて行って、奴を殺す。あとの始末は頼む」

Y兵曹は悔し涙で目は赤くなっていた。言われて私の正義感はムラムラときた。

「あとを頼むなんて水くさいこと言うな。一人でもしも失敗したら生涯に悔いを残すぞ。どうせ監獄行きになるが、俺も許せん。二人でやれば、よもや仕損じることはあるまい！　俺が手伝う！　思い知らせてやろう。用具は整備科から持ってこい！」

日本海軍では士官と下士官・兵は、何事によらずはっきりと区別された。区別というより差別である。

外出（上陸）先の旅館や料理屋などでも、士官の利用するところには下士官・兵は立ち寄ることはできなかった。これは、士官といえども大半は下士官・兵と同じ人間、若者であり、酒も飲むし女とも遊ぶが、士官は気取り屋が多いだけにそうしたところを下士官・兵に見られたり、同席して醜態をさらすのは沽券にかかわるとでも考えていたようだ。最初から下士官・兵とは酒席をともにしてはならないという制令もあったのである。行き先は士官専用の場所、見当がつく。

血相変えた二人のやりとり、低い声でやったつもりが気合いが入った。同年兵がいつのまにか五、六人かけつけてきた。

誰かが先任衛兵伍長に通報して結局は決行できなかったが、この時懇々と、

「お前たちの気持ちはよくわかる。二人とも将来があるんだぞ。俺も悪いことばかりやって懲罰をくらったことも二度三度、海軍に一一年勤めて善行章一本だ。ここは我慢せい」

諫めて中止させてくれた人物こそ、上海事変の時、上海上空で生田乃木次大尉指揮のもと、その二番機として三式艦上戦闘機を操縦し、日本人としてははじめての敵機撃墜をやってのけた私の恩師黒岩利男一空曹であった。撃墜された相手は中国側のお雇い軍人で、ボーイング戦闘機を巧みに操縦して挑戦してきた米人パイロット、ショート中尉である。

私は黒岩一空曹の言葉でなかったら聞き入れなかっただろう。この意味でも黒岩一空曹は私の恩人である。

海軍砲術学校へ

昭和十年といえば、日本陸軍部内は皇道派と統制派の派閥争いが深刻な対立をひき起こし、統制派の中心人物とみられていた軍務局長永田鉄山少将が皇道派の相沢三郎中佐に刺殺された、いわゆる相沢事件の起きた年である。その年の十一月、私は横須賀海軍砲術学校普通科砲術練習生を卒業した。

この頃になって、勉強に精進すればそこそこのことはできるという自信もつきはじめ、卒業と同時に軍艦の砲手になる——これが自分の行く道だとは思っていたが、艦に乗り組んだら、国家には申し訳ないがただちに飛行機操縦の道に進むべく、自分なりにひそかに計画を立てていた。ところが、卒業と同時に発表されたのは、砲術学校の定員として残される補習員の配置であった。

これは大変名誉なことで、二百数十名の卒業生の中から選ばれたのは一〇名。全員成績上位の者ばかりで、砲術学校に高等科学生として入って勉強する海軍大尉の手伝いをするのが役目で、大変興味を覚える配置でもあり、まさかここで操縦練習生への受験というわけにもゆくまいと思いながら、それでも結構楽しく勤務している最中だった。陸軍部内の皇道派が国家改造を要求して武力をもって蹶起（けっき）した二・二六事件の勃発である。

私は夜明け前、他の同僚四名とともにたたき起こされ、いきなり拳銃と実弾を渡された。ただちに海軍省へ出頭して宮中へ参内する海軍大臣の護衛にあたれという命令である。早速、東京へ飛んで任務を果たしたが、約一ヵ月近くを海軍省で過ごし、翌年五月、私は連合艦隊で行動中の戦艦榛名（はるな）の主砲、三六センチ砲の二番砲手となった。

やがてはじまったのが大演習、一発一トンもある三六センチ砲の実弾射撃は、男冥利（みょうり）に尽きるといった壮快極まるものであった。

朝香宮接待役

大演習の最中のことだった。海軍の大演習を見学体験するという目的で陸軍大尉が乗艦し、艦内で一週間の体験をすることになったが、その陸軍大将は何と朝香宮鳩彦王殿下だという。

朝香宮の乗艦が発表になった翌朝、私は副長に呼び出された。

「このたび朝香宮陸軍大将が、大演習見学のため本艦に乗り組まれることになった。陸軍大尉の副官二人が随員として来られるが、艦内不案内であるので、殿下の身の回りのお世話をする者が必要である。ついては坂井一等水兵、貴様が選ばれた。これは艦長の命令によって決まった。無事その役目を果たすよう」

とのことである。

私はびっくり仰天した。千数百名もいる下士官・兵の中から、よりによって私にその役をやれとはどういうわけであろうか。

とにかく艦長命令ということで「ハイ」と答えるしかなかった。次いで直接、上官の大尉の分隊長に呼ばれて、私の任務は決まった。

「特別のことをやれというわけではない。海軍の常識と礼儀をもって当たればそれで良い！」

ということだったが、兵員室に帰った時には、班長にもその命令は届いていて、

「オイッ、大変名誉なことだが大丈夫か。貴様なら心配ないと思うが、ごくろうさんだが一週間、無事務めてくれ！」

そんなやりとりをしているところに軍医長からの使いが来て「医務室へ来い！」とのこと。何事ならんとかけつけてみると、「これから健康診断を行なう」ときた。大袈裟なことをすると、私は一瞬考えたが、「異状なし、健康体である」と診断され帰ろうとすると、「ちょっと待て、検便を行なう！」。また病室に引き返すと、ふつうなら看護兵がやるところを軍医中尉が出てきて、私のお尻の穴にガラス棒を突っ込んだ。カチャカチャとシャーレの音がして終了、これから培養するらしい。大袈裟なことをするもんだ。

一週間がたった。予定どおり碇泊中の戦艦榛名の舷梯（げんてい）に一隻の内火艇が着いた。艦尾には、めったに見ない黄色の旗が立ててあった。これは将官が搭乗しているという印だ。

陸軍大将朝香宮鳩彦王殿下の御到着である。

予告のとおり陸軍大尉二名が随員として同行してきた。早速艦尾の長官公室で、海軍側の司令官、艦長と等級順に挨拶が終わったところで私が呼び出され、一メートル前に進み寄った私を副長が、

「坂井一等水兵が御乗艦中、殿下のお身の回りのお世話を致します」

「お世話になる」

この一声が私に返ってきた。

立派な方だなと思ったが、私がびっくりしたのは、海軍に入って三年、将官の姿など雲の上の方のように遠くからながめることさえ年に一度か二度だった。その将官が、陸軍とはいえ大将が私の一メートル前におられる。俗にいうベタ金の肩章に三つの金星、軍人としてこれ以上の位はない。その肩章を私は、はじめてしっかりと見た。

万事海軍流で

それからは、朝の起床から洗面、食事の配膳、入浴、就寝まで二四時間の奉仕となった。私の一挙手一投足に陸軍と海軍の習慣のちがいとはいえ、二人の陸軍大尉の副官はハラハラの連続であったようだが、私は「海軍流にやればよい!」との指示を受けていたので、テキパキと事を進めた。

一例を述べると、言葉遣い一つとっても、陸軍と海軍はちがっていた。特に陸軍には特殊の軍隊用語があったのに対し、海軍にはそんなものはなく、一般の人と同じ標準語で通用したし、日本海軍はイギリス海軍の指導を受けたため、用語や用具に英語がよく使われていたが、これは便利であった。

陸軍と決定的に異なる点は、海軍は上官に対し、殿または閣下をつける呼称法がなかったことだ。兵隊同士の場合、私たちが海軍に入った昭和八年頃には、三等水兵が二年先輩の一等水兵を呼ぶ時、何と「○○さん」でよく、「○○一水」と呼ぶようになったのは後のことである。当然、殿などの敬称は使わなかったし、下士官に対しては「○○兵曹」、准士官以上に対しては○○大尉と階級で呼ぶこともあれば、身内の直上に対しては「分隊士」「分隊長」、トップの艦長に対しても、一水兵が「艦長！」と呼ぶこととなっていた。

艦船勤務を基本とする海軍においては、殿や閣下をつけ、直上の上官に対しては停止間の敬礼といった陸軍方式を採用していたら、つないだボートは流れてしまうし、機関の弁の操作一つにも分秒を争うこともあり、駆け足で行動するような緊急を要する時は敬礼抜き、常時艦内で顔を合わせる甲板士官に対しては、敬礼は朝の一回だけでよろしいという合理性が随所で採用され、階級、職名すなわち敬称なりとする海軍の慣習は、堅苦しい陸軍よりはくだけたところがあってよかったと思う。

ただし、虫の居所が悪い上官もいるから油断は禁物であった。

朝香宮はいろいろと体験されてお帰りになった。宮様にとってはこの一週間だけでも書き尽くせないほどの体験であったろう。さすがに一発一トンに近い三六センチ主砲の一斉射撃には、驚かれたようだ。

大空への夢

この大演習期間の半ば頃、一艦の運命を一身に背負って、ズドーンとカタパルトから打ち出され飛んで行った二人乗りの水上偵察機の勇姿を目の前で見た時、私は感激した。

「ウーン、聞いてはいたが、飛行機という奴はすごいもんだ」

パイロットは下士官であった。

「同じ兵隊でも、これは値打ちがちがうわい。よし！　彼も人間なら俺も人間だ。駄目でもともと、一つ挑戦してみるか！」

この時、私のパイロット志望への心は決したのである。

昭和八年五月、私と同じ日に海軍に入籍し、ただちに操縦への道を選んだ優秀な者の中には、昭和九年四月にはすでに霞ケ浦練習航空隊を立派に卒業し、戦闘機のパイロットとなって、早くも大空で活躍をはじめた者もいた。私はその間三年半の長きにわたって戦艦霧島、砲術学校、戦艦榛名と飛行機とはまったく縁のない道を歩き続けていた。

しかし、思えばこれは決して無駄な期間ではなかった。この間に、海軍の航空関係のことしか知らない予科練出身者や、早くから航空の道に進んだ人たちの知らない、善きにつけ悪しきにつけ、海軍生活の裏表を知り得た貴重な体験が、後に戦闘機のパイロットとして、また第一線のリーダーとして勤務する私の戦力の一つになったことは有り難かった。同時に、知り得た知識が仇となり、ある意味においては上官から見て本心の確かめようのない、時には不気味、不遜ともとれる私の言動に対して、ある時は批判され、要注意の異色の男と見られることもあった。それを承知で貫き通した海軍勤務が果たして良かったか悪かったか、今でも自己批判を行なうことがある。

ザラメ一俵行方不明

戦艦榛名の三六センチ主砲の砲手をやっていた時のこと、白状するとこんなことがあった。

連合艦隊に編入された艦の出港前の忙しさは目まぐるしいばかり。弾薬搭載、物品、食糧、若干の石炭搭載、両舷直の作業員は大変である。

その日私たち主砲二分隊の兵隊は、他の分隊員と共同で主計科の保存食品の搭載を受け持つことになり、忙しい午前の作業を終わり昼食、昼休みとなった。リーダー格に選ばれた一等水兵の私は、主計科の作業の数量検査係と二人で、今、舷側についた団平船（運貨船）を見下ろしながら、次の荷を見た。すごい量である。乗組員千数百名の半年間の酒保物品や米、味噌、醤油の数々、その中に茶色の荒い布袋に一ぱい詰まった砂糖袋が山と積まれているのも見た。中身はザラメで重量は七〇～八〇キログラムはあろうという代物だ。

これを見た悪仲間の一等兵が持ち掛けてきた。

「おい坂井、あの砂糖一俵頂戴しようではないか。半年楽しめるぞ！」

「よしやろう！」

ということで作戦を練った。こんなことは悪いこととわかってはいるが、それが若さだ。

ウインチで露天甲板上に巻き揚げた品物は、係の主計兵が台帳と照合したあと、主計科倉庫へ作業員の兵隊が担ぎ込むのだが、一時、市場のような混雑となる、そこがつけ目だ。運搬の経路は通路が定められており、要所要所に係の主計兵が配置されて員数、物品をチェックするので、なかなか隙を見せない。敵も真剣そのもので、員数が合わなかったら責任問題である。

そこで私たち四人の仲良しが作戦を練った。中甲板のタラップの真下五～六メートルのところに火薬庫の入口がある。床に四角形の大きな穴があり、物を落とすと、すとーんとそこへ落ちることを確かめた。受け持ちの艦内はわが家同然である。目をつぶっていてもたどり着ける。そこで、仲良しの中西一等兵が下で待ち構え、受け取り役となり、私は担ぎ役と定まった。あとの下園と松下は中甲板の員数チェック係の主計兵の気を引く役となり配置についた。

うまく大きな袋を担いだ私がタラップをよいしょと降りきった時、下園と松下が大喧嘩のとっくみ合いをはじめた。かねての手筈（てはず）である。員数係の主計兵はびっくりして止めにかかった。その一瞬の隙をついて、私はタラップ下の穴の中央めがけて砂糖袋を放り投げた。途中ひっかかったら破れて大変であったが、うまく落ちてズンと重い音をたてた。麻袋は強いもので少々の高さから落としても破れない。素早く降りて行き、うす暗いロッカーに二人で放り込んで悪巧みは完了。悪い奴らだ。

その日、主計科倉庫では倉庫長の下士官が立ち会って員数調べを繰り返したが、砂糖袋が一俵行方不明ということで、ちょっとした騒ぎになり、われわれの分隊にも問い合わせがあり調べがあった。しかし、みんなで知らぬ顔の半兵衛を決めているうちにやがて出港。艦隊は志布志湾に入り猛訓練となった。

われわれとしては、ほとぼりもさめた頃を見はからい、疲れた時は甘い物ということで、ばれないようにザラメ糖を一日に洗面器一杯ぐらい取り出し、なめて悦に入っていると、三、四日たった頃から下っ腹が張ってきて盛んにガスを吹き出すようになった。ついには軍医官のお世話になる奴も出たが、さすがにわれらの結束は固くザラメの一件は誰一人口にしない。軍医官も頭をかしげながら薬をくれたが、一時、砂糖なめを中止したらガスどころか何人かいた下痢患者までが、ぴたりと止まった。

あとで知ったが、この砂糖は料理用であくが強く、そのままなめ続けると腸内醗酵を起こすというので、それからは主計科から熱い番茶をもらい砂糖湯にして飲んだが、毎日毎日砂糖湯でとうとう飽きてしまったので、分隊内だけに一般公開して楽しんだ。

あれから半世紀、われわれの企みを見落とした主計兵には申し訳なかったと、今、心で謝っている次第である。

この男、正気か！

日華事変（日中戦争）の戦火も一向に消える兆しを見せない昭和十三年九月、私は中国の揚子江岸九江の基地にいた。使用機は九六艦戦で、陸海軍協力しての漢口攻略戦の最中であった。

九江の基地は、九江の町のすぐ西側にあったが、中国軍が退却に際して揚子江と湖の堤防を切って大量の水を流し込んだために使用不可能、一〇〇トン揚水ポンプ数台を昼夜兼行で働かせて、水をかい出して造成した小さな飛行場である。上空から見ると円に近い真四角の飛行場、中央に東西八〇〇メートルほどの滑走路が一本、それも煉瓦くずなどで填圧したお粗末なもので、増水期には揚子江や湖の水面のほうが高いので常時ポンプが動いていた。

飛行場周囲の高い土手と飛行場の平地の間、つまり飛行場のまわりは幅七〜八メートルの堀になっていた。そこには水びたしの時に、飛行場にいた大量の魚が揚水作業が進むとともに集まり、戦いの閑をみて非番の一時、パンツ一つで入って魚とりに興じると、草魚、鯉（こい）、なまず、その他日本では見たこともない大魚がうようよと泳いでおり、水より魚のほうが多いのではないかと思われる魚群で、小さな網で掬（すく）い上げると一度で大漁という状態。主計科から味噌を銀蠅（ぎんばえ）（内緒で頂戴してくること）してきて石油缶で鯉の味噌汁を作ってみたがどぶどぶとしてしまりがなく、大味で食えたものではなかった。

ここ九江基地一二空戦闘機隊には、開戦以来幾度もの空中戦で手柄を立てた日本海軍戦闘機歴戦のエースたちが煌星のように揃い、海兵出の士官では相生大尉、花本大尉といった名指揮官をはじめ、先に述べた日本海軍戦闘機による最初の撃墜者、黒岩利男兵曹、岡本泰蔵兵曹等々、若輩の私など視線が合うと身がすくむような猛者たちが揃っていた。

そんな基地にも嫌われ者で威張りやの士官がいた。K大尉である。前述のS大尉と同期の士官だ。どこの世界にもこんなのがいるものである。

ある時、まだあどけない容姿の整備科の少年兵が、幅五〇メートルほどの滑走路の向こうにある整備中の飛行機のところに用具を届けた帰り道、試飛行に上がった一機の九六戦が西側から着陸態勢に入ったことに気づかず滑走路を横切った。その若い整備兵は気づいていたが、間に合うと判断したのかもしれない。事実、充分間にあって危険はなかったが、指揮所でこれを見ていたK大尉のこめかみに癇癪（かんしゃく）の筋が走った。

K大尉は試運転中の九六戦に有無をいわせず飛び乗ると車輪止めを払って走り出した。指揮所近くにいた搭乗員も整備員も一斉にK大尉の九六戦の行く先に目をやった。私はこの男、気が狂ったのかと思った。何と狙いはその少年兵であった。

まっすぐに近づいてくる九六戦を真正面に見た少年兵は、びっくりして立ち止まったが、なおも進んでくるので右に左へ逃げ出した。プロペラにやられたらバラバラだ。必死で逃げる。

K大尉は執拗に追い回した。誰が見ても考えても正気の沙汰ではない。暴君ネロもこんなことはしないだろう。懸命に逃げ回る少年兵を見ながら、拍手をして笑う者もいた、何とも心ない人たちである。

やっと少年兵は飛行場西べりの湿地の芦の繁みに逃げ込んで、難をまぬがれた。

もうそれで充分ではないか、それなのに飛行機を止め、飛び降りたK大尉は、芦の中から少年兵を引きずり出して蹴り上げなぐり続けたのだ。これが人の上に立つ者の行為であろうか。少年兵を呼び寄せ、叱りつけてもよい。しかし、言って聞かせればすむことだ。それを全員の前で度が過ぎる行為におよんだのは何とも解せない。もうひとつ解せないことがある、非人間的なことをやったK大尉に誰一人注意した同僚士官や上官がいなかったことだ。少年兵をかばうことくらいできたはずである。

吹けば飛ぶような少年兵であっても、その立場、立場において一役を果たしているのだ。虫けらのように扱われる兵など一人もいないはずである。私はもし少年兵がプロペラで殺されていたら、他の人はいざ知らず、絶対に彼を許さなかったであろう。

この男、太平洋戦争になっても、部下搭乗員たちからは悪評紛々、それを知らなかったのはご当人だけであろう。哀れというも愚かなりの典型である。

威張って怒鳴って

下士官、兵たちに嫌われ敬遠される士官には共通する性格があった。

戦艦霧島や榛名乗組時代の補充交代の時期、若い張り切った海兵出身の少尉が乗り組んでくるが、甲板士官となるタイプは共通していた。

命ぜられてなるのか希望してなるのか知らないが、朝早くから艦内中を走り回り怒鳴り威張りちらす。それも尋常ではない。下士官・兵など牛馬、犬猫ぐらいにしか思っていないのではないかと思われるくらい、わけもなく威張り散らした。

こうした士官の目つきは大体が三白眼で焦点が定まらず、上ずっていた。それに、この手の若手士官に限って戦場へ出た時の科白（せりふ）が決まっている。

「貴様たちの命はこの俺がもらった！」

なるほど見た目は威勢いいが、いざという時どこにいるのかわからなくなる。要するに味方下級者に強く敵に弱いタイプで、一番嫌われる上官像だ。

甲板士官には艦でも部隊でも、この威勢のいいタイプの士官と下士官から上がった経験豊かな特務士官が当たる。もちろん、固有の戦闘配置を持っているが、艦内や隊内の整理、整頓、清潔度などを鵜の目鷹の目であら探しをする、いわば必要ながら憎まれ役なため、その分、難しい仕事だ。

若い士官には総じて、下士官・兵から見てわけもわからぬことを口走って相手かまわず威張り散らすのが多く、こうした士官を見ていると、日本海軍の九〇パーセント以上に当たる主兵力の下士官・兵に対して、兵学校では上司上官としての部下統率術といったものをどのように教えているのかと疑いたくなったものである——と書いて、私は急いで補足しなければならない。威張り一方のような士官とは対照的に、部下に対して適度の威厳を保ちつつ、発言を許し、意見を聞き理解を示す温情豊かな上官でいながら、戦場の第一線ではさすがに海兵出の士官と部下が舌を巻くような態度で終始し、この上官となら命を賭けてもよいと思わせる士官も数多く存在したことを記しておきたい。

飛行機便と河船

陸軍とはちがい、海軍の人事異動は一人ひとりに転勤命令が来た。

それは定期異動、指名異動いずれかであるが、私もよく航空隊を渡って歩いた。戦闘機隊は世間が狭い、

「やあ、また来たぞ、よろしく」

ということで少し古くなってくると、どこへ転勤しても自分の家に帰ったような気楽さがあった。士官も同じように転勤を繰り返す。「好事は門を出でず」と言うが「悪事は千里を

走る」のたとえ、前述したS大尉やK大尉のように、悪い風評のある士官が来ると大変だ。

「おいまた、あいつが分隊長で来るそうだ、いやだなあ！」

知らぬはご本人ばかりなり。逆に下士官・兵搭乗員のことを理解してくれる士官に対しては、すぐ歓迎会を開いて喜んだ。どこにもあることだが、いやな奴はどこまでいっても直らず、威張りやで、嫌われていることを知らぬは本人ばかりなりであった。こうしたことにも巡り合わせがある。運が悪いと、行く先々で一緒になってしまう悪循環に見舞われることがあり、くさりきったこともあった。

そういういやな士官も、有能な下士官搭乗員のことは承知している。定期異動の時、下士官にはできない相談だが、士官は人事異動を決定する人事局へ出かけて行き下士官搭乗員の引き抜きをすることがある。どうしてもほしいとなったら、同じく下調べにきた士官と喧嘩をしてもほしい下士官搭乗員を獲得する。いやな士官に限って転勤先で一緒になったりすると、

「俺が貴様をここへ引っぱってやったんだ」

などと恩着せがましく言うが、そんな嘘は他からすぐバレることを当人は知らない。海軍軍人の人事異動の発令は、海兵出身士官は海軍省人事局で、特務士官、准士官、下士官・兵は所属の鎮守府でなされることになっていたが、航空関係、特に搭乗員に関しては例外とされていた。

そうかと思うと心の通い合う上官が、

「今度は人事局で喧嘩しても貴様にきてもらった」

人間そんな上官には命でも預ける気になる。

転勤といえば、こんなことを経験した。いつものことだが、海軍では同じ戦闘機のパイロットでありながら、士官と下士官では、天国と地獄に分かれるという例だ。

昭和十四年十二月、一年四ヵ月の戦地勤務を終えた私たち同僚三人に転勤命令が出た。その時上官であった二人の中尉にも同じ転勤命令が出ていた。二人の士官は荷物を預けると「内地で一緒になろう!」の言葉を残して、さっさと飛行機便で帰っていった。

われわれ下士官の旅はこうであった。

数日待たされた後、漢口の埠頭から揚子江を下る中国の河船に乗せられた。小さな船でベッドさえなく、他の部隊の下士官・兵の転勤者と同乗で船内は満員だった。

夏の増水期であれば、揚子江の両岸の風景を眺めながらの船旅だが、減水期のために水位が低く、来る日も来る日も水の引いた河の両岸ばかりで、これで行っても上海まで一週間はかかるという。これはうんざりだ。先に帰った士官はもう内地に着き、戦時休暇で家に帰って休んでいるだろうに、と思うと癪にさわる。

団風、九江と途中寄り道をしながらの旅であるが、九江についた時、私の食生活に一転期が来た。商売のうまい中国人は、碇泊中の河船に小舟でやってきて、いろいろなものを売る。漢口を出て生鮮食糧にありついていない私は、中国人のすすめる柿の実を買うことにした。金を渡して受け取ると、何とそれはトマトだった。私はトマトは大嫌いであったから、他のものと取り換えようとしたが、もう小舟は離れ去ったあとだった。青果物に飢えていた私は目をつぶって、ガブリとトマトにかみついた。その時私は、世の中にこんなおいしいものがあったのかと思った。すきっ腹にまずいものなし。それから後、トマトは私の好物の一つとなった。

安慶、南京と下って九日目に黄浦江に入り上海に上陸、迎えのトラックに乗せられて上海陸戦隊に仮入隊することになった。河船の上海到着が一日遅れたので、日本行の船便が前日出港していて、次の便は約一週間後になるという。

もううんざりだ。次の便といっても貨物船である。

一週間の墓掘り作業

私たちは迎えのトラックに乗ると、ほかの便乗者約一〇〇名とともに上海陸戦隊に着いた。もうここも満員の状態で、私たちの宿舎は何百畳もあろうという板張りの道場だった。一二月の寒空というのに毛布三枚のごろ寝である。こんなことには別に驚きはしなかったが、上海陸戦隊、いや日本海軍は、われわれ下士官・兵の転勤途中の旅行者、しかも一年数ヵ月も戦地勤務で戦って帰る者にも決して無駄飯は食わせなかった。翌日から野外の重労働が用意されていたのだ。まるで囚人扱いだ。

作業場へはトラックで運ばれた、すでに先着一〇〇名ぐらいの兵たちがスコップを使い、モッコを担いで働いているのを一目見て私は仰天した。ここは上海北郊外の中国人の墓場、それも一見して私たちにもわかる立派な先祖代々の墓地である。何とこの墓を掘り起こして土砂もろとも、トラックに積んでどこかに捨てに行く作業なのである。決して墓場の移転ではなく、これは撤去である。

私は思った、一体誰が何のためにこの作業を命じたのであろうか。どう見ても、この墓地を取り払わなければならない理由は見当たらないし、何か日本軍がここに建設する目的があってのことかもしれないが、広い大陸のことだ、地所は近くに広々といくらでもあった。

作業はこの日からはじまった。一日や二日ではない。何と日本海軍の戦闘機パイロットが、上海郊外の中国人墓地で墓掘り作業を一週間も続けさせられたのだ。同じ戦闘機パイロットでありながら、士官は即日飛行便で祖国に帰国、私たち下士官は黙々とこの態である。航空本部の、海軍省の、軍令部の高官たちは、私たちがこんなことをさせられていることをご存知か。

それにしても、こわれかけた垣根の向こうの木の陰で、じっと無言のまま私たちの墓掘り作業を見つめている中国人たちの眼の底に焼きつけられた、日本人に対する怨念のようなものを私は感じたが、これも、日本が世界に誇ると称した皇軍の姿の一面であった。

一週間の墓掘り作業の中で、私は日本の墓地では見ることのできない、中国人の先祖に対する敬慕の念に接し、民族の文化の一端を知ることができた。それは大きな収穫であった。

この作業は実にいやな仕事であった。私は作業のはじめに「申し訳ありません。これは私の意志ではなく、上官の命令です。これに私は従わなければならないのです」と心の中で詫びて、作業にかかった。

漢口から二〇日の旅

約一週間の墓掘り土方作業の労役を終わったところで、私たちが便乗する貨物船が来た。お粗末な畳を敷いた船倉が私たちの船室だ。

「上海を出港して一路船は日本に向かう」とよく新聞に書いてあるし、俗に「上海は揚子江の入口にある」とも書いてある。しかし、上海は揚子江に入ってすぐ南に黄浦江という支流があり、その支流を一五キロメートルほど南に溯（さかのぼ）ったところにあり、船が上海埠頭を離れてのろのろと下り、揚子江に出るまでに、遅い時は二時間近くかかるのだが、そこから東シナ海を時速七〜八ノットでゆっくりと渡って、佐世保港に着いたのが三日目の朝であった。

われわれの行く先は大村海軍航空隊である。ここで検疫を終えると、今度は佐世保海兵団へ仮入団となって入団の手続きを終わり、ここでなぜか数日止められ、しかも土方作業にかり出されて労役に服し、まるで囚人扱いされた後、佐世保駅からやっと大村へ向かうことになった。漢口航空基地を出て約二〇日間、私たちの消息を誰が握っていたのか。佐世保海兵団に着いた時、大村海軍航空隊へ電話連絡することさえ下士官には許されない。また、電話をすることさえ考えなかったのだから不思議である。

やっとの思いで航空隊へ行ってみたら、航空便で即日日本に帰った中尉は、二週間の戦地慰労休暇も終わって、飛行作業の訓練中、私たちの到着を見てよくも言ってくれたものだ。

「何だ、今頃着いたのか、どこをまごまご歩いていたんだ！」と。

空中射撃訓練をやっても下手くそで、単機空戦をやったら一ひねりで私たちにやっつけられるパイロットでも、士官というのはまことに結構な御身分。これで反乱、革命が起こらなかったのだから、けだし、日本は不思議な国であった。これは本当の話である。

貴族と隷属者

日本海軍は、イギリス海軍を手本として創設され発展した。

海軍という名称の示すとおり、艦船勤務をその本分としたことは言うまでもなく、指揮官先頭の思想をもって日本海軍の誇りとした。もっとも、指揮官も部下乗組員とともに一隻の艦内で戦うのだから、結果としてそうなるのが当然と言ってしまえば身もふたもないが、日常の艦内生活でも士官対下士官・兵の間柄には、イギリスにおける貴族と隷属者という絶対服従の関係が存在し、それが本家のイギリス海軍以上に厳格に守られてきた。

こうしたシステムの功罪のほどは判断に迷うところだが、時代が進み航空機が戦力の中心となり、制空権の獲得下でなければ、戦艦同士の海戦さえ行ない得ない航空機主導時代の到来となると、従来、海軍のよって立つ柱であった英国流のあり方にははっきり支障が見え出したのである。とりわけ、制空権の鍵を握る戦闘機隊でそうであった。元凶は戦力にはなり得ない若い士官が自分の能力は棚にあげて、貴族制度だけを踏襲(とうしゅう)したところにあり、この風潮こそ海軍戦闘機隊の総合的進歩を阻害する要因であったと私はみている。漢口から帰国するのに、下士官搭乗員は約二〇日間の労役に服し、士官は航空便で即日御帰国である。だったら、その待遇に見合うものをぜひ見せてほしい。

軍規は軍隊の命脈なり、上は指揮官より下は一兵に至るまで、脈絡一貫衆心一致の行動につかしめ得るものこれすなわち軍規なり。この文意のとおり軍隊にあっては、上官の命令、指示には絶対の服従が要求された。この思想が守られなければ軍隊は機能しない。

しかし、そこには一つの絶対の条件がなければならない。

その条件とは、戦いの場において上官たるものは、部下の及ばない絶対の戦力と智能力、指揮能力を発揮し得るという実力の保持である。日本海軍戦闘機隊では、この鉄則を承知しておりながら守られてはいなかった。

昔のイギリスの騎士たちは兵たちのおよびもつかない戦力の持ち主であり、日本の戦国の武将も、足軽、兵卒をそばにも寄せつけない実力があった。だから君臨できた。単座戦闘機の場合は指揮官の士官も一人一機の操縦者であり戦闘員であるが、自分の列機である下士官も同じ一人一機の機長であり戦闘員であるところに難しい問題が生起した。

指揮官が下士官の戦力を凌駕（りょうが）しているならよい。むろん、例外はあったろうが、残念ながら実状はほとんどの場合その逆だったのだ。

指揮官の腕が悪い、しかし階級だけは上である。戦闘機に乗せたら何をやらせても下士官より劣る人間が、中身のともなわない貴族として隷属者を統制しようとしても、とても無理な相談。控え目に評しても、どうやら滑稽（こっけい）なだけである。

第四章

海軍戦闘機隊の悲劇

アメリカ人の疑問

私は戦後二十数回、招かれてアメリカへ渡り、軍、民を問わず数多くの知人、友人を得た。多くの戦闘機パイロットたちとも交際をしている。アメリカは敗戦国の日本とちがい、国民性のちがいもあってか、私たち日本人から見たら何でこんなことをするのかと思わされることが多い。

たとえば――。

どこから手に入れたのか、日本のパイロットが実際に使用した飛行服、飛行靴、飛行帽、ライフジャケット等々を集めて楽しんでいるのである。見るといずれも本物である。パイロットが所持していた南部式拳銃もある。そして、お互いに情報を交換しながら収集して自慢の宝物としたり、物々交換、さらには売買も行なっている。彼らのそうした収集品の中で多いのが、日本陸軍や海軍陸戦隊が使っていた小銃、三八（さんぱち）式歩兵銃で、彼らは異口同音に私に聞くのである。

「三八式歩兵銃は日本人より体格の優れた我々が持ってさえ重くてならないのに、体格の小さい日本の兵隊が、どうしてこのような銃を使っていたのか？」

当然の質問である。

実際に私たちも兵科の兵隊の頃、陸戦訓練ではこの銃をかついで演習をやった、これは大変な重労働であった。どうして小銃弾を発射するのに、こんな重い銃が必要なのだろうか。銃剣突撃の白兵戦で果たしてこれを振りまわせるだろうかと、毎度疑問に思ったものである。

この銃は一度に五発の弾丸を弾倉に納め、一発ずつ手動で装填して発射する非能率極まる村田銃だ。三八式歩兵銃という名称の三八式とは、日露戦争中の明治三十八年に制式化された歩兵銃ということを意味している。その頃、日露戦争時、中国の広野の陸戦では、この小銃は黄塵、すなわち土ほこりのために尾栓が作動不良となり、発射の時の熱で焼きつくことが多く、それを防ぐために湾曲した鉄板を尾栓の上にカバーとして取りつけたもので、太平洋戦争のはじまった昭和十六年まで三七年間、この銃を使ってきた。兵器ばかりかあらゆるものが日進月歩した時代に、これはもう呆れ果てた国家の怠慢といわなければならない。

さらにいえば日本軍が使用した兵器の中で菊の紋章の刻印を打ったこの旧式銃は、兵隊いじめの道具でさえあった。

海軍では、新兵教育時ちょっとでも受持の銃に錆でも発生させたら、

「陛下から頂いた三八式歩兵銃殿、申し訳ありません！」

と叫びながら一時間捧げ銃を繰り返す罰直（罰を加えられること）は日常茶飯事だった。

陸軍でも同じである。演習中に銃の床尾鈑のビス一本とり落としたため、演習をとりやめて

二〇〇人が一列横隊に並んで何時間も探したなどという例は、枚挙にいとまがないと聞いている。

三八式歩兵銃

「陸軍歩兵」の軍歌に「尺余の銃は武器ならず、寸余の剣なにかせん」という歌詞がある。日本では陸軍でも海軍陸戦隊でも敵と対峙して銃撃戦を行なう時、銃を持って戦うのは下士官と兵であり、士官は身軽な拳銃と軍刀である。

アメリカではどうであろう。「コンバット」という陸戦のテレビ映画がある。観ていると上級指揮官は別として、将校の小隊長、時には大尉の中隊長が下士官・兵と同じ銃を持って戦っている。これが映画の中だけの作り事でないことは実際にアメリカ陸軍を訪ねて確認した。まったくである、三〇〇メートル先の敵と戦うのに拳銃や日本刀が何の役に立つというのであろうか。わざわざ指揮官自ら戦力を捨てているのだ。将校が現場を体験する――それ故であろう、アメリカ軍では実戦の意見がどしどし取り入れられ、軽量の自動小銃が次から次と開発され、重い単発の三八式歩兵銃で抵抗する日本軍を撃ち負かしたのである。

兵力の九十数パーセントといえば大半であるが、その大半を占める下士官・兵のみに重い銃を与えて苦労をさせ、将校たちが兵と困苦をともにせず身につまされなかったことが、日本の銃の開発を怠らせたと思うのは私のひがめであろうか。

もちろん大戦中に小銃、機関銃の改良がなされたことは承知している。しかし、戦闘機の機銃、照準器の例も同じことである。実際にこれを使って苦労はするが多くを語れない現場で戦う下士官パイロットたち、整備員、兵器員の声は、日本ではまず吸い上げられていない。すなわち、忘れてならないのは「体験こそ真の学問」の意義である。

零戦に関していえば、空中における吹き流し標的をねらう射撃訓練でも、O・P・L照準器に対する不信感もあってか、当初、違和感を感じた。高度一五〇〇メートルの空中を直線で飛ぶ標的を高度差六〇〇メートルで反航、時機を見て反転急降下で標的を追うのだが、私はまず九六戦に比べて機がわずかに右に左に辷るのを感じた。なかなかピタリとセットしないのである。理由は私なりに数回の実験で発見した。零戦になって両脚が翼中に収納されたことがその原因である。九六戦は二本の脚が出たままであったが、その脚は見事に流線形に成型されていて、機体の左右のブレと過速になるのを防いでいた。対して零戦が見せた左右の辷りは、馴れと操縦法を研究することによって、私たちパイロットがそれぞれに解決していった。

航空部隊に限らず軍隊という組織の中では、人員の九割以上が私たち下士官及び兵であり、准士官であり、特務士官である。その九割以上の我々が戦闘において使用する飛行機や兵器の開発に、発言のチャンスさえ与えられない。

逆にいえば現場のベテランたちの意見を聞こうともしない姿勢は不遜といっても過言ではあるまい。

私は残念でならない。もし、現場の声を汲み取っていたなら、零戦はもっと素晴らしいものになっていただろうと今でも思っている。

素性による格差

なぜか、本当になぜにか！　日本海軍では同じ戦闘機を操縦するパイロットであっても、その素性によって分別があった。以下その種別である。

海軍兵学校出身の士官。戦争で士官が不足したためその代用として補充した一般大学卒業生または学生から採用した予備士官（現役であるのになぜか予備士官として区別した）。次にその主力である下士官及び兵も、大正九年を第一期生とする操縦練習生出身、昭和五年を一期生とする少年航空兵（予科練）出身、昭和十二年に旧制中学卒業者を対象とする甲飛制度が採用されると従来の少年航空兵予科練出身者を甲飛に対して無神経にも乙飛と称し、伝統ある操縦練習生も五七期生より丙飛（へいひ）と呼ばれ、特乙制度のほかに予備生徒と、私の知る限りでは八種類の制度が採用されている。

なぜ、このように分類する必要があったのだろう。まさか海軍兵学校出身者さえカッコよくあれば、あとの者たちは予備だろうと甲、乙、丙の呼称をしようと、どうでもいいと考えたのでは――とみるのは、あまりにもうがちすぎていようか。

志がちがって陸士・海兵を選ばず国立、私立の大学に進んだ若者を、人手が足りないからと無理矢理に海軍に呼び、現役についている者を予備士官として区別したかと思えば、七年も先に予科練制度でスタートした少年航空兵出身者たちを、軽々にも乙飛とし、伝統の操縦練習生を丙飛としている。制度の採用、改革にはそれなりの理由はあろう。しかし、この扱いぶりはしこりを残した。日本海軍が消滅した今日でも、海兵出身の士官と予備士官の間には反目があり、甲飛と乙飛にもいがみ合いのあることを私は感ずる。日本海軍は罪なことをしたものだ。

ある少年が言った。

「うちのおやじは、零戦パイロットだったが、丙飛出身だったそうだ」

陰湿さの匂う科白（せりふ）である。

同じ能力をもった人間を上・中・下に分けるからこうなる。こうして区別というより差別したことは、大きな間違いであったと私は考える。

今、私の手許にアメリカ海軍、そしてマリーンの戦闘機パイロット二百数十名近くのエース一覧表があるが全員が士官である。そこには海兵も予備も操練も甲飛も乙飛もない。アメリカ海軍では、戦闘機パイロット間には日本のように居住、生活、食事などに差別がなかった。同じ条件下にいたのである。戦術思想の統一、飛行隊、編隊内の意志の疎通が的確に行なわれ、戦訓を基に研究に研究を繰り返し、零戦隊に対応した。そこには対等のライバル意識も働き、一機の敵機を四人で共同撃墜した戦果も〇・二五機の撃墜となりポイントを争う。ある意味では個人スコアの競争もある。写真銃（ガンカメラと称し、機銃の発射中作動し、弾丸の行方を撮影する装置）の採用によって撃墜の確認に役立てたが、それでも集計に相当の誤差を生じたというから、撃墜確認の難しさをよく物語っている。ひるがえって日本海軍では、士官、下士官・兵は同じ条件下にはいなかった。このあたり、この章でもおいおい綴っていくことになるが、歴然たる差別であった。

知らしむべからず

日本海軍が採用したイギリスの貴族制度は、隷属者である下士官・兵に対しては、士官は「知らしむべからず由らしむべし」の思想のもとに君臨した。

艦船勤務においてなら、無理矢理にこれを通用させてもそれで戦闘には支障がなかったかもしれないが、戦闘機体に関する限りこの思想が適切でないことに気がつかなかった。いや、気がついていても直そうとしなかったのである。

なぜこのような誤りが罷り通ってしまったか、その原因である。

「軍隊の要は戦闘にあり。故に万事戦闘を以て基準とすべし」と立派な成文で示しながら実行しなかった。すなわち、戦闘を以て基準とすべしとは、戦闘において敵を倒し、戦果をあげ得るパイロットを養成することでありながら、下士官の戦力を凌駕する士官パイロットを養成する努力を怠ったのである。治にいて乱を忘れず、階級のみで味方下士官に君臨しても、戦場にあっては階級だけでは通用しないことを知っていながら怠った。

戦闘機パイロットは、まず単機空戦に強いということが第一の条件である。一般の武技・体技でも自分より優れた強者にもまれて、はじめて上達することは理の当然である。ところが、国が与えた士官という階級が邪魔となり、例外を除き多くの士官が、強者である准士官、古参の下士官たちに鍛えられることを忌避し、安易な訓練を望んだところに日本海軍戦闘機隊の悲劇の一因があったような気がする。

意見としては、それだけが理由ではないという見方もあろう。しかし、実戦の場においては、同等の飛行時間、飛行体験者でありながら、勝負を挑んでくる敵機との真剣勝負にあっては自分より下級のベテラン下士官、准士官クラスにはるかに及ばない空戦能力しか保持し得なかった士官があまりにも多かったのは事実である。

日本海軍では、空戦による撃墜の戦果は個人の戦果とせず、小隊の戦果、中隊の戦果、そしてその日の指揮官の戦果として発表することになっていたが、その総合戦果は一人ひとりの強力な部下パイロットたちが撃墜したものを集計した結果にほかならない。

日本海軍では、士官は何をやっても下士官や特務士官、准士官に負けてはならない。負けてもそれを発表してはならないという不文律が、愚かなことに戦場でも罷り通っていた。

部下たちに戦果を誇りとさせては士官の面目が保てないとでもいうのなら、自ら強くなればよい。もちろん、日華事変（日中戦争）、太平洋戦争を通じ下士官たちの及ばない見事な戦力を発揮して、やはり海兵出の士官と感服させられる強者もいたが、その数は残念ながらわずかでしかなかった。

独立国家であれば、当然軍隊をもつ。現在の自衛隊ではすでにこのことが改善されつつあるが、将来わが国に名実ともに軍隊、空軍が創設された時、昔の日本海軍戦闘機隊の轍（てつ）を再び踏むことがないよう祈り、一部の批判は覚悟でここにこのことを強調しておきたい。

海軍戦闘機隊の搭乗員間にあっては、士官と下士官の意志の疎通が悪かったといわれる。そのとおりである。小隊間、中隊間において士官と列機下士官の間で、敵を撃墜するための戦いの進め方、具体的な戦法の研究といったことはほとんど行なわれていなかった、といっても、まず信じる人はとてもおるまい。しかし、まぎれもない事実だったのである。そうした意味では、士官と下士官・兵の間はいかにも風通しが悪かった。

敵機焼討ち

それにしても——である。海兵出身の士官は何事においても部下に負けてはならぬと鎧を着せてしまうと、その人物の度量にもよるが、おおむねロクな結果は待っていない。時代は前後するが、恰好のエピソードがある。

日華事変（日中戦争）が勃発し、ようやく一年を経過した昭和十三年七月十八日、戦爆連合（戦闘機隊が爆撃隊を援護して敵地を攻撃する方法）で中国の南昌飛行場を攻撃した九六式艦上爆撃機隊（急降下爆撃隊）が世界の航空戦史に例をみない暴挙とも快挙ともいいようのない、ものすごいことをやってのけた。

この日、艦爆隊の第二小隊二番機の小野了二空曹は、爆撃終了後、沈着に敵飛行場を観察した結果、新しい無傷の討ちもらした敵飛行機が残存しているのを発見、後席の偵察員山治一空兵と相談の上、この敵機を焼き払うことを決めると、豪胆にも敵飛行場への強行着陸を敢行、エンジンをスロー回転に固定すると地上に降り立ち、近くにあった敵戦闘機を焼き払った。

「山治！　敵が射ってきたら、お前の旋回銃でやっつけろ！」

その時、上空では味方戦闘機隊はすでに帰途につき、艦爆隊も引き上げをはじめていたが、小隊長で一番機の小川中尉（海兵出）は、追従してこない二番機が敵飛行場に着陸しているのを発見。機体かエンジンに被弾、不時着したものと判断し、救援のためしかたなく着陸すると、続いて徳永三空曹の操縦する三番機も着陸してきた。

「了さん、やられたんなら二人とも俺の飛行機に乗り移れ！」

と呼びかけた徳永三空曹に小野兵曹は、

「徳永、そうじゃないんだ。討ちもらしたやつを焼き払おうと思って降りたんだ！」

「そうか。じゃ俺も手伝うぞ！」

もうその頃は、小川中尉は旋回銃をはずして敵の格納庫の中を射ちまくっていたという。不思議なのは、その間中国軍が一発も射ってこなかったことだ。びっくりして逃げてしまったのか、あるいはあきれて眺めてでもいたか……。

「ようし、このへんでよかろう」

小川中尉機、徳永機、そして小野機と続いて離陸をはじめたが、小野兵曹が離陸直後に左下に新品の敵戦闘機がまだ一機あるのを発見、小野兵曹は誘導コースを一回りしたところで再び着陸、素早く地上へ飛び降りてその戦闘機に近づくと、拳銃で燃料タンクを射ち抜き、地上に漏れたガソリンに火をつけようとマッチをすったが二本三本と折れてしまい、なかなかうまくいかない。その間にもガソリンは流れ出して飛行機の下一面に広がった。やっと発火、マッチ棒を放り投げた瞬間爆発が起こり、小野兵曹は二メートルほど飛ばされたという。

快挙の横取り

その日は、艦爆隊の飛行隊長M少佐も珍しく陣頭指揮で出撃していた。出撃前飛行隊長は半分冗談まじりに「俺はめったに出撃しないからあまり自信がない。俺が墜とされないようみんなで守ってくれよ！」そんなことを口走って出撃したが、馴れないこととはいいながらこの飛行隊長、急降下に移り目標を定め、ここぞとばかり爆弾投下用把柄（はへい）を引いたつもりが、あがってしまったのか海上不時着時に使用する浮袋装置の引き手を引いてしまった。「しまった！」とばかりあわてて爆弾も投下はしたが、浮袋装置というのはちょうど蛙が鳴く時に左右のあごのところから円い袋をふくらませるのを思い出していただければよい。艦爆の浮袋装置は圧縮空気で黄色のゴム引き布袋を胴体の左右にふくらませる。

M飛行隊長は衆人注視の中、黄色い袋を派手にふくらまして基地に帰投、大きなヘマである。小野兵曹たちも遅れて帰投し、敵飛行場焼討の顛末を報告に及んだのはよかったが、これを聞いてM飛行隊長は自分のポカを隠す意味もあって、呆れたことに小野兵曹たちの行動に対し飛行軍規違反、命令違反の行動ありと懲罰を主張、基地でもその処分を定めかねていたところ、三日目であったか、第三艦隊司令長官長谷川中将の巡視があり、

「一昨日敵南昌飛行場に強行着陸を敢行し、敵飛行機焼討ちを行なった勇士小野兵曹たちに

会いたい！」

この一声で懲罰が金鵄（きんし）勲章にと早替わり、M少佐は転勤になったという。

ところが海軍報道部はこれをどのように新聞各紙に伝えたか。「去る七月十八日敵南昌航空基地を攻撃した海軍の急降下爆撃隊は爆撃終了後、尚残存する敵飛行機を発見、小隊長小川中尉を先頭に豪胆にも敵飛行場に強行着陸を敢行し、これを焼き払って帰還した」と初号活字で報道した。

先頭に着陸したのは下士官の小野了二空曹であって、小川中尉は小野機救援のため仕方なく後から降りたのである。

一読しておわかりのように、これでは快挙の横取りだ。こんな時、日本海軍では快挙の事実を曲げても海軍兵学校出身の士官が先頭でなければならないのだ。

飛行機焼討ちの模様は藤田嗣治画伯が何百号かの油絵の大作で残している。先般、私はアメリカで、日本で発行された見事な戦場画の画集を見る機会を得たが、日本語の説明の中には何と先頭に着陸した小野了兵曹の名前さえなかったのを見つけ一驚した次第である。南昌飛行場焼討ちの快挙は海兵出身の士官が横取りしたのだ。

後日談はともかく――。この日、海軍兵学校出身の士官搭乗員の中のトップエース南郷茂章大尉が戦死している。名実ともに全戦闘機搭乗員から尊敬された名指揮官であった、日本海軍は惜しい人を失った。

この日から約一年たち、南昌飛行場に進出した私たちは、戦いの余暇を利用し、この地の攻撃で撃墜された味方機の残骸捜索を行なったが、地元中国人の知らせで飛行場南西方の水田の隅に日本人パイロットが埋葬されていることを知った。増水期のため水びたしになって埋められていた大きな水甕を掘り出すと、中には飛行服、飛行帽姿の人骨があり、着衣その他の名前から南郷大尉であることが確認できた。何かの奇縁であろうか、つけ加えるなら、今、南郷大尉の遺骨は私の住居近くの染井墓地に埋葬されている。

甲飛(こうひ)の参入

ところで、風通しが悪く、硬直した海軍航空隊に新風をもたらすかと思われたのが、「甲飛(こうひ)」の参入だ。

将来の海軍航空幹部育成を目的とする甲種飛行予科練習生制度が発足したのは昭和十二年である。旧制中学卒業の学歴で、心身ともに健全なる若者であることを条件とし、昭和十四年には早くもその一期生の中から一五名の戦闘機パイロットが誕生、実施部隊の搭乗員の仲間入りをした。この時、彼らの階級はすでに下士官、若い下士官である。それだけに、彼らのなかには、旧来の下士官・兵の立場では物言えば唇寒しの感が強かった士官に対する発言にしても、時には私たちがハッとするような遠慮のない意見の発表をする者が現われた。軍隊の旧弊に染まっていなかったのも原因のひとつかもしれない。

昭和十六年春、私たち高雄空零戦隊が海南島へ進出し、仏印(仏領印度支那(インドシナ))にも進駐して示威運動を行なっていた頃だと記憶している。パイロットの中には甲飛一期生出身者が三名おり、中でも平野兵曹は東京府立一中出身の秀才、海兵を志望していたところ、甲飛募集を知り、早く飛行機に乗れるという理由から甲飛を選んだという若者で、先任搭乗員の私とはウマが合った。

空中射撃訓練のあった日、彼は私たちから見れば驚くような発言を分隊長に対して行なった。空中射撃の成績は吹き流し標的の弾痕調査によって判明する。その日、平野兵曹の小隊長として射撃を行なった私の弾痕は抜群の成績、平野兵曹も確実に数発の弾痕を得ていた。その時である、平野兵曹が語尾を濁さずに言ってのけたのである。

「分隊長の命中弾はないですね。分隊長は海軍大尉で上官だし、国家の待遇は私たち下士官より数段優遇されているんだから、下士官の数倍は命中弾がなければおかしいですよ！」

痛烈な発言である、びっくりする私を尻目に彼はさらに追撃ちをかけた。

「単機空戦でも古い下士官に士官がひねられるようでは、いけないんじゃないでしょうか」

言い方がカラッとしていたから救われたが、ここで若い中尉が割りこみ、こう言った。

「今俺たちは、お前たち下士官と同じ一機一人の戦闘機に乗って訓練しているが、お前らは最後まで戦闘機乗りを続けなければならない。だが、俺たち士官は将来は参謀肩章を吊ってお前たちをまとめて指揮することになる。いつまでもこんなことはやらないよ！」

私は唖然(あぜん)とした。半分は本心であり、半分は負け惜しみの言い訳にすぎないにしても、よく言えたものだ。俺たちは一時の腰掛けでお前たち下士官と同じことをやっているんだということだ。腰掛けでやられたのでは成果は望むほうが無理である。それにもまして、腰掛け気分で訓練している人間に、実戦で編隊をリードされたんでは、ついていくほうはまるっきり自殺行為である。日本海軍では、戦闘機隊に関する限り、階級の如何にかかわらず、一人ひとりが空中戦の腕を磨き合い、空中射撃の命中数の実績を競うなど、平時から実戦に役立つパイロットを養成していく真剣さがまったく不足していたことを、私は今もって遺憾としているのだ。

残念なことに――。

新風を吹き込んできた甲飛出身の下士官たちも、いつしか海軍における下士官、准士官、特務士官といった階級制度の中に善きにつけ悪しきにつけ溶けこんでいき、海軍航空の中堅幹部たらんとする気迫とは裏腹に、海軍にあってはいかに学術、技量に優れ、士官に劣らぬ戦果をあげ得たとしても、海軍兵学校出身士官の人脈に連なる者でなければ幹部たり得ないことを次第に認識し、俗に言われる特、准意識に自らレベルダウンせざるを得ないことを悟ってしまったのである。

爽やかな風を送るかとみえた甲飛の新風は、ついに吹かずじまいだった。

聞くところによるとアメリカの軍隊では、幹部の大部分は三軍の各士官学校出身者であるが、一兵士から将官に進むことはさして珍しいことではなく、大将の地位に昇った人もあるということだ。昭和五十三年十一月、私はアメリカ海軍の空母ミッドウェーに賓客として招かれたが、その時の艦長は学徒出身の海軍大佐であった。旧日本海軍では、思いもおよばないことだ。

一日ちがいで南海の藻屑(もくず)

昭和十七年三月、一期の作戦を終了した台南空(台南航空隊)の零戦隊は、ジャワ島の東、バリ島に集結して休養をとった。

私たち搭乗員は、多くの戦友たちを失いながらも連戦連勝を重ねてきただけに意気盛んなものがあり、次の作戦行動の発表を待ったが、そこに下された命令は、台南空のすべての兵力を二分し、その半数は日本内地へ引き揚げ、一方の半数はニューギニアの東、ビスマルク諸島のニューブリテン島東端に位置するラバウルへ進出するというものだった。

さらに聞いてみると日華事変(日中戦争)以来戦地勤務の長い者を内地組、その他の者はラバウル組とのことである。私は全搭乗員の中で一番戦地勤務が長いので、当然私の組が内地組と思っていたところ、帰還組に私の名前がない。不思議に思った私が理由を聞くと、

「坂井は別だ。貴様が行ってくれなければ困る」

という返事である。

「御苦労さんだが、これからわが隊が進出するラバウルは、次の作戦の中心となる根拠地で激戦地となることが予想される。搭乗員の要としてぜひ一緒に行ってもらいたい!」

一下士官に対して司令が頼むと説くのである、そう言われてみると感激である。心を決めた私は命令に従った。

久しぶりで内地(日本)へ帰れる帰還者たちは凱旋(がいせん)組と称して喜び合った。

無理もないことだが、人間の巡り合わせとはわからないものである。これが後にミッドウェー島への進出組となり、この三ヵ月後に太平洋で乗っていた空母を撃沈され海水をたらふく飲まされる運命とは誰一人知る由もなかった。

自称凱旋組に用意された帰還船は豪華客船の竜田丸であった。あとで聞いたことだが、搭乗員たちは、一、二等船客の扱いをうけ、御馳走をいただきながら帰ったそうだ。

一方、私たちはそうはいかなかった、第一線ラバウル進出組に用意されたものは、小牧丸というおんぼろの中型貨物船、全速七〜八ノットのたらいのような頼りないみすぼらしい船で、准士官以上の人たちはどうだったか知らないが、私たち下士官・兵は搭乗員、整備員を問わず船倉にうすべりを敷いた、コトコトとスクリューの音のする大部屋住まい。まるで囚人船であった。

ラバウルと聞いた時、私はさっそく航空図を開いて直距離を計ってみた。すでに日本軍が占領しているラバウルの前進基地ニューギニアのラエ、サラモア基地までなら、ティモール島クーパン基地から直線距離で約一六〇〇浬（かいり）（約二九六三キロメートル）。この年一月はじめにやってのけた台南—ホロ島（ボルネオ島のすぐ東、スールー諸島の南部にある島）間の大移動より少し遠い。それでも、今の零戦隊の能力をもってすれば飛べない距離とは思わなかったが、ここは安全をみて船便となった。

それにしてもその頃は、まだまだ航空母艦にも余裕があったはずなのに、オンボロの小牧丸と定めた連合艦隊司令部は何を考えていたのであろうか。ホロ島を出てティモール島のクーパン、そしてアンボンと寄港して貨物の積みおろしもやっていたようだが、台南空の精鋭部隊を貨物同様に扱う司令部のやり方には、下士官ながら腹が立った。

途中、敵潜水艦につけられているらしいとの情報も入りヒヤヒヤしながらの二週間の航海、もしも途中で一発くらっていたら、その後のラバウル台南海軍航空隊の活躍はなかったのである。

ラバウルへ入港した翌日、荷揚げの最中、小牧丸は敵B25爆撃機に襲われ、われわれの荷物もろともラバウル港で撃沈され、今もラバウル港に鎮座して小牧桟橋となって残っている。もし、一日ちがっていたら、ラバウル入港を前にして台南空戦闘機隊は戦わずして南太平洋の藻屑(もくず)と消えていたのである。

歴戦の台南海軍航空隊を貨物同様に扱った当時の司令部に対する憤りは、今でも私たちの胸から消えることはない。

米軍の実力鬼軍曹の処遇

私はここ数年の間に、ケンタッキー州のフォートノックスというアメリカ陸軍の戦車と歩兵部隊の基地内で生活する体験を得た。その日数は合計半年を越えた。

日本では考えられないような広大な基地で、毎日毎日、雨の日も風の日も朝から晩まで小銃、機関銃、大砲の音が聞こえ、空にはジェット機、ヘリコプターが飛び交い、現在の日本人ならとっくに逃げ出すような騒々しい毎日であったが、数万人といわれる隊員とその家族の中で、文句を言うものはないという。それもそのはずである。聞くところによると、戦車や大砲の実弾射撃が連日行なわれる一番うるさい場所にその基地の司令官である将軍の官舎が置かれているのである。

基地の中には下士官・兵の官舎、将校の官舎が軒を連ねていた。下士官と将校の官舎は一見してわかるとはいっても、それほどのちがいは感じなかった。同じ将校でも中尉から少佐クラスまでは広い庭（芝生）のある平屋建ての棟割りで、三ベッドルームの広い造りである。コロネル（大佐）級になるとさすがである。赤煉瓦造りの二階建ての立派なもので風格のある官舎。ある時、私を案内してくれた人が、その大佐級の立派な木立の中の官舎の家並みの前を通りながらひとつの官舎を指さして、「ミスター坂井、この官舎には誰が住んでいると思いますか？」と聞いたので、私は「もちろん偉い大佐だろう」と答えると「ノー」と言うのである。私はその住人の階級を聞いて自分の耳を疑い、からかわれているのではないかと、とまどいを感じた。

二軒並んだ左側は大佐、同じ造りの右側の立派な家の住人は何と軍曹、すなわち下士官だというのだ。アメリカ国家は一下士官に大佐同等の待遇を与えているのである。

そのわけはこうである。

左隣の部隊長である大佐の率いる隊員の中の九十数パーセントの部下たちを訓練し、実戦指導するためには、経験豊かな、どんなことでも実際にやってみせる、鬼軍曹ともいわれるこの人がいなければ、その部隊は動かせない。戦闘行動も行なえないといわれるほどだ。こいるという。

の実力のある下士官は将校への道を求めない。これが俺の任務だと割切った使命感を持って

部隊が行動に移る時、隊員全員に対する命令は司令官が行なうが、多くの将校がいるにもかかわらず、司令官の次に立ち上がって全隊員に訓示指図を行なうのが、かの軍曹であるという。部隊長同等の実力者だ。ならばこそ、待遇も同等という思想である。日曜日、大きなPX（売店）の前は兵隊たちの憩いの場となる。私は戦闘行動や演習時以外に、アメリカ兵が上官に敬礼するところを見たことがないが、その鬼軍曹が買物にやってくると、若い兵隊は敬礼まではしないものの一瞬顔が緊張する姿をよく見かけた。部隊全員が鬼軍曹の実力を認めているのである。士官側にも「下士官のくせに」といったような雰囲気は微塵もない。アメリカ陸軍の強さはここにあると私は感じ入った次第である。

私たちの勤務した日本海軍では、士官は実力があろうとなかろうと階級さえ上であれば下士官・兵の上に君臨してきたのであるが、戦闘機パイロットの世界では、少しちがったところがあり、第一線の戦地においては、この鬼軍曹の役を果たすのが、下士官全搭乗員を支配する先任搭乗員であった。

もっとも、上層部も下士官の存在価値に気づかなかったわけではない。航空部隊では太平洋戦争の半ば頃になって、遅まきながら主力である下士官搭乗員の存在価値に気がつき、まだ生活や勤務に比較的ゆとりのあった内地航空部隊あたりでは、司令、副長といった幹部の中から、搭乗員は国家の虎の子だ、搭乗員をここまで仕上げるには大変な国費と貴重な日時

を必要とした、一朝一夕にはできないのだ、といった声も聞かれるようにはなってきた。しかし、これも飛行作業に従事している時だけの謳い文句、一度普通の軍服に着替えた場合は、掌をかえしたような扱いに戻り、「下士官・兵のくせに」「下士官・兵の分際で」となったのである。

随分無茶な話があったものだが、それでも下士官・兵は不平も言わず、みんなよく頑張った。

第一線基地の実態

内地と戦地では違うとはいっても、日本海軍の場合はとてもアメリカ軍のようなわけにはいかない。

小牧丸でたどりついたラバウル基地の実態はどうであったか。

住居ひとつ例にとっても、士官（予備士官を含む）と下士官・兵とでは大きなちがいがあった。住居は被占領地の民家などを使用することが多かったが、士官搭乗員と下士官・兵搭乗員の宿舎はまったく別で遠く離れ、ラバウルでのその距離は四キロメートル以上もあった。こうなると、一般の搭乗員は自分の小隊長、中隊長といった指揮官が、どこに住んでいて、どんなものを食べているか知る由もなかったし、また知ろうとも思わなかった。

しかし先任搭乗員の私は無関心でもいられない。士官と下士官の接点の位置にいるのが先任搭乗員である。よく連絡のため遠い士官宿舎に足を運んだことから、見なくてもよいものを見て、それがまた癪の種にもなってしまうのである。訪ねる先が私たちとは比べものにならない施設なら、食事も格段のちがい。われわれ搭乗員のところには防腐剤の入ったビールも配給されないというのに、今、空襲につれて行けば、零戦もろとも帰っても来られない、くちばしの黄色い新参者の中尉たちまでが分捕り品の外国製ウイスキーを飲んでいた。搭乗員宿舎には一本の配給もなかった。

私は、この野郎、と心の中で叫んだ。

と同時に、腕をあげるなら酒より飛行機のほうが先だろうにと心痛するのが常であった。

搭乗員室では先任搭乗員がこの家の家長であり、父であり兄であった。士官たちは、自分たちの手とも足とも頼む部下列機を下士官の先任搭乗員に預けたのである。

それだけに搭乗員たちは先任搭乗員を一番の頼りと思うし、またもっともこわい存在でもあった。司令や副長ににらまれても大してこわいとは思わないが、まずいことをした時の先任搭乗員の一にらみには身体がすくむ。

先任搭乗員は全搭乗員の精神状態、健康状態、あらゆる言い分、あらゆる不平不満を一手に引き受けた。

「そうか、ここまではガマンしてくれ。これ以上になったら俺が命をかけても具申する」

いわば、パイロットの日常生活を統制する立場にいたのが下士官の先任搭乗員である。

搭乗員室では小さな仮設ベッドを並べて寝る。先任搭乗員の頃の私は就寝時ともなると一人ひとりのベッドを見回り、蚊帳から太い毛ずねや腕を出しているのを納めて回った。大事な搭乗員を蚊に食わせてマラリヤ、デング熱といった病気にしてはならない。自分が寝るのは一番あとであった。

士官たちはというと、自分とともに命をかけて戦う部下列機たちが、どんなところに住んで何を食べ、どうして暮らしているのか見にくる者さえいなかったから、不思議を通り越して驚きである。不人情ここに極まれりと言いたいが、部下のことが気にならないのだろうか。

そうした中でただ一人だけ、中隊長になっても笹井中尉は別だった。

「何か不足はないか。食事は大丈夫か。みんなの健康状態はどうか」

当然と言ってしまえばそれまでだが、下士官や兵の生活に気を配る笹井中尉の思いやりは大きな慰めだった。私はこの人となら生命を賭けられると思った。

飛行場へ出ても、下士官搭乗員の待機所は士官搭乗員たちとは別だった。士官は指揮所と称するところに参謀はじめ司令以下の幹部たちとともに待機した。そこに運ばれてくる食事も下士官・兵とはまったく別の烹炊所(ほうすいじょ)で作られ、搭乗員室より上等なものであった。たまに私たちの食事をのぞいた笹井中尉が、そのお粗末さを見て顔をしかめたことを私は忘れない。

攻撃から帰ってその日の戦いの反省をし、明日の戦いの作戦を部下と練る。残念ながら、この当然なされなければならないことが、稀な例外をのぞいてまったくといってよいほど、なされなかったのである。例の風通しの悪さである。別々の宿舎で別々の生活をし、飛行場へ出ても別の待機所、出撃の時、顔を合わせて俺についてこい、それで不安に思わないのだから不思議である。

その点、先任搭乗員は小隊長であっても士官ではない、列機とともに生活する立場である。よく叱り、一緒になってよく笑った、兄弟である。

空戦の勘所はかんでふくめるように教える。叩き込んだ。おかげで、私は数えきれないほどの空戦をやったが、その日その時、指揮した部下列機の中からただの一人の戦死者も出さずに戦争を終わった。これだけは今でもよかったなと思っている。若い搭乗員の多くが私の列機になることを望んでくれた。

「俺の一存ではどうにもならない、順番を待て」

と諭しながら、ありがたいことだと思わずにはいられなかった。

実際にベテラン下士官の指揮する小隊は、抜群の強さを発揮し戦果をあげた。そのことが下士官搭乗員たちの励みになればという思いもあったが、下士官小隊の強さを発揮して士官小隊に目に物見せてくれようの意地が、常に私たちの心の中では働いていた。

新参の士官パイロット

飛行機乗りは霞ケ浦の練習航空隊（飛行学校）の基礎教育を終えると、一応卒業となる。しかし、この段階では初歩的な飛行機の操縦法を会得したにすぎない。そこで、引き続き専修機種による戦技体得のため延長教育部隊に進み、三〜四ヵ月の訓練で戦闘機パイロットとしての一通りの技を身につけると、いよいよ実施部隊へと赴任する。この頃、飛行時間は、平均して約二〇〇時間から二五〇時間、まだまだ半人前でとても戦力とはほど遠い腕前である。

それが、飛行時間三〇〇時間ともなると、自分ではひとかどの戦闘機パイロットになったような気分になる。この頃が一番、不注意や自信過剰におちいって事故を起こしやすい、もっとも危ない時期である。そして飛行時間五〇〇時間ともなると、一人前の戦闘機パイロットと認められる。ここまでくるのには霞ケ浦練習航空隊に入ってから、大体二年数ヵ月を要する。

戦闘機パイロットの腕前の差というものは恐ろしいもので、千数百時間から二〇〇〇時間級のベテラン下士官、准士官パイロット一機に、未熟なパイロット一〇機でかかっても、たちどころにたたき墜とされてしまうほどの実力差があった。

第一線に出てきた未熟な新参の士官パイロットたちは、まことに気の毒な存在であった。

士官搭乗員だからといって、同級の練習生出身者に比べて訓練回数、飛行時間に特別扱いはされないから、搭乗員としての技量は練習生出身の下士官たちと同等である。若年ながら指揮者としての自覚、責任感はあっても、耳学問、目学問では戦場において部下を指揮する力にはならない。士官搭乗員は指揮者になるのだから特別に時間をかけて訓練を強化する必要があったと私は思う。日本海軍はそれをやらなかった。怠惰であるといわれても仕方がない。

さりとて実戦体験をさせなければ、いつまでたっても進歩はないということで、新参の士官の初出撃には幹部も気を使い、たとえばここ数回の撃滅戦でほとんど今日は敵さんも上ってこないだろうと予想される時、指揮官の二番機として、またはベテランの下士官を二番機、三番機につけて小隊長に仕立て、敷地上空を飛ぶ体験をさせ度胸をつけさせるのである。

これが激戦地だと早くも即実戦の体験となるが、初心者の最大の欠点は、例外なく敵発見が遅いことである。したがって咄嗟に千変万化する味方機との連繋(れんけい)などということは思いもよらず、ただ味方機からはぐれないことが精一杯、生意気にも最初から敵機を墜とそうなどと考えて行動した瞬間、自分の命が機もろとも粉微塵になる。私も日華事変(日中戦争)で初陣した頃、

「生意気に敵機を撃墜しようなんて夢にも考えるな。リーダーから絶対に目を離さずついてこい。はじめの二〜三回は空戦場の臭いをかぎに行く心掛けで行け。数回経験して自分にも少し余裕を感じたら舐めてみろ。小隊長から『もうそろそろ狙ってもよいぞ』と許しが出たら一機喰ってみろ。そのくらいの考えで臨まないと命はいくらあっても足りないぞ」

揚句はひどい話で、

「貴様は還らなくてもかまわないが、飛行機がもったいない」

などと言われながら覚えてきたものである。

若年士官搭乗員の列機に指名された時は不安を感じるが、命をかけての勝負をともにすると、次第に気脈は通じ、二回、三回と実戦を経験するうちに、そのレベルなりの呼吸はできあがってくるものである。

それにしても士官であるだけに、古参下士官搭乗員たちからみて同情を禁じ得ないものが

あった。率直にいえば下士官搭乗員から見て信頼度などはゼロに等しいのだ。それでも将来の指揮官候補者であるだけに、司令はじめ幹部の気苦労は大変であったろう。私は先任搭乗員の頃、若い士官搭乗員の空戦ぶりを観察しては帰投後遠慮会釈なくビシビシと注意を与えた。これは飛行隊長からも許可を得ていた、というよりむしろ、実戦指導を頼まれていたからだ。

肝要なのは実力

同じ搭乗員でも雷撃機や急降下爆撃機、大型の中攻といった機種では、訓練はもちろん実戦出動。戦闘行動においては総じて指揮官先頭に発進し、指揮官先頭で攻撃、戦闘を行ない、指揮官先頭で帰還するのが普通である。つまり進撃航路の設定、目標発見、攻撃開始、帰途の航法と、大体指揮官先頭で出撃中の行動が推移する。ところが、戦闘機隊の場合は迎撃戦は別として、進撃作戦では迎撃する敵単座戦闘機との戦いとなることは必至である。その際、敵機発見に後れをとったケースではばじめから、また運よく敵に先制攻撃をかけ得た場合でも第二撃からは、敵味方入り乱れての乱闘となる。

指揮官といえども自分の身は自分が守り、自分の敵に対しては自分で立ち向かわねばならず、列機の支援を受けられないことなど日常茶飯事だ。要するに戦闘機隊では格闘戦が常時想定されるわけである、それだけに士官搭乗員も部下列機の及ばない格闘戦術、空中射撃術、避弾術を実力として保持していなければ、部下列機、随伴する小隊長の信頼を得ることはできない。戦闘機隊の士官搭乗員にあっては個人戦力を保持することが必須の条件なのである。それには訓練である。士官といえども格段に強い部下のベテラン准士官・下士官を相手に、叩かれこなされ腕を磨いていく必要があるはずだ。しかし、こうしたケースはまず例外といえた。前にも言及したので繰り返し増幅するのが目的ではないが、現実には強い准士官、ベテラン下士官との錬磨を避け、階級のみの優位をもって部下を統御しようとしたがる若年士官が多すぎた。

味方同士の訓練なら、部下にあたる下士官が手加減をしてくれることだってあるかもしれないが、生命を狙って向かってくる実戦では、階級など何の役にも立たない。頼りになるのはただひとつ、自分の腕前だけである。

敵は味方にもいる

私は、全搭乗員を空襲のない夜など野外に集めて、訓辞といえば大袈裟だが、いろいろな話をして聞かせた。

上官から得た情報から、わが零戦隊に関係のある事項、直接戦った最近の敵戦闘機の戦法の変化、これに対してわれわれ零戦隊はどう対応すべきか。そして、気が興じてくると質問をした。

「俺たちは今二つの戦争をしていると思うが、その意味わかるか。西沢広義兵曹、太田敏夫はどうだ!」

「はい、一つはアメリカ、もう一つはオーストラリア」

私は少し声を荒々しくして言う。

「そんなことを言っているのではないぞ。戦闘で戦う相手は連合軍まとめて一つだ。もう一つの敵は味方にいる。敵という表現が不適当だったらライバルだ。はっきり言ったら、俺たちと年齢はあまり差がない、同じことをしながら俺たちより数段位が高く、国家に優遇されている兵学校出の若い士官たちだ。俺は新兵の頃受けた教育の中で、今でもはっきり覚え、かつ実行していることがある。そこで教えられ、叩き込まれたこととは何か。『軍隊の要は戦闘にあり、故に軍人たる者の心得は、諸事万事、戦闘を以て基準とすべし』俺はこれを信条に今までやってきた。戦闘を以て基準とすべしとは、戦場において最小の被害にくい止め、最大の戦果をあげる。これに尽きる。

これまでもみんな頑張ってきた、明日も明後日も戦うが、海軍士官より下士官が敵をより多く撃墜してはならないという規定はない。階級はたとえ下でも、国家の待遇が悪くても、俺たち下士官搭乗員は、同年配の士官搭乗員たちに絶対に負けてはならない。天は今絶好のチャンスを与えてくれたぞ。ここでわれわれ下士官の強さを目に物見せてやるぞの気迫を持て。戦争に勝っても負けても、この後も俺たちは下士官・兵といって見下げられるだろう。俺たちはおそらく生きて祖国に帰ることはないと思うが、将来の後輩たちのために、下士官の海軍部内における地位の向上をはかるのは今なのだ」

また時には、

「今日の迎撃戦のやり方は何だ。誰々前に出ろ」心を鬼にして鉄拳やバッターを喰わして注意した。

「この痛さで覚えてくれ。内地の部隊だったらゆっくり時間をかけて教えてやれるが、ここではその暇がない。明日俺たちはまた戦うのだ。このことを守らなければ、貴様は明日の戦いで殺されるんだぞ。命がなくなるのだ。ここに来たのは死にに来たのではない。敵を倒しに来たんだ」

打たれても後輩たちは納得してくれたにちがいない。

戦艦霧島での教訓

私が上官から見れば不遜とも思われるこのような考えを後輩たちに示すようになった心の依りどころは、この時から八年を遡る昭和八年の体験に起因している。

佐世保海兵団の新兵教育を終え、その頃、地獄と噂に聞いた三万二〇〇〇トンの巨艦、戦艦霧島の一五センチの副砲分隊にはじめて乗り組んだ時であった。私はここで師とも仰ぐ人に巡り会ったのである。

第三章で詳述したが、霧島では夜の巡検後に必ずうす暗い露天甲板に整列がかけられ、今日一日の反省、そして最古参兵による入れかわり立ちかわりのしごきが行なわれたが、そこにはなぜか下士官は立ち会わず、毎晩のようにリンチが行なわれた。

噂どおりの地獄であった。

私たち志願兵の新参兵は、平均してわずか一七歳の少年兵、四年先輩の一等兵は神様に見えたものだ。みんな何をやらせても見事にこなす恐れいった腕前の持ち主揃いだったが、今にして思えば、その先輩たちも二一歳の若者であった。

その一等水兵の中で私は一人の素晴らしい人に出会ったのである。鹿児島県出身の中馬一等水兵、一五センチ一番砲の一番砲手である。この一番砲手は花形配置であり、中馬一等水兵の身のさばきは神業に見えた。諄々と説く話術も実に巧みであった。そして、ある晩聞いた彼の話は、私の魂に焼きついた。

「……日露戦争の時、日本海海戦で日本艦隊が大勝利して今年で二八年になる。俺が生まれる七年前だ。俺のおやじもこれに参加している。よく日本海海戦における大勝利は司令長官、東郷大将の三笠艦上における右手の一振り、敵前一斉回頭によって成されたと一般に言われているが、俺はそうは思わん」

私はびっくりした。こんな事を一水兵の身分で発言して、これが上官にでも聞こえたら軍法会議ものだ。話はさらに続いた。

「……あの時の司令長官は東郷大将でなくてもよかったんだ。大勝利した理由は、あの世界最強のバルチック艦隊をウラジオストック軍港に入港させてしまったら、日本は日本海、対馬海峡、黄海の制海権を奪われて、満州で戦う日本軍は全滅となる。その責任感に燃えて、敵艦隊を迎え討つため、長い間の死にもの狂いの猛訓練に耐えた、われわれの先輩たちの砲手が砲弾を敵艦に当てたんだ。魚雷発射音の射手たちが当てたんだ。俺たちは、そのようなすごい先輩をもっているんだ……」

私は少年兵ながら、この話は心の底に叩き込まれた。これこそ、「軍人たる者の心得は、諸事万事、戦闘を以て基準とすべし」ではないか。目の鱗が落ちる思いであった。

万物これ師ならざるはなしとはよく言ったものである。中馬一等水兵の対極にいたのが副砲一六門の砲員、弾火薬庫員総数二百数十名の上に立つ大尉・分隊長である。色白のひな人形のようなやさ男、長髪、そばに近づくとポマードと香水の香り、絹の靴下、手には金の指輪が光っていた。一五センチ砲に触れると、何か汚いものにでも触ったような素振りを見せた士官であった。心を打つ訓辞を聞いたことはなかった。

「軍人は質素を旨とすべし」軍人勅諭の一条であるが、これで質素であろうか。この分隊長に接した時から、私の海軍を見る眼は変わった。そして、一層感銘したものである、それにつけても中馬一等水兵の偉さよ——と。

士官食と兵食

日本海軍の軍人の食事は、いわゆる兵食と士官食に分けられていた。

兵食とは下士官・兵に供給される三度の食事であり、士官食とはその内容も調理場もまったく異なり、材料までがちがった高級食である。主食も兵食は麦飯で士官食は銀飯、すなわち白米の飯である。兵食の材料はそれほど悪くはなかったと思うが、主計兵のつくる料理は料理といえるようなものではなかった。

ある意味で海軍はテクノクラートの集まりである。あの時代日進月歩する技術革新の手本ともいわれた日本海軍にあって、一〇年一日のごとくまったくの不勉強、まるで進歩のなかった部門は兵食の調理と三八式歩兵銃であったと私は考える。

いつでも空腹を感じていた新兵の数ヵ月間はともかく、この時期を過ぎれば食欲もうまいまずいによって左右されて普通であろうに、海軍の兵食は食欲などとはほど遠いものであった。魚のおかずのときなど、調理前は魚の形をしているが、おかずとなって配給される時は見るも無惨な姿となって現われた。

大勢の兵員にできるだけ平等に食物を分配する時、たとえば大根ならどうすればよいか。頭、中、尾と部分によって幾分成分がちがうのだから、輪切りやせん切りにしてもなかなか平等にはならない。しかし、この方法をとれば完璧だ。全部を大根おろしにしてかきまぜて、量目を計って分ければよい。

では上等品の鯖一〇〇尾を五〇〇人の隊員に平等に料理して配るにはどうすればよいか。頭、胴体、尻尾と切り分けても、三枚におろしてもどうにもならぬ。しかし、方法は簡単だ。大きな釜に鯖全部を投げ込み、水と塩で味つけして煮込み、時を見計らって数人の主計兵が丸太を持って突きくずせばよい。大根おろしと同じ理屈。これでも人間の食事である、こんなお菜は決して珍しいことではなかった。

そんな兵食でも、海軍では定められた偉い人が毎食配給前に試食を行なうという規定があった。下士官・兵に間違ったものを食べさせてはならないという親心であろう。

その試食を行なう上司とは、階級の下から順に掌経理長（准士官または主計特務士官）、主計長、軍医長、そして副長であるが、これが大変なごまかしである。それぞれ四つのお膳にきれいな陶器の皿、茶碗が置かれ、下士官・兵が食べるのとは別の料理法で調理された兵食が配膳されると、こんな立派な料理になるのかと、そらぞらしい気持ちで見ていた者は私一人ではなかったと思う。

試食官は、主食とお菜にちょっと形ばかりの箸をつけて、それで無事通過である。

兵食はもちろん官給品であったが士官食はちがう。内地にある艦船部隊では、准士官以上には階級に応じて食料手当が毎月支給され、戦艦などでは士官室、第一士官次室、第二士官次室、准士官室などと独立した調理場があり、士官室の料理人は民間人のコックであった。それぞれ従兵が各分隊から選ばれて食事や身の周りの世話をすることになっていたが、各室では月々順送りで食卓当番の士官が選ばれ、従兵長、烹炊員と相談し、材料を市内から買い入れてメニューを揃え、食卓を賑わしていた。下士官・兵とは天と地の差があった。

航空弁当

戦地の第一線では、士官食も兵食も戦時食となり官給となる。しかし、そこまでいっても士官食と兵食の内容はまったくちがっていた。私と生死をわけて戦い、心を通じあっていた笹井中尉が、私たちの馬の餌（えさ）のような食事を見て目をそむけたことを私は忘れない。

信じられないかもしれないが、日本海軍航空部隊の食事の差別として、次のようなことが当然のように行なわれていた。まなじりを決して零戦にうち乗り、指揮官先頭で生還は不可能かと思われる長距離攻撃ともなると、零戦でも往復六時間から七時間を越えることも珍しくはない。当然、腹がへっては戦はできぬの言葉どおり、航空弁当なるものを持参する。航空弁当は操縦しながらの食事であるから食べやすいように一般にはのり巻、いなりずしの類であった。ところが、何とこの航空弁当まで士官搭乗員と下士官搭乗員はちがうのだ。食事をつくる烹炊所がちがうからこうした差別も生まれてくる。

まさかと思い、士官も下士官・兵も一緒になって七〜八人が搭乗する中攻隊の搭乗員仲間に確かめてみたところ、地上の食事がちがうのはもちろんとしても、機内食はさすがに兵食をともにするか、あるいは上等な士官弁当を分けてくれた者もいたと聞いたが、中には一人で士官弁当を平然と食っている士官搭乗員がいたというから開いた口がふさがらない。こんな奴、通常の感覚を持った人間とはとても思えない。

こうしたことは、今だから言えるのである。軍隊という枠の中では、若い時代から飼い馴らされ、どんな不条理にも下士官・兵は物申すこともできなかったのが実状、これが皇軍と称する日本海軍の偽らざる姿であった。

食事の差別にこだわるわけではないが、陸軍の様子を聞いたみたところ、戦地においては将校も下士官・兵も、第一線では同じものを食べたという。これが当然で、少しちがったことといえば、将校には当番兵がついていたくらいであった。ただ、司令部のような、前線のトップにいる高級将校のことは知らない。つい最近聞いたことだが、現在の米軍では、私費で食べる士官より、官給の下士官・兵のほうがうまいものを食っているということであった。

俺の二番機をよくも

はじめの頃のラバウル戦闘機隊は、台南海軍航空隊だけで米豪空軍を一手に引き受けて戦った。これは相当期間続いた。

その頃、戦闘機隊の搭乗員宿舎は、飛行場の西方寄りにあった、元オーストラリア人の大きな住宅である。床が一メートルほど高くなっており、風通しのよい造りで、先任搭乗員の私がその家の家長であった。この搭乗員宿舎の西約二〇メートルの所に、司令部と航空隊の士官烹炊所があって、兵食とは比べものにならない料理が毎日作られていた。

私の右腕であった本田二飛曹は、調子のいい男で、よくその烹炊所へ出かけては銀蝿（ぎんばえ）をしてきたものだ。銀蝿とは、海軍用語で烹炊所や食料倉庫へ行って、食べ物やその材料を、少し頂戴してくることである。ある時は、知り合いの主計兵と馴れ合いで、時には懇願し、うまくいかん時には最後の手段、おどかして取ってくるのだが、上前をはねるのだから大量ではなかった。語源は汚い話ながら、「食い物となると、どこからか飛んで来てはたかる銀蝿のようだから」ということだが、定かではない。

「おい本田、激戦のラエから帰ってみんな疲れている。今日はゆっくり休むぞ。それにうまいもんも食いたいな！」

そこは以心伝心、私の心中を察した本田は、

「先任の考えとることはわかっちょる。了解しました」

二、三人の若い者を連れて本田は隣の士官烹炊所に銀蠅に行くとすぐに帰ってきた。

「先任、すごいものをもらってきました。卵の一斗（一八リットル）缶です」

「へえー、世の中は進んだもんだなあ。卵の乾燥粉末とは驚いたな。おいおどかしたんじゃないだろうな、そんな大きな奴」

「ちょっと困った顔したけれど、五、六缶積んであったから、ちょいと睨んだらくれました。このうどん粉とまぜて水で練ると卵焼きになるそうです。コンビーフもあったから、ちょいともらってくるかな」

そう言って出かけた本田が今度は口をとんがらせて、顔をさすりながら手ぶらで帰ってきた。

「どうした本田！」

「あの主計大尉にやられました。なぐられました。下士官のくせに生意気だ！って」

私は「何を！」と振り向いた。見ると主計大尉の副官だった。私はカッときた。俺の二番機をよくもやりやがったな。搭乗員同士のケンカでやられたんだったら「馬鹿野郎！」の一言で笑いとばすが、主計兵にやられたとあっては小隊長として黙っているわけにはいかん。たとえそれが士官でもだ。

私はいきなり搭乗員用の拳銃を引き抜いた。大型の南部拳銃である、敵中着陸時に使う最後の自殺用の拳銃だ。士官烹炊所には大型の真っ白な分捕り品の電気冷蔵庫が置いてある。

距離約二〇メートル。実は私は拳銃射撃は下手くそだった。主計大尉はその冷蔵庫の右一メートルのところに立っていた。

「オーイ危いぞっ！」

と大声で叫んで、冷蔵庫を目がけて一発ドスンと発射した。大まぐれである。下手くその私の撃った弾丸が冷蔵庫の真ん中に命中してシューッと音を立てた。主計大尉は飛び上がって逃げ出した。主計兵たちは呆然と立ちすくんだ。

「本田！　かまうことはないから、四、五人連れていって、目ぼしいものカッパラってこい！」

本田たちはすっ飛んで行った。主計兵も逃げ出していたらしく、本田たちは料理途中の材料や一斗缶の油までかついできた。

「搭乗員たちだけじゃ駄目だぞ。隣の整備員のほうにも回せ！　今日は大盤振舞いだ。あとはこの俺に任せとけ！」

私の腹は決まっていた。料理の下手な本田であったが、材料が上等なせいで久し振りに人間らしい御馳走ができあがった。

「オイ本田、この肉の天ぷら、大丈夫だろうな、仏印進駐で海南島の三亜基地のキスの天ぷら食った時のようにはならんだろうなあ！」

「あの時の材料とは質がちがう。これは極上物ですよ！」

本田は太鼓判を押した。

鉱油でキスの天ぷら

これよりおよそ一年前のことである。海南島の三亜基地に進出した時こんなことがあった。進出はのんびりとしたものだったので、連日、訓練も早く終わり夕食後の長い時間をもて余すようになった。

海岸は実にきれいで、裸足で一週間も歩いていると重症の水虫もすっかり治ったのは有り難かった。海岸には木造の一〇〇メートルほどの長い桟橋が伸びている。夕方になると、器用な整備員がピアノ線で作ってくれた釣針を木綿糸につけて魚釣りがはじまった。南方である。これまでに見たこともないきれいな魚が釣れたが、釣っては海へ戻し、また釣っては海へ返して遊んでいると、そのうちに急な見事なキスが釣れ出した。エサもつけてない針に簡単に引っかかってくる。誰言うとなく、

「これは食えるぞ」

「じゃキスの天ぷらといくか」

宿舎の裏に特設させたかまどに、石油缶を真っ二つに切った急ごしらえの鍋をかけ、そこに油を入れて、かっぱらってきたうどん粉を水で練ったものをつけて放り込むと、ジューッと音を立てて白い天ぷらが浮き上がった。

「班長、試食して下さい!」

と本田が私に差し出した。醤油をちょっとつけて食べたキスの天ぷらはうまい。

「これは油のせいで白いのかな、銀プラだな。少し機械油の臭いがするがうまい、うまいよ！」

「機械油の臭いは、この石油缶の洗い方が悪いんですよ。誰だい、この石油缶洗ったのは？」

大漁のキスは見る見る減っておつもりとなった。

その夜中から夜明け前にかけてである。並んで寝ていた搭乗員たちが一人立ち二人立ち三人立ち、私の腹もグルグルいい出し、たまらなくなって飛び込んだら、みんなピーピーやっている。用を済まして帰るとまた行く。私はキスを食い過ぎたなと思ったがあとの祭り、結局その翌日、搭乗員全員が腹痛と下痢でまいってしまった。

搭乗員だけの症状だから、軍医官も頭をかしげていたが、キスの天ぷらをたくさん食ったことを白状すると、床の下にそのままにしておいた天ぷらの鍋と残りの一～二匹のキスを調べ、不可解そうな顔でその匂いをかいでいたが、軍医官はフラフラしながら立ち会った私に
「この油で揚げたのか？」と聞く。正直に「そうです」と答えると、軍医官は半分笑い半分あきれた顔でこう言った。

「この油はスピンドルオイルだ。機械を洗う鉱油だ」

私は「エッ！」と絶句して声もなく直立した。

「オーイ、本田来い！ ゆうべの天ぷら油は鉱油だぞ、バカモン！」

「いや植物油のカストル油だと聞いたんですが、誰か取りちがえやがったな」

揚げたての熱いうちはそれほど感じなかったが、そこでかいだ油の匂いは確かに鉱油だっ

た。作戦がなくてよかったが、その日一日搭乗員室は全滅。笑い話にもならなかった。

小園副長へ抗議

さて、ラバウル基地である。

冷蔵庫にピストルを射ち込み、大量に銀蝿をして無事に済むはずはない。久しぶりでうまいものをたくさん食べて、みんなボツボツ仮製ベッドに入りはじめた。時計の針が九時に近づいた頃である。玄関でドンドンと数人の足音がした。

「先任搭乗員！　坂井兵曹はおるか、起きているか！」

見ると海軍大尉の衛兵司令と先任衛兵伍長が厳しい顔をして立っている。

「小園副長がお呼びだ。大変ご機嫌が悪いが、今日は何かあったのかな」

「あ、そうですか！」

私はやっぱり来たなと直感した。士官宿舎は遠い数キロ離れた山の上にあるので歩いては遅くなる。オンボロのフォードに乗せられた。副長室の前に私は一人で立った。軽くノックして「坂井まいりました」と声をかけると、中から「入れ！」と副長の声。小園副長は典型的な謹厳実直な軍人、鋭い眼がつり上がっている。

「聞くところによると、貴様は今日の夕方、司令部、士官烹炊所に拳銃弾を撃ち込んだそうだな。どういうわけだ！」

すごい剣幕である。覚悟はしてきたが、これはすごいと私は思った。

私は極めて冷静さをよそおうとしながら、

「ああ、あのことですか。もう副長のお耳に届いたのですか。拳銃弾を撃ち込んだのではありません。今日は早い宿舎への引揚げが許されたので、日も高いことだし飯まで時間があったので、このところ出撃ばかりで忙しく、自殺用の拳銃、あれには火山灰のせいもあって赤錆が出やすいので、搭乗員たちに拳銃の手入れをさせていたのですが、誤って私が拳銃を暴発させまして、烹炊所の電気冷蔵庫に命中してしまいました。ちょうどそこへ司令部の副官が来ておられまして……」

と口ごもっていると「本当に暴発か」といろいろと問い詰められた私は、ついに白状する決意をして次のように口を切った。

「副長！　内地の部隊では副長は必ず兵食を試食されますが、ここではないと思います。私たち搭乗員が、ここラバウル基地、あるいは明日また帰って行くラエ基地で、どんなものを食べて戦っているかご存知ですか。それはひどいものです。食欲などわくようなものではありません。それでも私たちは食いものが乏しいなら、ないなら薯の葉っぱ、雑草の味噌汁をすすっても戦ってみせます。しかし、あるところにはあるんではないですか。私たち搭乗員室の空き地を隔てた二〇メートル西隣では、副長たち偉い方の烹炊所があります。早く帰った夕方、西風でも吹く時は、内地の高級レストランのようないい匂いが流れてきます。悪いこととは承知で搭乗員たちは、そこへ行っては時々銀蠅してきて皆で分けて栄養補給をやっていたんです。私は黙認しました。今日は早く帰ったので数人で行ったんですが、あいにく司令部の主計大尉の副官が来ていて、私の二番機本田兵曹が殴られたんです。本田兵曹は私の命です。搭乗員の先輩ならいざ知らず、主計大尉にやられたんじゃ、小隊長として我慢なりません。そこで拳銃弾を撃ち込んだんですが、電気冷蔵庫をこわしてしまって申し訳ありません！」

副長機敏な対応

小園副長は口を一文字にして聞いている。私は言葉を続けた。

「こんなことやってしまった以上、覚悟はしてまいりました。ここは戦場の第一線であります。私は銃殺でしょうか、重営倉でしょうか！」

と副長の鋭い眼を見据えた。その時である、大声が飛んだ。

「馬鹿もん！　先任搭乗員の貴様を今重営倉や銃殺にしたら、ラバウル戦闘機隊はどうなる！」

思えば昭和十七年三月初旬、バリ島に集結していた台南空の搭乗員約半数が内地帰還となった。帰還は戦地勤務の長い者からというではないか、私は昭和十四年の秋に内地を出て以来で、もっとも長く戦地生活を続けている。いの一番で帰還組に入れると思っていると「坂井、お前は別だ」と言って私をラバウルに同道したのは小園副長だった。

「以後行動を考えろ。不満があったら、かまわぬから私のところへ直接来い」

命は助かった。そこで私はさっそく提案した。

「なぜ司令部では、搭乗員室の隣に士官烹炊所を造ったのですか。西風でも吹く時はいい香りばかりをかがされて、まずいものばっかり食ってる私たちにはたまらないですよ。どうして私たちの前で見せびらかすようなことをなさるんですか。あまりにも無神経だと思います。できたら、さっそくあの烹炊所を移転して頂くか、我々搭乗員室を移して下さい」

副長は「よし、わかった。帰ってよろしい」。副長室を出た私はニヤリとした。

私の郷里九州佐賀では、「鴻池のお嬢さんでも言ってみなけりゃわからん」こんな言葉があった。その意味は日本一の大金持ち鴻池家のお嬢さんでも、嫁にくれるかもしれない。たとえ貧乏人の倅(せがれ)であっても、言ってみなけりゃわからんという意味だと、子供の頃母に聞いた。今日がまさに、これにあたるのだと思った。

副長の英断は早かった。翌日から搭乗員室の飯は銀飯と変わり、夕食には鰹(かつお)の刺身がつくようになった。ビールも時々ついた。私は搭乗員たちに言った。

「俺はお前たち搭乗員のためなら命をかけるよ。頑張って行こうぜ！」

本当に、艦隊その他の応援隊が続々とかけつけるまでの間、台南空戦闘機隊は単身よく戦った。搭乗員たちは勇猛果敢、真剣な中にも笑いとユーモアを忘れない若者たちであった。

有能な指揮官像

日本海軍戦闘機隊では、総括指揮官には古参の大尉が選ばれた。飛行隊長の少佐が自ら指揮をとる時はここ一番という時で、めったにないことだ。理由は飛行隊長には計画、立案など指揮所における大事な任務があったことと、戦闘機では格闘戦という過酷な心身ともに摺りきれるような重労働が強制されるので、年齢からみても連戦は無理と考えられたからである。

どんなベテラン中隊長、総指揮官であっても、敵編隊発見が遅れ、敵に主導権を奪われた時は、編隊全体がしどろもどろの戦いとなって戦果はあがらず被害だけ多くなる。

大きな戦いともなれば、たいていの場合、総指揮官は立派に小隊長の役を果たすことのできるベテラン中のベテラン下士官を二番機につける。ベテランは不思議と敵発見が早いから で、乱戦になっても巧みに指揮官を守る術を心得ているからだ。指揮官にとってはこの一下士官が一〇人の若い中尉よりも頼りになるのである。したがって、総指揮官の二番機に選ばれることは、古参下士官にとっても名誉なことだった。

さて、戦闘機隊における有能な指揮官像とは、という定義があるとすれば、それは優れた統率力であり、また部下からみれば、これまでの実績に裏打ちされた信頼感であろう。

指揮官の信頼感の第一条件は、敵発見能力である。戦いは迎え討つ敵戦闘機隊が、いつ、どの方向に、どの高度で、どの進路をとり、何機、何群現われたかと目視した時点から、接敵、そして戦闘へと進むのだから、総指揮官自身が第一発見者となることが理想だが、これはたび重なる体験とその人の持つ天性の能力によって定まるものである。

このことは総指揮官に従う中隊長、小隊長にもいえることで、私の体験では、戦場において新人のパイロットが歴戦のパイロットより先に敵編隊を発見したことはただの一度もない。

それほど命をかけた実戦場では真剣勝負の体験がものをいうのだ。これは実に難しいことだが、指揮官もでは、部下からみた信頼感はどこから生まれるか。したがって陸上戦闘のように後方から指揮をするわけにはいかない。陣頭指揮で部下たちの目前で最初の一撃で見事敵機を撃ち墜とす戦力を保持して立派な一人の戦闘機パイロット。いなければならない。これが部下からみた信頼感の第一条件であり、戦いの士気はここから発揚するのである。その実力の上の温情豊かな部下を思いやる心、部下を信ずる心、下士官たちに対し人間としての愛情を示されたなら、いわずして部下は指揮官を盛り上げるのである。私の体験したラバウルにおける台南海軍航空隊では、飛行隊長の中島正少佐、分隊長の河合四郎大尉は見事な指揮官であり、中隊長笹井中尉とは血が通うほどの親愛感があった。

開戦直前、延長教育を卒業してわが台南空に着任してきた未熟な新参中尉四名の中から、笹井中尉が短期間に立派な名中隊長となって急成長し、また、一人の戦闘機パイロットとしてもエース中のエースにのし上がったその所以は、すぐれた天性、そして戦機、戦運に恵まれたこともその理由ではあるが、部下下士官たちの心を掴み、下士官とはいえ、戦闘機搭乗員としては大先輩にあたる私たち古参搭乗員の体験から得た意見を真剣に受け入れわがものとする探究心を持ち続けたことにある。もちろん士官搭乗員としての誇りと勝負師としての執念に徹した結果であり、天運もその心構えに味方したのであろう。

素晴らしい幹部たち

小園副長は、飛行長兼務の勇将といったタイプの海軍中佐、日華事変（日中戦争）の初期、九六艦戦を自ら指揮して戦い、大戦果をあげ勇名を馳せた生粋の戦闘機パイロットである。ずんぐりとした体躯、口数の少ない我々搭乗員の親分といった武将で、私の尊敬する上官であった。副長ならわかっていただける、いつも私は、副長になら少しくらいのわがままを言って叱られてもいいと思っていた。

昭和二十年八月、終戦の時、関東防空の責任者の一人として厚木海軍航空隊の司令を務めていた小園大佐は、終戦反対、徹底抗戦を叫んで蹶起したが志なかばで病に倒れついに逮捕、獄に繋がれたがなお自説を曲げなかった頑固一徹の薩摩男子であった。

飛行隊長の中島正少佐は、いつも大声で笑顔を交えて搭乗員たちに語りかける、男兄弟の長兄といった親分タイプの戦闘機パイロット。今日はすごい戦になりそうだという時には、自ら零戦隊の先頭に立って戦う勇者であった。

普通、飛行隊長ともなれば、若い分隊長（中隊長）任せで、めったに飛ぶことはないのだが、よほど私たち部下の腕前を信じていたのだろう、平気で編隊の先頭に立ち「今日は私の双眼鏡と先任搭乗員の裸眼見張り能力と敵機発見の競争だな」などと言って敵地上空で悠々と操縦しながら双眼鏡をのぞく姿は立派だった。もちろん、自ら操縦しながらの双眼鏡使用はまず効果がないのだが……。

中島飛行隊長が分隊長時代にも、私は部下として仕えた。縁の繋がりは深く、私は大好きであった。剣聖といわれた塚原卜伝の話が得意で、大村航空隊の夜間飛行の時を、私はよく思い出す。

夕食後、一休みしてから搭乗員たちは夜間飛行の定所降着地点の設定を行なう。まずその日の風向を見て、大きな缶詰の空缶に廃油を入れその中にボロギレを漬けてカンテラをつくり、着陸点に二列に並べる。幅は約二五メートル。これは大型の母艦の飛行甲板の幅である。左右にそれぞれ一〇個を約七〜八メートルの間隔で並べ、その一〇個の手前から三分の一の左側に赤・緑それぞれ五個を並べたリードランプ（指導灯）を置いて降下してくる戦闘機のパス角度の参考にする。その角度は、その日の風速にもよるが戦闘機の場合は五〜五度半であった。

夕日が沈むまでにこの準備が整えられる。

その頃からそろそろ飛行隊長、分隊長といった偉いクラスが集まりだし、時には司令も視察することがあった。そんな時、飛行場の芝に一同車座になっていろいろと話の花が咲くが、粋（いき）な分隊長ともなると演芸会などが許され、太平洋戦争で戦死した中納勝治郎兵曹の江差追分は絶品、今でも耳に残っている。

こうした待機の時など、一同で「飛行数え歌」などを歌ったものだ。

飛行数え歌

一つとせ　人と生まれて鳥のまね　するには心を軽くせよ　そいつあ飛行（操縦）だね

二つとせ　太りすぎては飛行機が汗をかくぞよ運動せよ　〃

三つとせ　みなさん飛行の訓練は武術と心得修行せよ　〃
四つとせ　よしておくれよ深酒は明日の飛行が気にかかる　〃
五つとせ　いつでも短気は損気だよ飛行機乗るときゃにこにこと　〃
六つとせ　無理な操縦しなさんな飛行機とても泣きますよ　〃
七つとせ　七つ道具の弁慶も腕がなければ重いだけ　〃
八つとせ　八方四方を見張りして空中衝突しなさんな　〃
九つとせ　木の葉のようにがぶっても気流なんぞに驚くな　〃
十とせ　遠くて近いが戦争よ弾丸(たま)と砕けよ国のため　〃

語呂合わせになっているので少し無理な表現もあるようだが、うまくまとめたものだと思う。作詞者不明である。搭乗員の宴会などでよく唄ったもので私たち古い搭乗員たちにとっては懐かしい歌だ。

飛行数え歌のほかに整備数え歌もあった。この歌は自分の整備する飛行機に対する愛情と活躍を願った歌詞で、搭乗員が聞いて思わず涙腺が熱くなるようなものであったが、いつしか忘却(ぼうきゃく)の彼方に置き去りにしてしまった。残念でならない。いずれも大正末期の作とのこと。

中島飛行隊長のト伝論

一同車座になったような時、中島隊長から何度も聞かされたのが剣聖塚原ト伝の逸話である。

「空中戦も武術の一つと心得なければならない。昔、剣術の達人といわれた塚原卜伝は立っている馬の後ろを通る時、必ず二メートル以上の間隔を置いて歩いたという。達人ともなれば、近くを通る時、馬が急に後ろ足で蹴っても、咄嗟に身を引いてこれを避けるくらいのことは何でもない。しかし卜伝は、二メートル以上間を置いて通った。そこまで気を配らなければ真の達人にはなれないということだ。

プロペラの回っている列線の飛行機は時にその馬だ。空中にある僚機も近づきすぎると危険であり、命にかかわるということを常に心に置け。〝飛行機乗りに待ったなし〟〝飛行機乗りの失敗は即、死であると心得よ〟ということかな」

中島飛行隊長には戦闘機の操縦、戦法などにつき、その一挙手一投足の中から様々なことを勉強させていただいた。

それにしても中島飛行隊長とはよほどの縁である。昭和十九年夏、アメリカ軍の進攻は急であった。日本が絶対国防圏としていたマリアナ諸島に攻撃をかけると、六月十五日にはサイパン島に上陸を開始したのである。

そこで、連合艦隊は機動部隊および基地航空部隊の総力を集中し、一挙に米機動部隊を撃破次いでサイパン島奪回と策定すると、マリアナ方面来攻の敵機動部隊撃滅に打ってでた。いわゆる「あ号作戦」の発動である。

この時、横須賀海軍航空隊（横空）派遣の零戦隊の一員として硫黄島に進出し、米機動部隊との激しい戦闘を繰り返した時の私たちの指揮官が中島隊長であった。

六月二十四日の早朝である。硫黄島上空で彼我あわせて約一五〇〜一六〇機による大空中戦となった際、ガダルカナルでの負傷で右眼の見えない私は大ミスを犯し、グラマンＦ６Ｆ一五機に囲まれてしまい、それこそ蟻地獄の死闘を耐えぬき、九死に一生を得て硫黄島の飛行場に着陸した。真っ先に私を迎えてくれたのが中島隊長だった。

「ああやっぱり坂井少尉だったか。分隊士は攻めも強いが逃げ方もうまいもんだ。さすがだ」

と言って手をたたいてほめてくれたことを思い出す。

落日の硫黄島

そして迎えた七月四日。伝統ある横空の名誉にかけてもここは何とか敵に一矢をむくいなければ——と、残存零戦九機、天山艦攻八機計一七機によるアメリカ五八機動部隊への全機体当たり攻撃が命ぜられ、私はその第二小隊長として、いよいよ最後の零戦に乗り込む時、これが戦闘機乗りとしての最後の零戦になるのかと、いささか感傷的な気分でいると、

「坂井少尉、いよいよ行くことになりましたな。あんたとは長いつき合いだったが、お世話になりました。遅かれ早かれ私たちも行くことになる。武運を祈ります」

と言って手を握って別れたことを忘れない。

——全機体当たりのこの作戦は日本側の段取りどおりには運ばなかった。目標直前でグラ

マン約一〇〇機の迎撃を受け、一瞬にして大部分が撃墜された。私は二番機、三番機を率いて戦いながら血路を開き、なおも敵艦隊に向かった。しかし、大雨と日没のため敵艦隊を発見できず、体当たりも果たすことができず、暗夜の太平洋を一心に飛び続け、奇跡的に硫黄島への帰還を成し遂げたのである。

勝敗はもはや明確であった。米軍の執拗な空襲で硫黄島の日本飛行部隊は全滅。空からの攻撃の次は米艦隊二十数隻の猛烈なる艦砲射撃。これがまた徹底したものだった。

私たちのいた元山基地にも弾着がはじまった。私は中島隊長とともにあちこちと弾着を避けながら言った。

「隊長——穴蔵へ入っても陸軍の地雷と砲弾ばかりです。これに弾丸食ったら一巻の終わりです。もう一度戦闘機隊の指揮所へ戻ってはどうでしょう！」

隊長は私の意見を受け入れたが、私たちが指揮所に着いた時には滑走路をへだてた約一五〇メートル北側の削りとった山腹に、激しい弾着がはじまっていた。大きな砲弾が直上を水平に通ると、空気が真空状態になって、かぶっていた飛行帽が吸い上げられる。

このような状態になると不思議な現象が起こる。通常なら砲撃すると、まず〝ドーン〟といった発射音が起こり、弾丸が〝シューッ〟と音を立てて空を飛び、弾着とともに轟音（ごうおん）がひびく。これが常識である。

ところが、元山よりずっと低い海面にある敵艦隊から撃ち出された弾丸は、元山までくるとほとんど弾道が水平となる。そこでまず、弾着のドカン、ドカンの爆発音が轟（とどろ）き、シュシユーという飛行音があり、しばらくして遠くの敵艦隊のほうでドドドドドと発射音が聞こえてくるという、私たちの常識とはまったく反対の現象となる。何とも変な気持ちだったが、この音がだんだん激しくなり元山に集中しはじめ、一緒についてきた搭乗員たちとともにここが死に場所かと覚悟を決めかけた時、私は提案した。

「隊長、もう逃げ場はないようですから、この南の涯の大きな岩山に登りましょう。あの三角岩のテッペンにまたがって、敵艦隊の砲撃のお手並拝見といきましょう。ここで直撃されれば、旅順口封鎖の広瀬中佐ですよ。痛くも痒くもなく昇天です」

隊長は同意すると、樫の木刀を突っ立てて岩の上に登り、悠々と構えると、

「あれがオクラホマ型だ。その後がペンシルバニア型だ」

と指さしながら米艦隊の識別をはじめた時にはさすがの私も中島隊長のくそ度胸に驚いた。

玉砕寸前の硫黄島にあって、生き残っていた飛行機搭乗員たちはまだ幸運であった。搭乗員不足に悩む内地からきた迎えの飛行機で祖国の土を踏むことができたからだ。

中島中佐はその後、日本海軍生き残りのベテラン戦闘機乗りを選抜結集し、新鋭戦闘機紫電改で編成した日本海軍戦闘機隊三四三航空隊の飛行長となって四国松山に赴任した。当時、私は横須賀海軍航空隊に引き上げていたが、

「ぜひ、三四三空に来て、紫電改の使用法と空中戦の指導をやってほしい」

との要請を中島中佐から受け、十九年十二月、松山基地に呼ばれたのである。

折から太平洋戦争の主戦場は比島に移っていた。そして、この比島戦中に編成をみたのが

神風特別攻撃隊である。

比島に展開していた二〇一空の飛行長となっていた中島中佐は、命令によって副長の玉井浅一中佐とともに神風特別攻撃隊の推進者たる立場に立つことになるが、このことは、戦争末期から戦後の現在においても、当時の若い戦闘機パイロットたちからとかくの批判を浴びる結果を招いている。

改めて強調するまでもなく、軍隊における命令は絶対であった。

中島中佐は真に不運な役を仰せつかったとみるのは身贔屓だろうか。私は現在でも中島飛行隊長は、日本海軍戦闘機隊の稀に見る人格、見識、技量兼備の名隊長であったと尊敬している。

私のおやじ斎藤司令

初代の台南海軍航空隊司令として全隊員から慈父のごとく慕われた斎藤正久海軍大佐を私は忘れることができない。名司令であった。

宮城県岩出山町出身で、身長一六〇センチくらいの小柄でやせ形、色黒で一見インドの聖人ガンジーを思わせる風貌、東北弁で言葉少なく、古い時代の雷撃機の搭乗員である。私たちは蔭ではおやじ、おやじと言って慕っていた。

私は、この司令・おやじの命令なら火の中、弾丸の中、たとえ体当たりに行けと言われても「ハイッ」と何の躊躇することもなく喜んでいけると思うほど司令を慕っていた。昔の言葉に武士は己れを知る人のために死すとあるが、このような人を言うのであろうか。私はそう思っていた。

　司令を巡るエピソードは数多く、こんなことがあった。連日戦いの続く第一線でも、悪天候で敵も味方も動きのとれない日がある。そんな時には、まず食欲だ。時を見はからって数名の搭乗員を引きつれては少し離れた山の麓の薯畑を訪ねる。自生ではなく現地人が栽培とは名ばかりの薯畑を守っている。

　その頃のラエ基地近くの現地人は、同じ民族でありながら二派に分かれて対立していたようだ。片や日本贔屓、片や米豪軍寄り。時々小競合いの喧嘩をするが、いつも日本贔屓が負けていて、時々基地を守る陸戦隊に応援を求めていたようだ。

　収穫される薯は小指ほどの貧弱なものばかり。それでも、私たちはなけなしの煙草や航空糧食のビタミン入りキャラメルなどと交換し決して強奪はしなかった。薯を手に入れるとさっそく待機所の裏の特設かまどに火を入れ、石油缶で煮る。すじは多いが案外おいしく、さつま芋の味がする。

　あるとき私は一計を案じて「オイ本田！」私の二番機を呼んだ。

「これを指揮所におられる斎藤司令のところへ持っていけ。司令、薯がふけました、お食べ下さいと言うんだ。そこですぐ帰るんじゃないぞ」

　とある秘策をさずけた。

　本田はニヤニヤしながら指揮所へ上がっていって、私の言うとおりやった。

その秘策とは……先週内地から飛んできた航空便（といっても一式陸攻だが）で、何かうまそうな菓子類が士官室に届いたという従兵の知らせを小耳にはさんでいたので「……本田、ただ帰ってくるんじゃないぞ！」と言いつけたのである。

本田は「司令、薯をふかしましたのでお届けいたしました」とやった。

「これは珍しい。ありがとう」司令はそう言うと、従兵に言いつけてザルの薯を器に移させた。ザルを返してもらった本田は、ニコニコとしていたが、なかなか帰ろうとしない。口をもごもごさせている。

「ありがとうよ！　これからいただくが、まだ何か用が……」

その時本田はこう言った。

「司令、内地では贈り物をすると、お返しがあるんですが……」

本田の顔を見ながらしばらく考えていた司令は思いあたったように、

「そうか、そうか。オイ従兵、この間内地から届いたチョコレート、少しここへ持ってこい」

――本田は走って帰ってくると喜色満面で報告した。

「うまいこと、エビで鯛を釣って来ましたばい！」

斎藤司令はこういう人であった。本田は戦果があがった時の褒美（ほうび）を、おやじから先取りしてきたのである。

今でもあなたの尊敬する人物を一人あげよと問われたら、台南海軍航空隊司令斎藤正久海軍大佐、この人がまっ先に浮かぶのだ。

ヒロポン注射

ラバウル時代、零戦パイロットたちはどんな苛酷と思われる命令にも苦情一つ言わず、迎撃戦に進撃作戦に勇躍して大空へ舞い上がり、そして戦った。風土病のマラリヤやデング熱にかかった時は別として、疲れを知らない若者たちであった。

戦後、あの当時私たち台南空の飛行隊長であった中島少佐が話してくれたことがある。

「坂井さん、あの頃、笹井中尉とあなたを毎日毎日出撃させたが、斎藤司令や小園副長たちと、あの二人いつ倒れるか、いつまいるか、実はハラハラしながら出していたんですよ！」

「えー、そうですか。私たちは心身ともにその頃は最高のコンディションにあったから、疲れなど感じたことはありませんでしたよ」

祖国のためという使命感が肉体を支配していたのかもしれない。それでも今考えると、飯のまずさもあったが、次第次第に体力が衰えていたことは確かだ。

「坂井さん、私が出撃者に対して出発命令を下す時、あなただけは私の顔を鋭い眼つきで睨みつけておられたが、あの睨みにはどんな意味があったんですか？」

これも戦後、斎藤司令に聞かれたことである。

連日の出撃で私の眼つきは険しくなっていたのかもしれない。この質問に対して私はこう答えた。

「司令、睨みつけていたとは人聞きが悪いですよ。私たちが司令のことを蔭ではおやじ、おやじと呼んでいたことはご存知でしょう。私はおやじの出撃命令を一言も聞きもらすまい、そして、おやじさんよ、必ず敵機撃墜というお土産をもってここへ帰ってきますから、待ってて下さい、そう誓っていたんです。命がけの真剣勝負に出かける前だから、つい気合が入って睨みつけてしまって御免なさい」

「そうでしたか……」

あとはお互いの笑い声であった。

いつの頃からか、激戦からラバウルに帰ってくると指揮所の横に長方形の台机が置かれ、そこには軍医官が待っていて、馬の注射器（当時そう思った）のような大きな筒に液を満たして静脈注射を打ってくれた。

葡萄糖注射である。同じところによく打たれるのでいつの間にかそのあたりが黒ずんでしまったが、何となく元気が出る気がした。

戦後、その当時の軍医官に久しぶりに会い、想い出話の中でその注射の話が出た。私はそこで思いもかけない事実を聞かされた。

「坂井さん、あの注射は栄養剤として葡萄糖を打ったが、もう一種類入れていたんですよ。それはヒロポンでした。あなた方は葡萄糖で元気をつけ、ヒロポンで興奮して、また飛び立って行ったんですよ！」

そう言われると、手首はだんだん細くなって、やせてきたようだが、いやに元気だけはあったなあと思う。

当時の軍医官にしてみれば、ヒロポン注射の影響でボロボロになるまで、大半のパイロットたちは生きていないと思っていたのだろう。

第五章　軍隊の要（かなめ）は戦闘にあり

真剣勝負

私はよく真剣勝負と訓練や研修、研究の相違点を聞かれることがある。

真剣勝負、すなわち命をかけて戦う体験など、国と国との戦争以外にこんなことを体験してはならないことを前提に、こう答えることにしている。

「あなたは自転車に乗れますか？」

答「はい。乗れますよ！」

「それでは、平坦な運動場に幅一メートルの平行線を引き、五〇メートルの距離をその二本の線から車輪がはみ出さないように走行することができますか？」

答「幅五〇センチならはずれることがあるかもしれないが、一メートルあれば何でもなく走れると思います」

これは一〇〇人の人に聞いても、誰一人としてむずかしいと答えた人はいない。

「それなら、その一メートル幅に仕切られた道路を仮に切り抜いて、一メートル幅の台の上に置き、その台の高さを五〇センチにしたらどうでしょう」

答「幅は同じですから、落ちないで走れると思います」

「それでは、その台を二メートル、三メートルと高くして五メートルにした時落ちないで走れますか。身の危険を感じるでしょう。それが一〇メートルともなれば、落ちたら命にかかわるから、身がすくんで一歩も踏み出すことができないでしょう」

走行する面の幅は地上と同じ一メートル、自転車も同じもの。ただ、変わったことは高さだけ。それなのになぜ前進できないか。これが地面上の訓練と、一歩下手をすれば命が吹っ飛ぶ真剣勝負のちがいである。「体験こそ真の学問」とはこのことだ。

戦場で相手の弾丸がどこから飛んでくるかわからない状態に置かれたら、初めての実戦でその場に立った初心者は、判断力、思考力、処置能力が支離滅裂におちいり、戦いどころか飛行機の基本操縦法さえ忘れ、手につかない状態になってしまう。これが真剣勝負の姿なのだ。さらに思考力が停止し、零になってしまうことがある。これを空中戦における虚という言葉で表わしたら理解されるだろう。

ここで、空中戦と地上の真剣勝負との根本的な相違点を求めると、次の三つのことが考えられる。その第一は、空中戦はお互いに瞬時も停止することなく、猛烈なスピードで飛行していることであり、その第二は、上下、左右、三六〇度の空間における完全なる立体戦闘であり、その第三は、お互いにどんな激戦になろうと、必ず味方基地なり母艦に帰投しなければならない。

言い換えれば、絶対のタイムリミット、すなわち限られた制限時間内に勝負を決する必要があり、これを忘れては、仮にその場の勝負には勝ち得ても、帰投不能に陥って意味をなさないということだ。

空中戦は集団戦闘であり、その先端では一対一の真剣勝負となる。真剣勝負の戦場において敵と戦いを交える勝負師には、ベテラン、初心者にかかわらず、その場その場で考え、心得ねばならないことがある。それは何かというと、イコール真剣勝負の目的は何であるかに帰着する。

よく昔の真剣勝負の心得の考え方の中に、「皮を斬らせて肉を斬り、肉を斬らせて骨を刻む！」といった語呂合わせをして悟ったようなことを言う人があるが、これは実際に真剣勝負をやっていない人の言葉であり、真剣勝負の理想と形とは、相手に皮も肉も斬らせてはならないのだ。皮を斬らせての思想は空中戦ではまったく通用しない理論である。

勝者の勝ちパターン

そこで真剣勝負の結果について考えてみる。

真剣勝負の結果は、勝つか負けるかだけではなく、実は次の四つがある。

その第一は、勝負をやって相手を倒し、自分は生き残る。これは絶対である。勝者である。

その第二は、相手の弾丸を機体、身体に受け、撃墜されて一命をおとす、すなわち敗者となる。これは駄目である。

その第三は、お互いに弾丸が命中し、どちらも墜ちていく。相討ちであるが、相手を撃ち落とした瞬間勝者となるが、同時または直後に相手の弾丸を受け、自分も墜ちていく。結局、相手を撃ち落としても相討ちは事実上の負けである。

その第四は、勝負をやったがお互いにゆずらず、弾丸切れ、燃料切れ、最後に時間切れとなって引き分けとなる。これは勝者ではないが敗者でもない。

この四つの結果をふまえ、大空の勝負師である戦闘機のパイロットが心得なければならないことは、あの頃の空中戦の真剣勝負は、激しい時は連日、もっと激しい時は一日に数回も行なうことがあるという現実だ。その状態の中でどう考え、どのように心するかになるのだが、誰でも勝負のたびに勝者となることを願う。しかし、そのような理想の形は得られないとするならば、真剣勝負でやってはならないことは何かという結論に達するはずだ。

それは誰が考えても明白であろう、真剣勝負で一回負けたらこの世の終わりで次はない。ならば真剣勝負の究極は、最低引き分けで留めることであり、常に勝てないまでも次の勝負に参加する権利をつかむことである。次の勝負の権利さえ握っていれば、いつか勝者になれる。私はいつの間にかこのことに気づき行動した。

昔からよく「負けじ魂」という言葉はあるが、「勝ち魂」という言葉は聞いたことがない。しかし「負けじ魂」とは果たして、数えきれないほどの真剣勝負を体験した人の言葉であるかといえば疑問だ。

こうした考え方を基本に、何といっても大切なのは実際に真剣勝負を体験するなかで、次の勝負の権利をつかみとって勝者にのし上がることをなし遂げることだが、大抵の者が素質充分と認められながら、初心者のうちに消えていった。

初心者の段階を努力と幸運で自ら斬り抜け、エース（一人で五機以上撃墜したパイロットに与えられる称号、撃墜王）の座を勝ちとり、自らの体験から打ち出した真剣勝負の極意を世に問う段階に進み出た者には、洋の東西を問わず共通する一面があるようだ。

すなわち、そのエースたちは自分独特の勝ちパターンを作り出していくのである。そして、後輩たちにその技量と体験に応じて実戦指導を行なうのも強者、ベテランの使命であった。かつ戦いかつ教える、これが私たちの戦場だった。

精神と知識と技を盗む

私は昭和十三年九月にはじめて中国の実戦場へ出たが、そこにはすでに一人で五機、六機、中には一〇機以上敵戦闘機を撃墜した強者ベテランたちがいた。そのエースたちはキラキラ輝いて見えた。エースたちにジロリと睨まれると身のすくむ思いがしたものだ。私たち初心者が実戦談を聞くため、敵機撃墜の体験など尋ねようものならいちべつのもとに、

「まだ早い！」

と決めつけられたものだ。そうしたベテランたちの実戦談の会話のやりとりを待機所テントの裏にまわって盗み聞きしたのも懐かしい想い出だ。初心者が心得なければならないのは、乏しい体験を積み重ねる過程において、超ベテランたちはその勘どころをなかなか手にとって教えてはくれないから、言葉の端々から何かを盗みとる心構えが必要だということである。

私は今でも忘れないことがある。当時、格闘戦の神様といわれた半田飛曹長がこう言ったことがある。私には重い一言だった。

「坂井よ、世の中で人様の金品を盗むことは絶対に悪いことだが、盗んでよいものが一つだけあるぞ。それは自分より優れた先輩たちの精神と知識と技だよ！　簡単に与えられたものは身につかん。苦心して、悔しがって盗むんだよ！」

弱い奴から叩く

日華事変（日中戦争）のはじめから、太平洋戦争の最後まで活躍して生き残った日本海軍戦闘機隊きっての豪の者と自他ともに許した人に、日本海軍戦闘機隊で知らぬ者のないといわれた名パイロットがいた。

その名は赤松貞明中尉である。

明治三十四年生まれ、昭和三年の志願兵で、柔道、剣道、相撲、弓道合わせて一五段、水泳も負けたことがない強者で、奇行と豪傑ぶりは海軍戦闘機隊では別格といわれた豪傑だった。

空中戦にかけても最高度の理論家でテクニシャンであったが、終戦を一ヵ月後にひかえた昭和二十年七月、愛機雷電を操縦して相模湾上空で米海軍F６Fヘルキャットと渡り合い、格闘戦の末これを叩き墜として燃料ぎれとなり、横須賀航空隊に不時着、「オーイ、厚木まで帰る燃料くれい！」と意気揚々と降り立ったあの赤松先輩の勇姿を、私は今も忘れない。

インターセプター（迎撃戦闘機）である雷電でヘルキャットと互角に渡り合える戦闘機パイロットは、後にも先にも赤松中尉のほかにはいないだろうと私は舌を巻いたものだ。

「雷電はいい戦闘機だ。もう少し燃料が積めたらもっといいが」

その赤松中尉と私は、戦争中大村航空隊で一緒に勤務したことがあったが、

「空中戦で生き抜き勝ち抜くためには、強がって敵編隊の先頭にかかって行ったらいつかやられる。敵編隊の端の弱い奴から叩いていくのが理想だよ！」

と話していたことが忘れられない。真剣勝負の勝者にのし上がるためには、一戦一戦をまず生き抜くことであり、その中から勝利をつかむのだ。

初心者の初撃墜

ここで若い初心者の戦闘機パイロットが、はじめて真剣勝負で敵機を撃墜して勝者となった時のことを紹介しよう。

昭和十七年六月、私たち台南空戦闘機隊はソロモン諸島、ニューブリテン島東端に位置するラバウル基地を本拠地として、ニューギニア東部のラエの前進基地にあって、連日のようにポートモレスビーの米豪軍戦闘機隊と戦っていた時のことだ。

この隊に本吉義雄という一等飛行兵がいた。弱冠一九歳の一等兵の戦闘機パイロットだ。ほかにも五〜六名の兵のパイロットがいた。本吉は私と同じ佐賀県出身ということで、特に目をかけた若者ではなかったが、やはり気にかかる存在だった。

本吉はそれまで列機三番機の立場なので、まだ空中戦において敵戦闘機を撃墜する機会を得ていなかった。二日連続で敵戦闘機隊を叩いた三日目、私の列機として出撃が決まった前夜、私は本吉を呼んでこう言った。

「本吉よ！　貴様は一等兵ながら開戦当初から出撃に参加して、もう飛行時間も五〇〇時間を超えた。いかに零戦になって航続時間が長くなったといっても、昔から戦闘機乗りで五〇〇時間超えたら一人前だ。もう零戦の操縦も手の内に入って自信がついてきたはずだが、まだ敵戦闘機と一騎討ちして、これを撃墜したことがない。自信を持て、もうそろそろだぞ。明日は三日目だ。俺の列機三番機に決まったが、出てくる敵戦闘機は少ないはずだ。味方にとっては楽な空戦になる。できれば貴様にその撃墜の体験をさせてやろうと思うがどうだ」

本吉の目がギラリと光った。私はこれはいけると思った。

「一機撃としてみろ、自信がつくぞ。そこでだ、明日俺がうまく相手を捕らえて旋回戦闘に引き込み、パッと機をみて敵機から離れたらすかさず俺に代わって喰い下がれ。貴様の腕前なら大丈夫だ。旋回中のGがかかったところでは、間違っても弾丸を射つな！　絶対に当たらないから、相手が射ってきても安心せい。格闘戦の中で瞬間、直線飛行になる時が必ずくる。その時相手の尾部にかじりつくぐらい近づいて射て。初心者はぶつかったと思ってもまだ五〇メートルはある。機位も高度も気にするな、俺がついている。絶対に貴様は俺が守る。心おきなくやってみろ！　かかれの合図を忘れるな！」

「ハイッ、お願いします！」

おそらく本吉は今晩眠れまい、私はそう思った。

翌日ポートモレスビー上空への突入は、高度四〇〇〇メートルであった。七〜八機で迎え討った敵戦闘機隊は、味方戦闘機隊に蹴散らされて、三機が撃墜されるのを見たが、他はあっという間に散ってしまった。本吉に体験させる糸口さえ掴めないで終わってしまったが、次の機会をと思って引き上げることにした。

しかし油断は禁物である。大きく左旋回でラエ基地方向へ帰りかけた時、南の海上に何かキラリと光った。見ると黒い点のようなものが飛んでいる。「アッ！」先ほど散って逃げた敵戦闘機の一機がセブンマイルズ飛行場の方向へ帰ろうとしている。零戦がまだ上空に残っていることに気がついていない。きっとこの機も初心者であろう。一機になって心細くなり、帰心矢のごとしというところか。

私は「しめた！」と戦闘隊形のまま、急降下に移り機首を南のオーストラリア側に向けて、大きく左へ降下旋回しながら敵機の後上方へ回り込むよう編隊を誘導した。敵機の高度は約二〇〇〇メートル。まだ機種はわからない。距離が遠い。どちらにしてもP40かP39エアコブラだ。早く相手の高度に落として真後ろに入る必要がある。相手機の機体の構造上、真後ろ同高度か少し下の後下方は、敵から一番見えにくい位置である。こちらは急降下に近い姿勢なので距離がぐんぐん近づいた。P39エアコブラだ。

高度二〇〇〇メートル、距離六〇〇〜七〇〇メートルにせまったところで、私は三番機の本吉機に約束の合図のバンクを送った。

敵機は、自分の基地を目ざして大きな弧を描き左旋回している。本吉はのめるように私の前に出た。興奮のあまり翼が細かくふるえているように見える。

真剣勝負の興奮

間もなく絶好の射距離一五〇メートルに近づいた時、敵機が気づいた。左降下急旋回で逃げにかかった。本吉は二〇ミリ銃と七・七ミリ銃を一斉に発射したが大きく右にはずれた。なおも追いすがった。敵も必死で急旋回で反撃に移ろうとする。高度は一気に下がって一〇〇メートルもない。なおも本吉は追撃するが命中しない。数旋回するうちに高度は見る見る下がり、やがて陸上の森林地帯へ入った。本吉の射つ機銃弾が、放物線を描いて緑をバックに見える。もう高度がない！　敵地上空で超低空飛行は危険だ。本吉やめろ！　と言っても聞こえない。私の頭には後悔の念が走った。その瞬間、敵機は下のジャングルに消えた。

一機残った本吉機は、右急旋回で海上を南にすっ飛んで行く。彼ははじめての必死の一騎討ちの興奮で方向感覚を失い、オーストラリアのほうへ全速力でふっ飛んで行く。コンパス指度を一八〇度読みちがえている。ようやくのことで追いついた私は、本吉機の右側についた。本吉は私に気がついたが、眼がつり上がっているように見える。七〜八メートルの距離だ。そこで私は左手人さし指で北の方、ラエ方向を指して、帰る方向はあっちじゃないかと叱りつけた。本吉は了解の合図とともに自分の額のあたりをポンと叩いて頭を下げながら三番機の定位置についた。

本吉の機は、いつもとちがって一番機から見て上がったり下がったり、落ち着きがない。先ほどの真剣勝負の興奮で、まだ気持ちが落ち着かないようだ。ラエに帰ってからの着陸もバルーニング（機速が余って、なかなか接地しない失敗の着陸）して、滑走路の末端で止まった。さっそく帰着報告のため本吉を呼び寄せたが、まだ落ち着いていない。

「本吉どうだった、実戦の一騎討ちは。相手をやっつけたと思うか？」

「地面すれすれで相手がいなくなりました」

「何？　いなくなった。俺が見とどけたところでは、相手は確実に墜ちたよ、お前が勝ったんだよ！　弾丸は残っているか」

「はい、確かめてきます」

と言って自分の機にかけ足で戻り、兵器員の助けを借りて調べた結果を報告した。

「二〇ミリは全部発射しましたが、七ミリ七はまだ少し残っているとのことです」

「本吉！　ついにお前は敵戦闘機を撃墜したぞ。すごいぞ！」

と私は、まずほめたたえた。しかし、自分の墜とした敵機の機種、国籍マークがアメリカのマークかオーストラリア機か、イギリスのマークかまったく判別し得ていない。とにかく味方機でない敵機と戦って、相手が森の中に消えたことしか覚えていない。

これが初心者の初撃墜の実態であるが、これを何度も何度も反芻（はんすう）して頭の中であの戦闘を再現しても、自分が真剣勝負で相手を倒し勝者になったという実感が湧いて納得するのは数日あとのことだ。それほど真剣勝負で相手に撃ち勝つのは大変なことなのだ。この得難い体験である程度の自信がつき、次の機会にまたちがった形で勝者となり、三機、四機と撃ち墜としてくると、そのたびごとに弱冠二〇歳の若者に風格のようなものが感じられるから実戦とは恐ろしいものだ。そして五機墜とせば世界のエースの仲間入りとなる。この頃からまた一段上の勝負師に成長するのである。

はじめての大空の真剣勝負の場では、飛行高度はもちろん、自分の機位さえ確かめ得ず、ましてリーダー機、僚機なども眼中になく、敵機との距離二〇〇メートルが追突寸前の二〇メートルに見え、たとえ自分の射った機銃弾が命中してもその手応えなどさらになく、ただ無我夢中で敵にせまるといった状態が実感である。

私も二一歳の秋、すなわち昭和十三年九月、中国の漢口上空の空中戦の初陣で、出撃数日前から初心者の初空中戦における遵守事項として受けた数々の注意事項をすべて打ち忘れ、味方編隊より離れ、単機で敵機を追い、しどろもどろで全弾射ち尽くし、生まれてはじめての敵機撃墜は認められながらも、九江基地へ帰投と同時に指揮所前、衆人環視の中でバッター一七発の制裁を受けた体験があるが、この時の失敗は、太平洋戦争の初日から台南海軍航空隊戦闘機隊の全下士官・兵搭乗員を統御する使命を与えられた先任搭乗員として部下の指導、特に初心者の初陣教育に役立ったことを忘れることができない。

冷汗の射撃訓練

何かをきっかけにコツをつかむということがある。

スポーツ、芸事、学問もそうかもしれない。ひょいとしたはずみで急に腕をあげることがある。私が空中射撃のコツらしきものを会得したのは、きっとあの時であろう。

昭和十三年の夏、私は台湾の高雄海軍航空隊にいた。使用機は複葉機の九五式艦上戦闘機だった。ある日、私は空中射撃訓練で大変なことをやってしまった。それは、後上方射撃（標的の後ろ上方から射撃する方法）訓練において私が起こした大ミスである。

標的は同じ九五戦が曳的機（えいてきき）となって高度一〇〇〇メートルの海上を白い布で作った吹き流しを約一五〇メートルの曳索で引っぱるのだが、複葉機ゆえスピードは遅く、八〇ノット（時速約一五〇キロ）、この的に反航で接的し、約四〇〇メートルの高度差から反転、急降下して後ろ上方から撃ち込むのである。弾数は片銃二〇発ずつ計四〇発、当然、訓練とはいえ実弾を発射するのだから、安全を期するために吹き流しに対する角度を最低一五度と定められていた。それ以下の角度では追尾の状態になってしまい、直前方を飛行する曳的機に命中する危険があるからだ。

その日の吹き流しは親友の宮崎三空曹が引っぱっていた。二撃行なうのだが、一撃目をミスした私はあせっていた。二撃目、今度こそと、うまく左に切り返して標的に向かって降下した。片銃二〇発とはいえ、発射速度一分間八〇〇発の機銃は二〇発打ち終わるのに一・五秒である。あっという間の勝負だ。引金を引くのをいつもより瞬間遅らせて射ったが、角度が一五度より浅くなって撃った。この姿勢では、九五戦は機体が浮く。吹き流しをかわして降下する時、私には命中の自信があった。

やがて着陸して待つほどに、曳的機が地上指揮所前に吹き流しを上手に投下した。射撃訓練は結果がはっきりするのでみんな興味を持つ。命中弾の確認、弾痕（だんこん）調査はわくわくする。六機で撃ち込んでも、それぞれ自分の弾丸には染料が塗ってあるため命中したところに穴があり、自分の色がついている。弾痕には弾丸の入った穴と出た穴があく。それは一目でわかる。ゴム印のスタンプで「赤の入り」「緑の出」と言いながら数えるのだが、吹き流しの前方に命中した場合は鯉口を素通りして、出た穴がないこともある。したがって後上方射撃の場合には「入り」の数が命中の数となり、穴の開き具合から射角も判定され、浅い弾痕をつけたらきつい注意を受ける。

その時の私の染料は赤、弾痕は浅かったが半数近くが命中である。弾痕調査をしながらパイロットは瞬間約一・五秒の射撃の時の勘を頭の中で反芻（はんすう）する。

やがて曳的機の宮崎が着陸して報告を終わった。そして私の腕をつかんで指揮所の裏に引っぱった。「おいサブ」私の三郎を略して彼は私をこう呼んでいた。

「貴様の弾丸が俺の飛行機の右下翼に当たったぞ。一発ゴツンときた、機銃音も聞こえた。気をつけろ！　俺の背中に当たったら、いちころだったぞ！」

私はまさかと思ったが、

「ホントか、びっくりしたろう、すまんすまん」

謝っている私もびっくりである。

指揮官への報告をする前に二人で列線に走って確認することにした。機付の下士官に話すと「エッ！　ほんとですか」とこれも驚きを隠さない。三人でよくよく調べてみると、私の撃った弾丸は羽布張りの銀翼に確実に赤の弾痕を残し、見事に前方のメーンスパーを撃ち抜いていた。

指揮官の岡本分隊長にはきつい叱責を受けたが、宮崎にとっても驚きどころか、ひとつ間違えば生命にかかわることだった。しかし、私にとっては大変な間違いから出た収穫である。というのは、私の弾丸が実的に命中したのである。あの浅い角度で打てば、一五〇メートル先を飛ぶ飛行機に命中弾を与えられるという貴重な体験をした。宮崎にはとんだ冷汗をかかせたが、これが初陣の初撃墜、そして太平洋戦争の敵機との戦いに大きく役に立つことになったのである。

禍をもって福に転ずるとは意味が少しちがうかもしれないが、誠に得難い体験となった。けがの功名とはこのことであろう。

敵機撃墜の定義

空中での強敵同士の戦い、すなわち単座戦闘機対単座戦闘機の戦いにおいて、お互いに一〇〇メートル／秒前後の猛スピードで飛び交いながら相手を撃墜することは至難の業だと前に述べたが、そこで撃墜の定義とは何か——に触れてみたいと思う。

まずその第一は自分が狙って撃った弾丸が確実に命中して、相手の機が完全に破壊され飛行不可能となる。次に回復不可能の火災となる。パイロットがパラシュートで飛び降りる。

パイロットに弾丸が命中し操縦不可能の状態となる。地面または海面に激突する。こうした状態を確認してはじめて撃墜し得たということになるが、第一次世界大戦の頃や日華事変（日中戦争）のはじめの頃のように、一対一の単機空戦時代には、それを確認することは可能な場合が多かったが、太平洋戦争のように多数機が大きな空戦の渦の中で戦う編隊戦闘ともなると、仕留めたと思われる相手の撃墜を確認できるのは、空中大火災と空中分解と落下傘降下以外はまず不可能であるということだ。

なぜなら撃墜の確認をしているその一瞬の隙をついて他の敵機が襲ってくるからだ。ここでは目前の敵を仕留めたら次にどの敵機が自分に襲ってくるかの読みが必要となる。つまり、射撃の効果を確かめることより次の敵に対する応戦の読みの手順が先となるからだ。

しかし、これもたびたび戦いを体験している間に、その手応えによって確認に近い答えが求められる。また列機からの確認や他のベテランパイロットたちの証言もあって、大体、その日の空戦で敵の何機が墜ち、味方の何機がやられたかがわかるのだが、部隊長に報告する前にこの戦果、被害の集計を行なうのがその空戦に参加した古参パイロットたちの役目でもあった。

それにしても、先任搭乗員の目は確かだった。不心得にも虚偽の報告をしようとする若いパイロットがあった場合、他の上司の前はごまかせても、先任搭乗員の目は決してごまかせなかった。

よく戦後の出版物などで、私たち戦闘機パイロットが大戦中、スポーツ選手のように個人個人で撃墜競争をし、スコアを競っていたなどと誤解した記事を目にすることがあるが、日本海軍戦闘機隊ではそのようなことは厳にいましめていた。

空戦を終えて帰還した場合、戦果はその時の空戦指揮官が総合戦果として部隊長に報告した。しかしその総合戦果は、一機一機の戦果を集計した結果ではあっても、誰かが撃墜し得た陰には味方列機または僚機の支援があってはじめて戦果となることを忘れてはならない。市販の日本海軍戦闘機隊エース一覧表などの中に、大戦中の総指揮官クラスの将校と列機クラスの若い下士官を一列に評価する向きがあるが、それはまことに不見識、失礼なことだ。空戦の場の総指揮官の役目は、先手必勝、味方有利の第一撃をかけるまでの巧みな誘導があればそれで成功、あとは者どもかかれとなる。自ら撃墜すれば信頼は高まるが、中隊長は中隊を指揮誘導するのが役目。同じように編隊空戦の中では列機の端々に至るまでが、それぞれ一役を受け持っているのである。

このような編隊戦闘の中にあっては、敵機を直接撃墜するのが小隊長の役目であって、列機がシャシャリ出る幕ではないことは基本的知識として心得ていなければならないことだった。

機上の演歌

現在では健康に悪いということで一〇年前のある日から、私は突然禁煙生活に入ったが、海軍時代は私も含めて私たち搭乗員の大部分はたばこを吸っていた。一空戦終わって地上に降り立って吸う一服のたばこの味は、今思い出しても格別だった。

もちろん、どんなにたばこが好きでも飛行中に操縦席内で吸おうなどとは考えたことはなかった。しかし、零戦になって長時間飛行が日常のことになると、敵地へ進撃する往路は思い出しもしないのに、帰路になると、退屈しのぎにパイロットはいろいろなことをやりはじめる。

たばこをスパスパ吸うという話はまずきいたことがないが、ビタミン入りの航空糧食をかむ、大きな声をはりあげて歌を唄う。もっとも多いのがこの歌である。軍人だから軍歌を唄うと思われるかもしれないがとんでもない。そんな野暮なことはしない。唄うのは、その頃内地ではやった流行歌だ。飛行中の零戦の操縦席の中では、どんなに大きな声を発しても、ものすごい爆音に消されて絶対に自分の声は聞こえない。それでも唄う。

航行隊形で七〇〜八〇メートル列機と離れて飛んでいるとき、奴らどうしているかと至近の距離五〜六メートルに近づいてみると、思いは同じでみんな唄っている。中には居眠りをして、零戦までがコクリコクリとしていることもある。

機上のたばこ

太平洋戦争も間近に迫った昭和十六年の初夏、私は中国漢口の基地にあって、零戦による奥地攻撃に参加していた。

某日、五〇〇浬（約九二六キロメートル）西方の成都方面空襲が計画され、大きな空襲となるので、指揮官護衛の任務でその日私は指揮官の二番機で行くことになった。任務は重いがベテランの指揮官である、小隊長で行くより気は軽い。大きな戦果をあげての帰り途である。洋上も退屈だが中国大陸は飛べども飛べども山また山、万県上空まで来てみても、漢口まではまだ二八〇浬（約五一八キロメートル）、キャラメルでも食おうかと飛行服のズボンのポケットに手を入れたら、とり出したのが何とたばこ「光」の箱だった。帰ってからの一服にと持ってきた「光」が私を誘惑した。

私は思った。これは世紀の実験だ。

飛行手袋をぬいで光を一本とり出した。仏印進駐の時、ハノイの街で買ってきたフランス製のライターがあったので、右手に握って発火を試してみようと思ったが、さすがに私も躊躇した。空中の機上ではじめて火をつけるのである。罪悪感ももちろん頭の中を走った。危険も感じた。ガソリンの臭いはないが念のために換気孔を開き、さらに風房を五センチほどあけて徹底的に換気を行ない、この状態では風が強くライターがつかないので、すべてを諦めきったところで、私は思いきって火をつけた。火は意外とよく燃えた。くわえたたばこに火を近づけ吸ってみると、たばこの燃焼は地上に比べてびっくりするほど早かった。

大きく煙を吸い込んで吐き出してみる、ところがスカスカとしていつものたばこの味ではない。なんだ機上のたばこってこんなもんだったのか……。私の機は、たばこだ、換気だ、ライターだと、もそもそやっていたので、いつの間にか指揮官機に近づいてしまった。

その時、いたずら心が私の頭の中を走った。どんな反応かなと思って、指揮官機の左後方からうんと近づいた。指揮官も私が接近したことに気がついて振り返った。その時私は悠々とたばこを左手で吸って煙を吐いてみせた。指揮官は後ろへ少しのけぞって私を見つめながら厳しい顔をした。私はこれはまずかったかなと思いながら編隊飛行を続けていると、指揮官が急に私のほうに振り向きながら手先信号を送ってきた。左手の拳を右手の指でこすって、右手を開いたまま顔の前で立て、そして自分の右の耳に掌を当てて私を見た。右の耳に掌をあてるのは質問する時の手先信号である。阿吽（あうん）の呼吸でその意味を私はただちに了解した。操縦席でマッチをすっても大丈夫かと聞いているのだ。指揮官は怒っているのではなく、自分も吸ってみたいが安全かと聞いたのだ。

私が安全に飛んでいるのだから心配ないとわかるはずなのに、人間というものは、なおも確かめて念を押すものらしい。私はホッとした。そして、風房を開いて換気したらよいと信号し、最後に右手指でマルをつくってOKと答えた。やがて指揮官もスパスパやっていたが、うまくはなかったはずだ。

その後の蘭州攻撃の時、私は機上のたばこで失敗し、以後機上喫煙は止めることにした。いつものようにたばこをくわえ換気した私は、その日ライターを忘れてきたのでマッチをすると、マッチの軸が折れて火がついたまま操縦席の下に飛んでしまったのをそのままにし、気にもかけず次のマッチ棒を取り出そうとした時、何かきな臭いにおいが鼻にきた。

変だなと操縦席を見回したところ、操縦席の下から白い煙が立ち昇ってくる。しかも、その煙は急に多くなった。安全ベルトをはずして操縦席の下に手をのばして煙の原因を探してみたがなかなか手が届かない。その間にも煙はひどくなる。やっと手に掴んだのはタオルくらいの大きさの手入れ用のウエスであった。整備員の誰かが油をにじませたままで不用意にも置き忘れたらしい。その布はすでに発火していたので飛行手袋などはめている時間はなかった。火のついたままの布を、私は両手でまるめて思いきって右手で掴んで外に出した。布切は一瞬のうちに後ろへ飛んだ。

一つ間違えば、私は自分の機に火をつけて一巻の終わりとなるところであった。以来、上空では味が悪いこともあり、いつのまにかたばこを吸うこともなくなった。もちろん、太平洋戦争になってからは、激戦に次ぐ激戦、そんなことを考えるゆとりなど、まったくなかった。

秘話・小便袋

足の短い九六戦から零戦になって、長距離、長時間を一人で操縦して飛ぶと、空腹をしのぐ航空弁当だけでなく、今まで考えもしなかったことが起こり出した。中でも一番困ったのが、今、読者の方々が「どうしていたのかな」と思っておいでの一件、海軍用語でスモールといった小便である。

地上にいても六〜七時間も小用を足さないでいるのは苦痛だが、上空に上がると一〇〇〇メートル上昇するごとに約五・七度気温が下がる。計算が面倒だから私たちパイロットは四捨五入して一〇〇〇メートルで六度下がると記憶していた。気温が下がれば小用の間隔が近くなる。当然の生理的現象だ。

その対策は当然誰に言われなくても一人ひとりが考えた。長時間飛行の前の晩から、水分を控えめにするなどがそれだ。飛行直前には、かわきを感じても私はうがいですませた。当然防水加工をした和紙の氷のう型の小便袋は持参したがこれは難物だった。

だいたい、離陸して数時間過ごしたところで便意を催すのが常である。ところが、その頃になると気温の低下で身体が冷え〝ホース〟は小児のように小さくなってしまう。そのうえ、下着、軍服、飛行服、ライフジャケット、そして落下傘バンド、その上に安全ベルトと身体を締めつけているので、操縦しながら引っぱり出すのは難事中の難事である。やっと引っぱり出しても、操縦しながら左手一本で袋の入り口から押し入れるのだが、これがなかなか向いてくれない。やっと入っても、ちょうど、前立腺肥大と同じような症状、待っても力んでも意志どおりには出てこない。こんなことで一〇分、二〇分とかかるからいやになる。

かくして、やっと袋の中に溜めたやつ、口を密閉する方法はないから外に捨てることになる。巡航で飛んでいるスピードでも風圧はものすごい、試みに風房を少しあけて中指一本そーっと出したら、風圧で折れ曲がった。その風房を開けて、エイッとばかり放り投げるのだが、体験者から注意を聞いていても、やっぱり同じ失敗をする。投げ方がちょっと悪かったり角度が悪いとパシッと返ってくる。そうなったら大変だ。二人乗りの爆撃機で前方の操縦員が放り投げた小便袋が、中身ごとベチャッと後席の偵察員の顔に命中したという話も何回か聞いた。

馴れるということはおそろしいものだ。だんだん体調の整え方も上手になり、長時間飛行でも耐えられるようになるが、それでも一度スモールのことを考えはじめるともういけない。必要は発明の母、小便袋が役に立たんとなると次はどうするか、誰でも考えは同じだ。ようやく引っぱり出したホースを前にある我が愛機の操縦桿の根本へ向けて放水する。心で詫びながらである。

ところがその水がどこへ流れて行くのか。水は高いところから低いところへ流れていくのは法則のとおり、操縦席の後方へ消えていくが、操縦席右前方の換気孔を開くといっぺんでなくなる。これをやった時は着陸後良心のとがめを感じながら操縦席の後ろを観察、点検するのだが、不思議なものである、流れたあとの影も形も臭いもなかった。一体どこへ飛んでいってしまったのか。

しかし、こんなことは笑い話で済ませられるが、長駆進攻して間もなく敵上空となったら、こんな迷人芸などやってはいられない。

そんな時は最後の手段、操縦席に座ったそのままでやってしまう。高度六〇〇〇メートルの寒空で座りながらの放尿は、少し馴れてくると快感だ。ジーンと熱くなって下のクッションに沁み渡る。これを何度も代わる代わるやると、操縦席から異様な臭いが上ってくる。それでも、大抵は酷暑の地なのですぐ乾く。その頃、ラバウル戦闘機隊の零戦のパラシュートは開いても破れてしまうらしいという噂がとんだ。パラシュートは操縦席のクッションの下に収納されているのだ。

補助操縦桿

九六戦から零戦に代わって長時間の飛行をするようになると、今まで思いもしなかったいろいろなことに配慮しなければならなくなった。

交代員のいない一人乗りの単座戦闘機の長時間飛行で困ったことの一つは、尻の痛さと操縦桿を持つ右の腕の疲れだった。三時間四時間と同じ席に座り続けることは苦痛である。腰バンドを少しゆるめ、尻の位置を右に左にずらせても一〇分ともたないが、馴れるとは恐ろしいもので、何とか我慢できるようにはなる。右手を休ませるため両足をフットバーに当て方向舵を操りながら両膝で操縦桿をはさんで操縦してみる。曲芸に等しい。これも長くは続かない。

昇降舵とエルロン（補助翼）を操る操縦桿を握る右手は、操縦にはもっとも必要な手であるが、じっと握り続けるのは苦痛なことで、それこそ右腕は棒のようになる。そこで左手に持ち換えてもうまくはいかない。もっとも、左手にはスロットルレバーを常に操作して、前後の機のスピードに合わせるという大事な仕事がある。そこで今度はフットバーを左足だけで操り、右足を操縦桿に巻きつけてみる。これとて短時間なら何とかなるが、ただ、その間、尻をうんと前にずらす必要がある。

何とか楽な姿勢で操縦をする方法はないものか、いろいろやっているうちに、みんなの知恵を寄せ集めることにした。悩みはみんな同じ。三人寄れば文殊の知恵といわれる。零戦パイロットが協力して研究すれば、何か発明できないか。

何とこれが解決したのである。補助操縦桿の発想考案、ただちに試作、実験することになった。これは上司には内密にやった。

着想は次のとおりだ。前方に長時間突き出して操縦する右手が疲れるのだから、右手に代わる棒状のものを操縦桿の頭に直角に固定すれば、腹すれすれにくる棒の端を軽くつかんでいれば、水平飛行は簡単にできる。つまり操縦桿を長くして、手前に折り曲げた形である。これはパイロットでなければ考えつかないことだ。

さてその棒をどのように固定するか。丈夫な紐でくくりつければ何とかなるが、これでは不意に空戦になったり急激な編隊飛行が必要になった時には危険である。要求されるのは、しっかりと接続はできるが、簡単にはずせる装置である。このテーマに該当するものを何とか作り出そうと試行錯誤を繰り返した末、私たち零戦パイロットは、見事にこれを考案し作製に成功した。

これは、まず木製でなければならない。鉄製ではコンパスが狂ってしまい、工作が難しい。木工科に同年兵の下士官がいた。同期生、同年兵というものはありがたいものでいつの間にか連絡がとれている、もちろん顔見知りだ。

材料は杉の角材である。長さ約三五センチ、幅六センチ、厚さ四センチに簡単に切ってくれて、「何にするんだ。加工ならお手のもんだ。手伝うよ！」ときたが、まだ秘中の秘であったから、これを体よく断わり、三本ほどもらってきた。

着想はこうだった。

ジュラルミンでできた操縦桿の先端の形状は楕円形で、握りをよくするため先太に作製されていた。この楕円形と先太が着想の原点で、真円形ならできなかった。

私たちはその角材を持って操縦席に乗り込むと水平にし、その先端より三センチほど手前の箇所を操縦桿の平らな頭に直角にぴったりと当てて鉛筆で寸法をとった。あとは、鉛筆の楕円形の線に沿って工作科から借りてきたノミで操縦桿の頭がすっぽり入るように穴を彫り刻むのである。穴の長径の方向と角材の角度は直角。これがみそだ。工作は操縦桿が先太なのでなかなか手間がかかったが、試作第一号のでき上がりである。

装着法は次のとおりだ。今開けた楕円形の穴に操縦桿の頭を三センチぐらいグイと押し込む。押し込んだところで、左手で操縦桿の頭の位置をしっかり押さえて、水平のままの角材をグイと手前操縦席の中心まで九〇度回すと、ここで操縦桿の頭と角材に開けた穴がしっかりとかみつく。

文字どおり直角に曲った、風がわりな操縦桿のでき上がりだ。角材の長さは各自の好みによって長短を決めればよい。地上実験における操舵は良好で、何よりの成功は取りはずしが一瞬にして可能なことであった。こっそりやった飛行実験の成果は大成功で、それからの長時間飛行に威力を発揮することになった。

この補助操縦桿、サンプルが一個あればあとは簡単に作れる、そして、でき上がったら思い思いに磨きをかけ、中には達筆で見敵必墜の文字を刻み込む者もいれば、指揮官クラスの士官たちにも特製を作ってサービスする者もいた。

形はちょうど神主さんが両手で持つ笏（しゃく）に似た形、中国大陸奥地攻撃出発の時は、パイロットたちがこれを揃って腰に挿し新選組の斬り込み隊の出発の姿もかくやと思われる光景であったが、これとても圧倒的な強さを示した日華事変（日中戦争）時の懐かしい想い出のひとコマ、強敵アメリカ軍との戦いでは思いも及ばないことだった。太平洋戦争に参加した零戦パイロットの中で、この補助操縦桿を知っているパイロットは数えるほどしかいなかった。

迎撃戦は不利

先に戦闘機対戦闘機の空中戦における撃墜の定義の項で述べたことは、進攻作戦、すなわち敵地上空における空中戦を例にとって述べたものだ。しかし戦闘機対戦闘機の戦いには、これとは逆に、相手戦闘機に攻め込まれた受身の戦い、すなわち迎撃戦がある。

双方同じ機数で戦った場合、数百マイル、長時間かけ進攻し、敵地上空のしかも帰途を勘案し制限された短い時間で戦う進攻作戦に比べ、フランチャイズ、すなわち味方上空、しかも燃料消費の計算にとらわれず、時間一杯戦うことができる、味方有利の迎撃戦とでは、どちらが多くの戦果をあげることができるであろうか。

常識的に考えて大方の人が迎撃戦と答えるであろう。なるほど物理的には、味方上空で戦う迎撃戦に利があり、戦果もはるかに多いと思われがちだ。ところが特別の場合を除くと、圧倒的に進撃戦に凱歌（がいか）があがるのだ。

では、なぜそうなるのか。理由として次の四つが考えられる。

その理由の一、空中戦を行なうパイロットの心理の面である。戦闘機隊の進攻作戦、これを当時航空撃滅戦と称したように、その後に行なわれる味方爆撃機の爆撃行動を容易ならしむるために、もっとも味方爆撃機にとって脅威となる敵の戦闘機を、敵地上空において撃滅する任務をもった征空戦闘機隊には重大な責任があり、またこちらが攻撃側に立っているという勢いがあり士気がある。

二、味方基地を遠く離れて攻め込む戦いであるから、現有する戦闘機隊の中のよりすぐった精鋭パイロットをもって攻撃隊を編成すること。

三、(後に二機、二機の四機をもって小隊としたが) 戦闘部隊の基幹である最小単位の小隊は、千変万化する空戦場面における意志の疎通、ツーカーと呼吸の整った強豪チーム揃いである。

四、その日迎え撃つであろう敵戦闘機隊の勢力は、あらかじめ偵察飛行によっておよその予測は立っている。その予測を基に本日の空戦時間は何分と指揮官によって定められる。いずれにしても短時間に勝負を決しなければならないから、ちょっとのラフプレーも許されないという緊張感が、集中力、充実感、連帯感を生み出す。つまり、マイナスと思われる要因がプラスに転化され鋭利な力となって現われるのだ。

迎撃戦に多い過大な戦果報告

迎撃にも二通りの戦いがある。

その第一は、あらかじめ敵の攻撃を予知し、整然と組織された指揮官先頭の編隊空戦が実施された場合、または上空哨戒中に敵を迎え撃った時である。あとの一つは、至近の距離に敵の攻撃隊が押し寄せたことを知り、あわて急いで無統制に、われ勝ちに飛び上がった場合である。

物理的、心理的にも不利と思われる進攻作戦と迎撃戦を比較すれば、圧倒的に進攻作戦に戦果があがる。原因は述べたとおりであるが、太平洋戦争当時の大本営発表のように、迎撃隊の戦果の報告は、きわめて過大に報告されることが多い（これは戦後の調査でもはっきりしている）。

これには次の理由がある。若干前項と重複するが重要なことなので、さらに述べる。

進攻作戦は、その日、その時における、その戦闘機隊の可能な限りの最高のメンバーで編成されるのが常道であり、したがって、戦闘も巧みなら戦いの戦果の確認も可能な限り正確を期して行なわれる。

すなわち帰投後、各小隊長によって、それぞれの小隊の戦闘結果を再確認する。確実撃墜、手応えはあったが確認に至らず不確実、撃破と分類して小隊ごとに集計し、指揮官に報告する。

有能な指揮官、戦場の修羅場を数多く体験したベテランパイロットの小隊長クラスともなれば、敵味方合わせて何機が撃墜され空戦場から消えたのか、帰投後の味方の被害から勘案すれば、味方の集計した撃墜数と大体合致するものだが、それでも絶対に正確だと自信をもって報告できる空戦はほとんどないと断言してよい。これは、前に述べた敵機撃墜の定義を一人ひとりの搭乗員が絶対という確認をなすことが不可能だからで、意識して虚偽の報告をするのではなく（する者もいたことは事実だが）、誤認したり、また重複した場合に不正確な報告戦果となることがある。

開戦当時、私たち台南海軍航空隊が所属していた第二三航空戦隊のN航空参謀と戦後、次のような会話をする機会を得た。大変興味深く、また我が意を得たりと思われる戦果に関する内容だったので、ここに紹介をしておきたい。

太平洋戦争における日米双方の戦果発表と実際を調査した資料によれば、陸・海戦はさておき、飛行機対飛行機の戦い、すなわち空中戦の戦果発表と実際（彼我のその日の戦いにおける味方の発表戦果と敵方の被害報告）の内部資料の一部を照合したところ、ガダルカナル戦を境にして、戦果報告と被害の実態との誤差が大きくなったという。

言い換えると、搭乗員の練度が高いほど、戦果の報告は正確で、練度の低下に従って不正確となり実際より過大になる。これは戦果報告の正確度はパイロットの練度に正比例することを裏づけており、この現象は何も日本だけではなかったようだ。

N航空参謀は言う。

「坂井さん、開戦当初の三空（高雄第三航空隊）、台南空（台南航空隊）の戦闘機パイロットたちは強かったなあ。開戦からシンガポール陥落までの約三ヵ月間に、米、英、蘭の航空機を相手にあなた方は戦い撃滅したが、何と三空と台南空が発表した空中戦における戦果報告の総数と、アメリカはじめ連合国の発表した被害数との誤差はわずか三機であったことには驚いた」

いかに三空、台南空両戦闘機隊のパイロットたちの戦果報告が確実であり、精鋭たちであったかという証左である。

しかし、私が戦後得た当時のアメリカ軍爆撃隊の報告に「今日はB17爆撃機隊の悪日で、出す奴出す奴一機も帰らず」と嘆いた記事を見たことがある。その日、台南空は確かにB17爆撃機隊と空戦を行なったが、撃破の報告はなされていても撃墜の報告はなかった。

このような例はいくらもある。逆に我々が撃墜または帰途墜落するだろうと報告した敵爆撃機が、どうにか飛び続け帰還したということもあり、プラス・マイナスが消しあってどこかで勘定が合い、誤差の少ない記録になったのだと考えられないこともない。

一般に進攻作戦と比較して、迎撃戦に実際より過大な戦果報告がなされるということは大いにあった。敵機来襲の予報により、指揮官を先頭に正規の編成で迎撃する場合は、戦果の過大報告といったことは比較的少ないと思われていたが、進攻作戦より信憑性（しんぴょうせい）は低いと思われる。第一線における迎撃戦は、特に不意討ちを受けた場合の迎撃戦は空中退避の意味も含まれるので、編成や階級にとらわれることなく、速やかに空中に飛び立つことが許されていた。したがって空中に上がっても無統制に陥り、バラバラの状態で空戦に入ることになってしまう。

こうした空戦では、統制された空戦と比べて被害も増大する。戦果の報告も俗にいう水増しされることが多く、実力から判定して、とても敵戦闘機撃墜などなし得る力とは思えない若年搭乗員の撃墜報告を、隊員の士気高揚の意味もあって幹部がこれを戦果と承認するケースも多くあるなど、戦勢が劣勢となり、搭乗員のレベルが低下するとともに、その比率も高くなった。これは日本軍だけではなく、程度の差こそあれアメリカ軍にもあったといわれている。

昭和十九年十月末、航空母艦一〇隻撃沈の大戦果報告で軍令部が祝盃をあげた台湾沖航空戦では、実はこれがまったくの虚報で、敵空母は無傷であった。練度が低下するとこうなるという典型である。

難しい戦果の確認

たとえば、昭和十七年の八月七日、ガダルカナル攻防戦の初日の空中戦における日米双方の戦果発表を比較してみると——。

私たち台南海軍戦闘機隊の精鋭、零戦一八機（内一機脚収納不良で途中引き返す）実数一七機は、中島飛行隊長を先頭に中攻隊を援護して、ガダルカナル島へ進攻した。進出距離片道五六〇浬（約一〇三七キロメートル）は、世界の単座戦闘機の進出距離としては、常識をはるかに超えた長距離進攻である。

その日の空戦は希にみる激烈なものだったが、実はその日、この一八機は別の目的で編成された精鋭揃いだった。

選りすぐりの一八人は、その時点における台南海軍航空隊戦闘機隊の中から選びぬかれた強者たちで、ニューギニアの東端ミルン湾のラビ米航空基地に新たに進出したアメリカ軍の強力戦闘機隊に空中戦を挑み、これを撃滅するために選ばれたパイロットたちであった。中島飛行隊長より次のような指令を受けていた。

「今日のみんなは、あの幕末の新選組だ。本日は敵戦闘機を一機残らず撃滅するために貴様たちを選んだ。二倍以上の敵兵力となるが、本日に限り編隊戦闘の必要なし。各人で単機空戦を挑み、一人で二機以上を撃墜するのだ。このメンバーならそれができる！」

その出発間際だった。米軍のガダルカナル島上陸の報告が入り、目標が急遽変更され、ガダルカナル上空に殴り込みをかけたのである。

空中戦は激烈だった。相手は迎撃してきたアメリカ海軍グラマンF4F戦闘機、そしてSBD艦爆などである。味方零戦隊は奮戦して敵戦闘機四三機（うち不確実七機）を撃墜、わが方は吉田素綱一飛曹、西浦国松二飛曹の二機が未帰還となったが、この二人が敵機に撃墜される場面を目撃した者はいない。

ここでアメリカ海軍側の発表である。この時の資料は私の知り得たものにも数種があって、完全に確実とはいえないが、アメリカ海軍はSBD艦爆を除いてグラマンF4Fで撃墜されたもの一八機、撃墜をまぬがれたが不時着数機。撃墜した零戦、不確実を含め約二〇機と発表している。

双方の精鋭をもってしてもこの戦果発表である。アメリカ側の発表を正規のものと認めた場合、進攻した零戦一七機と対戦して、いかに迎撃側とはいえ、実際は二機の被害に対して約一〇倍の二〇機を撃墜したとしている。これは、一つの迎撃戦の戦果発表の一例だ。双方A級同士の戦いでありながらこの数字である。戦果、被害の確認の難しさを証明するに充分参考に価するデータであろう。

この空戦に参加した相手は、空母サラトガの艦上機が主力といわれている。米軍はわれわれ台南空戦闘機隊一七機のために、その兵力の多くを失った。米海軍はどこから飛来したかわからない(アメリカは空母よりと判定)強力な零戦隊に恐れをなし、翌日一日は洋上遠く退避したといわれている。

戦後知り得た戦果の事実

戦闘機対戦闘機の空中戦は、お互いに成功、失敗を繰り返しながら戦況が変化していく。戦いには戦果誤認はつきもので、大本営発表も笑えない面があり、その誤算を繰り返しながら戦勝と敗戦にいつしか推移していくが、そこには何か方程式があるような気がしてならない。

この戦果の誤認または虚偽の報告などは、専門家同士の零戦パイロットたちの間では、暗黙の中に批判されたものである。歓迎されなかった行為である。ここではっきりと言えるのは、例外を除きその誤差はベテランほど少なく、初心者に水増し報告が多いことは間違いなかった。そこで、同じ程度の技量のパイロットで若い士官と下士官を比較すると、士官側に少なく下士官側に多いことが、私の調べた資料でも明らかだ。さすがに兵学校出身の士官だけあって、虚偽の報告はその自尊心、良心が許さなかったものと私は評価したい。

私自身の場合、ほとんどが編隊空戦の中の小隊長としての戦果で大小一五種、合計六四機を撃墜したと記録されている。しかし、この数もまことに不確実で、実際には、この数よりずっと少ないかもしれないし、もっと多いかもしれない。これは神のみぞ知ることであろう。そうした中で、私の場合だけでも戦後アメリカ側の証言によって事実を知り得た例がいくつかある。

太平洋戦争開戦二日目、十二月十日、絶対不落を誇った空の要塞B17爆撃機とフィリピン上空で交戦した私は、命中弾を与え火災を確認、四〜五名のパラシュート降下も目撃したが、敵機ともつれるように層雲中に突入し、その最後を見届け得なかった。そのため、成果は撃破と報告したその爆撃機が、終戦の翌年、私と会見したカーツ准将の目撃により撃墜と確認されている。

また開戦五〇周年を記念してアメリカで行なわれたシンポジウムのパネリストとして参加した平成三年の五月、私に撃墜され生き残った米軍パイロット、サム・グラシオ大佐と会った。

私の記録によると、十二月八日二機編成のカーチスP40の列機に対し射撃を加えたものの雲に入って取り逃したとなっている。ところが取り逃してはいなかったのだ。グラシオ大佐によると、その時二〇ミリ機銃弾わずか一発がP40の左翼内側に命中、その炸裂で一二・七ミリ機銃弾の薬莢が自爆し、左翼に半径約六〇センチの大穴があき、飛行不能となって地上にすべり込み、どうにか一命はとりとめたとのこと。時刻、場所、高度、状況が一致しており私と戦ったことは間違いない。

逆にガダルカナル上空における戦いで、太陽側から降ってきたグラマン一機に対し反航一撃で命中弾を与え、撃墜と報告した相手が、辛うじて不時着し、下半身不随となり戦後兵学校の教官で終わったジャクソン少佐であるとの事実もわかった。

その同じ日、私の列機二機を相手に戦ったグラマンF4Fと五〇〇メートルの高度で一騎討ちとなった。腕のいい男である。私は相手が私の射弾によって重傷を負ったのを機上で確認し、哀れを感じながらも第二撃目で相手機を破壊、パラシュート降下して死亡したと私が判定したそのパイロットは重傷ながら救出され、戦後まで生きのびて数年前に病死したサザーランド少佐であったことも、戦後わかった事実である。これも、あっという間に勝負を決する空戦の戦果確認が、いかに難しいかという一つの例である。

戦果確認の重要性

進攻作戦における戦果の確認、報告は、撃激戦よりも特に正確を要する重要な理由として、私たちは次のようなことを体験から知っていたので、これを守るように心がけた。

たとえば、その日、相手四〇機の戦闘機と戦い、半数の二〇機を撃墜したと報告した場合、司令部では残存敵機は単純計算で二〇機と考える。翌日の作戦では、敵の残存兵力二〇機に対してならこのくらいの機数を出撃させればよかろうと判断し、前日の半数をもって攻撃したところ、予想外に三〇機の敵機に迎撃され、味方苦戦となり未帰還機が多かったという例もある。自分たちの苦戦を避けるためにも、戦果の確認は正確を期する必要があった。

こうした一例がある。

昭和十七年五月、ラバウルの前進基地ラエにあった私たち台南海軍航空隊零戦隊は、海軍記念日にあたる五月二十七日、ポートモレスビー、セブンマイルズ米豪航空基地に約三〇機の戦闘機が揃ったことが偵察機の報告で判明したので、二七機の零戦隊で先制攻撃をかけた。空中戦は激戦となったが、その一〇機を確実に撃墜した。当然、残存敵機は約二〇機との計算になる。翌二十八日、途中一機がエンジン不調で引き返したため、攻撃隊は二六機。こちらの計算どおり約二〇機の敵戦闘機が迎撃したが、問題にせずその一三機を撃墜し、この日も味方は全機帰投した。

翌二十九日、なおも手をゆるめず一七機で攻撃をかけたところ、迎撃した敵戦闘機はわずかに一〇機足らず、あっという間の空戦で五機を撃墜し、三日間の戦闘で敵戦闘機隊は一応壊滅した。

この作戦は、見事な成果の一例である、その当時の台南空戦闘機隊のパイロットたちが歴戦の強者で、いかに確実な戦果報告を行なっていたかの証明だが、皮肉なことに前二回では一人の戦死者も出さなかったのに、三回目の一番有利と思われた戦いで古森二飛曹が被弾自爆を遂げている。

この三日間の戦いは、勝ちパターンの典型ともいえるもので戦果報告も正確そのものだった。

進攻作戦の一例

ここで、零戦の操縦席にあって、指揮官先頭で敵地上空へ戦闘機だけで進攻作戦を行なう時、どのような状態になるのか順を追って解説してみたい。

まず零戦隊に対する攻撃命令は、航空隊の所属する航空戦隊の司令部によって立案、実施計画が作成されて司令官命令となり、航空隊司令がこれを受領。ここで敵兵力に対して味方出動機数をどのように編成するかが判定され実施となる。これには、偵察によって知り得た敵の機種、機数等を参考にすることはもちろん、味方機の出動可能機数、搭乗員の健康状態などを算定基礎として出動機数が決定される。これは航空隊司令はじめ飛行長、飛行隊長といった幹部たちの仕事である。

攻撃メンバー決定にあたって、全搭乗員を常時掌握する先任搭乗員が意見を求められることはない。ただし、搭乗員の健康状態は先任搭乗員が一番承知しているので、当日の出撃は無理と判断した搭乗員がいた場合は交代要員を推薦する。攻撃隊メンバーの氏名は、前日の夕方、飛行場指揮所前において発表されるが、緊急の場合は、当日その場で決定され、ただちに出動となることもある。

攻撃隊メンバーは、出発に際し指揮所前に中隊順に整列し、部隊長の出撃命令を受ける。これは、攻撃目標の指示と「成功を祈る！」といった簡単なもので、ひとつの出陣式だ。当日の指揮官が代表して「攻撃隊出発します！」の挨拶を行ない、向き直って出撃隊員に対し「かかれ！」の一言をかける。

ここで、全出撃隊員は緊張その極に達し、蜘蛛の子を散らすように愛機の待つ列線へ全速力で走るのは、よく劇映画にある光景である。しかし戦場では不意討ちを食って迎撃戦に飛び立つ時は走ることがあっても、進撃隊の発進時にはそういう光景はない。発進時刻はあらかじめ定まっているので、各小隊ごとにゆっくり歩き列線に向かいながら「オイ、今日はビールの配給があるという噂があるが、帰ったら一杯やろうぜ！」などの会話を交わすことも珍しくはない。

リーダーと列機、目と目で話せば呼吸はぴったりの仲である。すでに受持の整備員が暖機・試運転を完了しているので、プロペラの渦流に吹き飛ばされないように注意しながら乗り込む。この試運転の間に使用する燃料は増槽を使う。これは、機体内に搭載している燃料に手をつけないためだ。ブースト、筒温、排温、燃圧、油圧、油温、回転計といった動力計器を確めながら、試運転を行なった上で、小隊長に対し列機は「出発準備ＯＫ」の手先信号を送る。それを見届けて小隊長は中隊長に、「準備よし」の信号を出し、指揮官は全隊の出発準備良しを確め、車輪止メ（チョク）払え！　の合図を送り、静かに離陸位置につく。

列線を離れる前に、全機燃料コックを翼内主タンク使用に切り換える。これは増槽よりの燃料吸い上げが、離陸時の振動で不良になる恐れがあり、また増槽落下というアクシデントを考えてのことだ。この時、運転状態不良機が出た場合の予備機は用意されている。

全機風房は一杯開けた状態で列線を離れる。この時は全員飛行眼鏡を装着する、埃を防ぐためだ。離陸は時間を短縮するために、原則として小隊ごとの編隊離陸である。燃費の平均化と空中集合を早く行なうためでもある。

この時が基地全体が緊張その極に達する時で、上空への警戒が手薄になるのもこの時だ。

台南空進出当時のラバウルの飛行場は、火山灰の堆積した地面そのままの滑走路だったから、離陸時の土埃は大変なもので、前方の視界がはっきり開けているのは先頭の指揮官小隊だけ。あとに続く各小隊は、先行小隊が巻き上げる土埃の中を手さぐりで続いて離陸するのである。あれでよく事故を起こさなかったものだと今でも感心している。列機も左右数メートルの位置について、小隊長機にぴたりと食い下がっていく。そのパイロットたちの技術にも感心したものだが、あれだけの土埃を吸い込んだエンジンもよく回ってくれたもので、その当時の整備員の技術は大したものだった。

離陸と同時にパイロットは脚を収納し、風房をしっかりと締め、ここでわずらわしい飛行眼鏡を上にあげ、上昇飛行を続けながら、燃料使用を再び増槽に切り換える。

この時点で、航空時計を見て、基地上空出発時刻を記録板に書き入れ、なおも諸計器の指度を確かめ運転状態を知る。巡航高度に達するまでに、お互いに僚機の腹の下の見える位置まで下がって、脚が完全に収納されているかを確かめ合う。出発前に点検しておいたO・P

・L照準器の点灯を再度確かめ、列線で半装填を行ない、機銃弾を確実に機銃に啣えさせた七ミリ七機銃の装填把柄を力強く引いて全装填を行なう。これで七ミリ七機銃の発射準備完了である。このあと、各自思い思いに試射を行ない、いつでも戦闘に入れる準備を整える。O・P・Lは電球の寿命が短いため、空戦開始直前までスイッチを切る。

一路、目標空域へ

　高度約四〇〇〇メートルになったところで水平飛行に移り、航行隊形となる。密接な隊形をとり続けるのは疲労が増すため、各小隊間は二〇〇メートルぐらいに開き、小隊内も七〇〜八〇メートルぐらい離れて楽な隊形をとり、水平飛行に移った段階でプロペラピッチを一八五〇回転近くに落とし、恒速プロペラを利かせて燃費の節減をはかる。

やがて目標空域が近づいてくるが、あと五〇浬（約九二キロメートル）近くと思われる頃、指揮官は高度を上げはじめ進入方向を決定する。進入方向は最短距離をとるとは限らない。その日の想定される敵情、天候、地象、太陽の位置、最近数回の空戦開始時における敵の常套手段などを勘案して、指揮官の判断で決められる。

　迎え討つ敵戦闘機隊は、地上からの電話で零戦隊の侵入方向、高度、機数などは承知しているが、それでも基地上空に気球やヘリコプターのように停止して待ち受けるわけではないから、基地を中心に半径大体二〇キロの空域を飛び続けながら迎え討つ。もちろん零戦隊の威力をおそれて、逃避をはかることもあるが、戦闘機同士の戦いでお互いに敵機を発見し得る人間の能力は、大体一万五〇〇〇メートルが限界といわれることから、お互いにその距離以内に接近しないと敵発見、空戦開始にはならない。編隊同士がお互いに視力圏外で行き違って探り合い、ちょうど芝居のだんまりになって、時間切れということもあった。

　空戦では、敵に先んじて敵を発見したほうが先手を取ることになる。それも同高度、味方が高い高度、低い高度、同航、反航、針路交叉などまちまちだ。敵発見の初動において先手をとったほうがまず空戦の主導権をとる。敵発見までの間、指揮官は一気に敵地直上を一航過するか、敵飛行場を中心に大きく旋回を続けるか、あるいは三角形を描いてみる。全機が敵発見までの短くて数分間、長くても十数分間はお互いに僚機の死角、特に後方を警戒しながら飛び続ける。この時の気持ちは、何度やっても何ともいえない不気味さを感ずるものだ。はじめ長くなっていた隊形も、みんなが前へ前へといつしかせり出して、ちょうど競馬の第四コーナーを横一線で回る形になる。

　もうこの時には、プロペラピッチ把柄（はへい）は低ピッチに固定し、O・P・Lを点灯し、戦闘開始の一瞬を待つ。ここで、敵機第一発見者が先頭に立って飛ぶ指揮官なら、最高に味方有利の理想的な空戦開始となるのだが、大抵の場合、第一発見者は常時戦闘に参加している中隊長、ベテランの小隊長であることが多い。

　各小隊の列機は、もちろん敵機捜索の一員ではある。しかし、列機は常に小隊長に視線を向けて飛ぶので第一発見者になることは少ない。

　敵発見と同時に第一発見者は、増槽を捨てて身軽となり、全速で編隊の先頭に躍り出て、敵発見を小刻みのバンクの連続で全機に知らせる。増槽を捨てることは、敵機出現の合図でもある。同時に、敵機群の方向に向けて七ミリ七を発射し指向する。その短い時間内に燃料コックを切り換え、全機増槽を捨て、プロペラピッチの低ピッチへの固定、カウルフラップの開、ＡＭＣ（オート・ミクスチャーコントロール）の確認など戦闘諸元を整えながら戦闘隊形となる。この咄嗟の間に落ち着いて、手順よく、準備を確実に行なえるようになったら、一人前の戦闘機パイロットといえるのだ。

相手編隊も味方上空という有利性は感じながらも同じことをやっている。先手、後手にかかわらず、戦闘機対戦闘機の戦いは三〇機対三〇機の戦いでも勝敗が見えはじめるまでに要する時間は、二分から三分という短い時間だ。私たちは、優れた見張り能力をもっていたので、進攻作戦において敵に先に発見され、不意討ちを食らい後手に回ったことは一度もなかった。

高々度空戦での酸素吸入

太平洋戦争になって六〇〇〇メートル以上の高々度空中戦が行なわれるようになると、酸素の使用法も空中戦の要素の一つとなった。

日本海軍航空隊では、高度五五〇〇メートル以上の飛行になったら、酸素吸入を行なうこと！　という規定があったが、私は六〇〇〇メートル以上で使うことにしていた。同じ高々度でも、登山のように地表面の酸素量と飛行中の操縦席内の酸素量はちがうようだ。「俺は縦席における酸素不足の症状は、突然、瞬時の失神となって現われるので、これには神経を使った。

酸素ボンベの容量は、零戦の場合は一万メートルの高度で、約二時間使用可能という設計だったが、実際には七〇〇〇～八〇〇〇メートルで一時間半ぐらいだった。

それにしてもあの酸素マスクという奴は、大変わずらわしく、パイロットの神経を著しく阻害するものだ。後方の見張りには大変な邪魔ものだった。また、地上温度は三二度の熱帯でも、気温は一〇〇〇メートルごとに約五・七度下がるので八〇〇〇メートルの高空では、零下一四度、自分の吐く息が凍って、酸素マスクやその接点のあごにバリバリと凍りつく。それでも命には代えられないから仕方なく使っていたが、相手も同じ条件なので観念していた。

零戦の酸素供給装置は実によく作動してくれて、信頼性は高かった。ラバウルの前進基地ラエに進出して、連日のように航空撃滅戦を行なっていた時である。ある一時期、空戦高度をお互いに高く高くと吊り上げたことがあった。空中戦の開始時点において、相手より高度が高いということは、一つの有利な条件である。ただ、これにも程度があり、あまり高すぎても、絶対有利とはいえなかった。相手に発見されやすく、腹の下、特にもっとも不利な後下方にもぐり込まれた時には、動きがとれない不利な態勢となるからだ。

零戦隊の場合、相手に対して絶対有利な高度差は六〇〇～七〇〇メートルだ。この高度差で相手編隊の進行方向との交角、敵編隊の後方寄りの鋭角四五度付近で切返し急降下をかけ得る型がもっとも有効な先手一撃であった。

高度差も一〇〇〇メートル、一五〇〇メートルとあまり大きすぎると、切返し攻撃開始時に敵に勘づかれたりして、急降下垂直ダイブで逃げられるという不利な面があり、日頃行なってきた後上方攻撃の射撃訓練も、高度差五〇〇～六〇〇メートルが最良の射点を得られることから、繰り返し演練してきたのであり、訓練とあまりちがった方法は変化即応の心構えは大事でも、技術的には無理が伴う。手慣れた方法がやはりベターだった。

さて、高々度飛行である。お互いに高度を上げ合うと、いろいろと不具合なことが起こってくる。

その第一が何といってもあの窮屈な酸素マスクの装着であり、エンジンの出力低下、空戦時の機体の沈み、旋回時の舵の利き不良などで、特に急旋回時のGが大きく人体に感じるようになり、思うような空戦が行なえない。もちろん相手も同じ人間だから、その影響は同じように受けている。

結局、相対的には同じ条件の戦いといえるが、戦闘機には、固有の適正空戦高度が設計上定められており、零戦二一型は六〇〇〇メートル以下の高度なら、どの高度においても全力空戦ができた。それ以上の高度に上がると、エンジンの出力は低下し、三舵（昇降舵・方向舵・補助翼）の利きも悪くなる。あとはパイロットとしての高々度対応能力の低下率が低い人ほど、高々度空戦に強いパイロットといえるようだ。私は弱いほうだった。

ちょうどその頃、空戦高度を吊り上げていた時期、こんなことを私は体験した。

空戦中に失神

その日は高度六〇〇〇メートル付近で小競合い（こぜりあ）をやった後、相手全機が垂直ダイブで逃げて、あっけなく空戦は終わった。見ると、私より約二〇〇〇メートルほど高空に敵戦闘機が残っているのを発見した。二〇〇〇メートル上空を飛ぶ相手は、透き通るような銀色だ。私は列機に知らせながら全力で上昇し、相手の後方に回り込む態勢をとった。

その時である、はるか左の空にもう一機を発見、するとその機に気づいたはずみに、はじめの一機を不覚にも見失ってしまった。すでに八〇〇〇メートルに上がり、酸素マスクを装着していた。しまったと目を皿のようにして見張ったが、どちらも見失ったまま不安な気持ちとなった。高々度では、人間の視力も極端に低下するのである。

私が、もう一度目をこらすと、何とはじめの一機が左前方から反航で急速に近づいてきた。あっという間にお互いに相手を左に見ての同位空戦左旋回戦に入った。私は翼を左九〇度に傾けて回る垂直旋回戦に相手を誘い込んだ。相手も同じその手できた。

私は、その機体を見て「アッ、スピットファイヤーだ」と直感した。これまで戦ってきたP40やP39エアコブラとはちがう（当時スピットファイヤー戦闘機は、オーストラリア北岸のポートダーウィン基地にあって零戦と戦って完敗。ポートモレスビーには進出しなかったという説が多いが、その日の指揮官中島少佐、エース西沢一飛曹も、確かにこの日スピットファイヤー戦闘機が出たと証言している)。操縦桿を一杯引きつけ、すごいGを感じた時、そのGのために私の酸素マスクの締めつけ用のゴム入りの布バンドがスーッと伸びて酸素マスクが口からはずれ、あごの下にはまった。締付不足、私の不注意だ。

「しまった!」

と思ったが、旋回一杯の戦いだ。両手にゆとりがなく、直さなければならないと思ったとたん、頭のテッペンから後頭部にかけてスーッと涼しくなった。目の前も白くなって、私は失神しはじめた。それでもパイロット、勝負師の本能で操縦桿を引く手はゆるめなかった。これは酸素マスクのバンドの締付の再確認を忘れた私の不覚であった。敵機といきなり出会い頭だったからだ。しかし、真剣勝負の場では、こんな言い訳は通用しない、命とりになる。

それから何秒、何十秒たったかわからない。私の感覚が戻った。目も見えてきた。私はなおも操縦桿を引き続けていた。戦闘機パイロットの本能である。見ると高度計が六〇〇〇メートルになっている。気がついたのはそのためだ、自然酸素が戻った。

同時に「相手は!」と首を直上へ一杯曲げて上目づかいに見ると、ちょうど垂直旋回の反対側に相手も同じように回っている。どうも相手もGで酸素マスクがはずれて失神していたらしい。あっぱれな奴だ。さすが戦闘機パイロット、私は瞬間そう思った。

もう酸素マスクなどいらない。相手機もなかなかの旋回能力だが私の敵ではなかった。私は少しスピードを落とし、零戦独特の左急旋回法で相手の左下後方に食い下がった。「しまった!」と思った相手は、急に右旋回に切り返した。「シメタ!」この一瞬、相対的に相手の動きが止まる。ダダダ……固定銃の一撃！　相手の機体の破片が飛び、キリキリ舞いで墜ちていった。「落下傘で飛び出せ！」私は心で叫んだが、出なかった。相手もあっぱれな戦闘機パイロット、大空の勝負師であった。

パイロットの六割頭

昔から私たちパイロットの間では、〝飛行機乗りの六割頭〟という言葉があった。これは、人間は飛行機を一人で操縦して空へ上がると、地上にいる時の六割ぐらいに思考力、判断力、五感といったものが低下するということだ。実際にはそれほど低下するとは思えないが、そのくらいに考えておかないと命にかかわる。うっかりミス、思いちがい、早合点、思い込み、地上ではそのミスも取り返せるが、空中ではそうはいかない。空中に上がってでは、なぜパイロットがそのように空中に上がると能力が低下するのか。空中に上がって飛行を続けていると、その人間の地上で持っている能力を、一体どんな要因が減殺させるのか。

私は自分の体験から次のように考えている。

何よりも大空を飛ぶことが好きで、自ら選んだパイロットの道であっても、パイロットは空中に飛び上がったその時点から、意識、無意識のうちに生命の危険を感じている。何かの要因で墜落すれば命はないし、不時着しても飛行場以外の地では、たいてい負傷する。失敗すれば死を覚悟しなければならない。

飛行機操縦中のパイロットには、エンジンの調子、各計器の点検、そして刻々変わる機位の確認、自分の声さえまったく聞こえない騒音、燃料の残量への配慮、酸素の不足、孤独感、天候の変化などの外力が作用して、そのような六割頭になるのだろう。

したがってパイロットは、空中を単独で飛行する状態においても、己れが地上において発揮し得る人間としての能力を可能な限り低下させないよう、努力、研鑽を積み重ねなければならない。しかし、これには天性もあるようだ。同時に、パイロットを選ぶ時も、あらゆる方法でできる限りのテストを行ない、上空にあっても低下率の低い、歩留まりのいい人を選ばなければならない。

地上においては、素晴らしい能力を発揮する人でも、空中でテストを行なうと、まったくマイナスの人間になる場合もある。空中適性検査はこのために行なわれるが、そのテストの網を幸か不幸か逃れる者がいることは恐ろしいことであり、不幸なことだ。

六割頭は、高度の上昇に比例して進行することは間違いない。九六艦戦時代、高々度実験飛行の時、私はパイロットが地上と一万メートルの空で、どのように能力が変化、低下するかということを試してみたことがある。もちろん九六艦戦の操縦席は風房のない吹きさらしだ。

出発前、簡単な代数と鶴亀算をやって正解を求め、そこで、数値と記号を入れ換えた問題を作成し計算盤に挟み、鉛筆を添えて離陸した。九六艦戦の実用上昇限度は九八〇〇メートルであったが、その高度に上がりきるまでには三〇分弱かかった。もちろん酸素マスクは着用しなければならない。エンジン出力は低下し、水平飛行がやっとの状態だ。そこで地上で用意した問題を解きにかかったが難解でどうしても解けない。地上では難なく解けた問題が、なぜ解けないのかを考えることさえしない。ただ何と難しい問題かと思うだけだ。

高度を下げる段階でテストを繰り返すことにして降下をはじめるが、ここで一気に降下するのは危険なため、一〇〇〇メートル降下しては三〜四分の水平飛行を行ない、その気圧に自分の身体を馴らす。これを面倒がって、一気に降りることを繰り返すと、いわゆる航空病にかかってしまう。潜水病と逆の状態になるらしい。

その時、私は七〇〇〇メートルで再び問題に挑戦してみた。時間は要したがどうにか解けた。さらに降下して五〇〇〇メートルでやってみたら、まあまあの成果である。着陸して指揮所に帰り一服つけながらやってみると、「何だこんなもの」と苦もなく正解を得たが、これは私が試した一つの例である。

パイロット、特に一人ですべての判断を下さなければならない単座戦闘機のパイロットは、この六割頭の歩留まりをいかに高レベルに保つかも一つの大きな課題だった。しかし、このことに気がつかず、研究を怠った人が多かったのも事実である。

六割頭といえば、悪天候で方向と機位を失した時、まずパイロットが考えなければならないことは、ストール（失速。飛行機はその飛行機固有の失速速度以下のスピードになると操縦不能となり落下をはじめる）と地面への激突である。

日本列島は、海岸線がある。濃霧と吹雪は別であるが、大雨の時でも海上なら雲が海面にべったり張りつくことは絶対にない。最低一五〇メートルの隙間があり、視界は開けている。最悪の場合でも、海上へ不時着すれば何とかなる。平坦な海岸なら水際を狙えばよい。小型機なら着陸も可能だ。

ところが人間は陸上動物だから、本能的に海をこわがり、陸へ陸へと寄ってしまう。雲に入って視界を失くし、山に激突する。よくあることだが、この状態におけるパイロットは、六割頭どころか四割、三割頭におちいっている。このような場合、パイロットの判断力、意志決定能力を阻害する要因は何か。それは燃料の残である。

もしも、永久に飛び続けられる飛行機があったら、あわてることはない。零戦の最大特長は、長大なる航続力と私が強調する理由はここにあるのだ。

単機空戦から編隊空戦へ

開戦前、米国の戦闘機パイロットたちが、零戦に関する情報や認識をまったく持ち合わせていなかったのと同様に、われわれ零戦隊パイロットたちも、米英航空戦力に関する資料は皆無に等しい状態だった。

ヨーロッパ戦線から得た情報など、上層部でも新聞の域をわずかに越えた程度で、戦争直前になっても、われわれに与えられた情報はごく貧弱なパンフレットにすぎなかった。ただ、零戦隊にとっては、日華事変（日中戦争）における実戦の体験があったことが唯一の救いであった。そこで日本海軍戦闘機隊が相手にした中国空軍の内容は、ソ連製戦闘機が大半で、中にイギリス、アメリカ機もふくまれていたが、概して性能の低い旧式機だった。とはいえ、実戦の経験は大きな財産となった。

長く続いた日華事変の最中、欧米各国は在中国大使館に駐在武官として軍人を派遣していた。駐在武官は公然たるスパイである。

零戦は昭和十五年八月、中国漢口基地に初登場し約一年間にわたり中国空軍と戦い、中国戦闘機隊の大部分を壊滅させる威力を発揮し赫々たる戦果を記録している、欧米の駐在武官がその事実をまったく知らなかったとなると、何と無能な武官たちであったかということだ。

または、その武官たちの報告を無視し、あるいは零戦を過小評価し正確に零戦の存在を知ろうとしなかった欧米各国政府の怠慢であるとしか考えられないが、日本政府も開戦を前にして米英側の的確な資料を示し得なかったから、資料不足、怠慢という点では双方いい勝負であったかもしれない。

開戦前から日本海軍の暗号を解読し、これを活用した米英側が、なぜ零戦に関する詳しい資料を入手できなかったか理解に苦しむが、こちらにしても大きなことはいえない。開戦前、私たち零戦パイロットたちに配布された連合国空軍の戦闘機性能表なるものは、今にして思えば、当時、欧米なら市中で誰でも手に入れられる程度のものでしかなかったからだ。

それでも、日本海軍戦闘機隊には、中国での実戦の体験という貴重な教科書があり、事変の後期からはその戦訓をもとにして、事変当初の頃から行なってきた無統制に近い一機一機バラバラの単機空戦から脱し、リーダー先頭の相互連繋プレーを重視する編隊空戦の思想をとり入れることに戦術が統一された。

その理由は、欧米空軍に指導された中国軍機が、欧米流の編隊戦闘法をとり入れはじめたためで、その戦法にかかった日本側戦闘機に被害が出はじめたからである。この戦法に対抗するためには、こちらも編隊空戦に切り換える必要がある。その結果、戦果に比して被害を少なくし得るという確証が得られた。

要するに、昔流の古い単機空戦より編隊空戦法のほうが、被害を少なくしてより多くの戦果を得る方法だと知ったからであるが、この戦法を理想的に行なうためには、パイロットの高い空戦技術の演練が必須条件であり、特にこれを貫くことの有利性をパイロットたちが理解し実行し抜くという統一された意志が必要だった。

とにかく、ものすごいスピードの中で真剣勝負を行なうのだから、編隊空戦法にしても一朝一夕にはこれでよしとはならなかった。太平洋戦争の途中から米海軍戦闘機隊が採用したサッチ戦法なるものも、零戦との実戦の体験からいかにして被害を少なくし、戦果を得るかと考えた末の編隊空戦法の一つの型である。そのサッチ戦法とは、考案者ジョン・サッチ海軍少佐の名前から取ったもので、二機の連繫プレーで一機の零戦を仕留める戦法のことである。

ところで一般の方の中には、編隊空戦の戦法とは、最小単位の小隊（三機編成）が小隊長を先頭に密接な編隊を組んだままの形で空戦を行なう戦法だと誤解をされている向きもある。

秒速一〇〇メートル前後の猛スピードで味方も吹っ飛ぶ相手も吹っ飛ぶその状態で、相手に機銃弾を命中させるのは、前にも書いたが、地上でたとえるなら駆け足の状態で針の穴に一発で糸を通すほどの曲芸にも近い技が必要であり、それほど至難なことである。そのような動きの早い命のやりとりの空中戦が編隊を組んだままの動きで、できるものではない。

日本海軍の編隊空戦

そこで日本海軍が採用した編隊空戦の戦法は、三機編成をもって一個小隊とする三個小隊九機が、中隊長を軸とし、それに続く二、三小隊が連繫をとりながら戦うことを基準とした。しかし、先手をとった場合の第一撃はうまくいっても、第二撃からは敵も反撃、急激な回避運動などを行なう変化の連続する実戦の場では、小隊間で継続して連繫をとり合っての戦いは無理だ。そこで、せめて最小単位の小隊、すなわち三機だけは小隊長を中心に巧みに連繫をとりながら戦うことを基本単位とした。

これを具体的に述べると、リーダーたる小隊長の左後方七〇〜八〇メートルに二番機、三番機は右後方一〇〇〜一二〇メートルに展開する戦闘隊形を基準として、状況によっては、二番機・三番機が入れ代わり、先頭に立って敵機に立ち向かう一番機の、特に後方を援護し、巧みに集合離散を繰り返しながら行なう空中戦のやり方である。

つまり、矢面に立って敵機に迫り、これを撃墜するのが小隊長の役目であり、小隊長がミスったら、すかさず二番機が二の矢となって攻撃し、二番機が失敗したら三番機が進み出て敵を仕留める。一戦終われば、ただちに原形に復し、次の敵機に立ち向かう。このように、この戦法を行なうには、小隊長と列機間の阿吽（あうん）の呼吸、高度のチームワークが必要で、幸運にも、ここで勝利し得れば戦果は小隊のものとなる。

　この間、敵側も必死でこの連繋をくずしにかかり、味方三機があっという間に遠く離ればなれとなり、バラバラの単機空戦になることは珍しいことではなく、大乱戦ともなれば、味方の誰がどこで戦っているのか、指揮官の所在はもちろん、直接の列機が自分の小隊長を見失ってしまうこともある。

　戦闘機対戦闘機の空中戦を連想する時、誰でも、敵味方組んずほぐれつのドッグファイト格闘戦を頭に浮かべる。だから単座戦闘機の性能というと、格闘戦性能に優れた戦闘機を名戦闘機と簡単にきめたがる。それは戦闘機の性能を格闘戦性能のみによって評価する人たちが多いからだ。しかし、命をかけて墜とし合いを行なう実戦の場では、勝利する条件がその外にも数々あることは言うまでもない。

　なぜ私たちが格闘戦では手もなくひねった戦闘機、Ｐ40を操縦して、一二機の零戦を撃墜したパイロットが現存しているのか、その他Ｐ40、Ｐ39のパイロットでエースの座を勝ち取ったパイロットがいるのか、を考えれば真剣勝負の極意に近いものが見えると私は考える。

　もしも敵味方まったく同じ性能の戦闘機を使って空中戦闘を行なったらどうなるか。単純計算でいくと、勝負はつかないことになるが、なぜ勝負がつくのか。それはその戦闘機を操縦して戦う人間、すなわちパイロットの性能がちがうからだ。

　それでは、その性能とは格闘戦の技なのか。それもあるが、その技も同等ならばどうするか。相手にその技を発揮させなければ必ず勝てる。先手必勝、これが真剣勝負の極意である。

先手必勝

よくよく考えると、まことに簡単で、真剣勝負というものは、その勝負で一度命を落としたら、永久に挽回のチャンスは巡ってこないのだ。

後ろから斬りかかるとは卑怯でござろうとか、飛び道具を使うとは武士の風上にもおけぬ、正々堂々の勝負こそ天晴れ（あっぱれ）なりなど、真剣勝負を一度も体験したことのない物書きによって脚色され美化された表現に、よくまどわされる人たちがある。真剣勝負とはそんな甘いものではない。実際の真剣勝負は、そんなことを言っていたら命はいくらあっても足りない。

昔、日本刀をお互いに抜き放って戦った命のとり合いが真剣勝負の代名詞になったが、その名残りが現代のスポーツとしての剣道だ。剣道を見ているとお互いに打ち損じて接近し、鍔迫（つばぜ）り合いになると竹刀を双方の肩にあてがって、こすり合う姿をよく見る。スポーツだからあんなことが平気でできる。真剣なら血だらけだ。スポーツの剣道では面、胴、小手のツボに入らなければ一本とはならない。

真剣勝負では、そんなものはない。

肩先だろうと、頬だろうと、足だろうと、先に切っ先を引っかけたほうが、突き刺したほうが先手をとるといわれるのが真相だ。人間生身の体、刃物を受ければ、どんな勇者でもひるむ。ひるめば戦力はガタ落ちだ。

真剣勝負に近いスポーツにボクシングがある。最後には勝を制するが、彼はどうもスロースターターで三～四回までは押され気味といわれる有名選手がいる。あれも真剣勝負ではないからそんなのんきなことが言えるのであって、真剣勝負だったら、初回の立ち上がりに必殺パンチを食ったら、それで終わりだ。「皮を斬らして肉を斬り、肉を斬らして骨を刻む！」などは、無責任な言葉の遊びでしかない。

こうした真剣勝負に対する絶対の基本観念は、戦闘機のパイロットなら誰でも持っていなければならないし、持っている。ただし、よほど頭と腹に叩き込んでおかないと、前述したように飛行機乗りの六割頭の上に、真剣勝負の重圧がかかると半分頭になってしまう。加えて、部下を指揮するとなれば、なおその上に重圧がのしかかる。

大体、人の命を狙う、人を殺すなどということは、正常な人間のすることではない。しかし戦争は別である。自分の国を勝利に導くためには、お互いに覚悟の上で命を狙って戦うのだから、たとえやられても恨みはなかったが、やられてたまるかとの気概は誰よりも勝っていなければならなかった。

そうした修羅場には正々堂々とか、人間の道徳といったものはまったくなかった。あっという間に勝負のつく空中戦では、お互いに眼が早く手が早く腹黒いのである。いかにして相手の考えの裏をかき、油断をつき、思いもかけない手段を講じても相手を倒すのだ。勝つためには太陽さえ利用する。真剣勝負の場とは、そういうところなのだ。

どうやら、話は少しそれたようだが、実はここが肝要なのである。

勝負の開始点

およそ世間一般では武技、体技と同様に、真剣勝負までも、その勝負の開始点を、「相手がそこにいる、相手もこちらの所在を認めている」ところから勝負が開始されると思うのが当然とされているが、空中戦における開始点をそこにおいては、まったくの手遅れだ。

それではどうすればよいか。

それは敵に先んじて敵を発見し、その戦いの初動をとらえ、まず主導権を握る端緒をつかむことの一語に尽きる。

すなわち、相手が何機、何群、どの高度でどの方向に、どちらに向かって現われたかを、極言すれば相手より一秒でも早く気づくことができるかどうか、まさに真剣勝負の先手必勝の手順はここからはじまるのである。

戦闘機対戦闘機の空中戦を体験したことのない人には、敵に先んじて敵を発見することは、もちろん絶対有利ということはわかるが、それは偶然であり、幸運の時にそうなるのであり、空中戦の戦力とは、少しちがうのでは――と考える人がいる。それは、現在の空中戦で、サーチレーダーを装備した戦闘機と装備していない戦闘機の戦いを考えると、すぐに答えの出る問題で、レーダーのない時代の戦いは、敵発見能力に優れた側が絶対の先手をとることは間違いないことだった。

零戦パイロットのレーダーはパイロットの見張り能力である。これは、視力だけではなく、見張り法の観念、手順、そして、その日の太陽の位置、天象、地象、敵の常套手段などを勘案した見張りの方法、それに優秀なる視力、研究心、さらに操縦席の構造などの必須条件を活用し得る総合能力、これがレーダーとなって、命をかけた空戦場ではものを言う。

私の知る世界有数のエースたちは言う。

「お互いに相手を視認しての戦い、格闘戦になったら、なかなか弾丸は当たらない。骨折って墜とし得たとしても、ようやく一機だ。まかり間違えば、こっちがやられる。相手の気のつかないうちに、相手の後方に、できれば後ろ上方または後ろ下方からの一撃、空中戦の理想はこの一手。プロ対プロ、戦闘機対戦闘機の戦いでは、この一手こそが極意であり、この一手で先手を奪うためのしたたかな努力研究こそが大事！」

まったく私の意見と同じであった。

前に全展望型の零戦の風房は、零戦の大きな特長の一つと述べた理由もここにあり、また、進攻作戦において燃料の心配があっては、パイロットの見張り能力、思考力は半減する。ゆえに、零戦の最大特長は長大なる航続力であると述べたことも、この先手一撃をとるための絶対の付加条件で、見張りの容易な風房、操縦席とともに、零戦の航続力が先手必勝の原動力になったといえる。

編隊空戦の理想の型

敵発見からすかさず味方絶対有利、先手一撃の態勢を整えるには、編隊全機の意志の疎通と機敏な行動が必要である。それには、九機編隊が限度でそれ以上の大編隊にこれを求めることは無理である。多数機同士の大空中戦で幸運にも中隊間の連繋が理想的に行なわれた時は大戦果となる。

私は編隊空戦の理想の型は、草原で何百頭、何千頭の羊の群を追い上げる牧羊犬の巧みな連繋による追い上げ、あるいは、昔の農家では鶏を家のまわりの空地や林の中に放し飼いにしていたが、夕方になると「ホー・ホー」と両手を広げて鶏舎の入口に追い込んで行く要領、これこそ編隊空戦の先手側の態勢でなければならないと考えた。

相手の後方から相手の外側から、自分の前へ前へ、どうぞどうぞと追い込む。そんなにうまく行くのかと思われるだろうが、そのイメージを常に描いて、努力研究し実践する。確かに、相手も素晴らしい視力をもったプロである。そう簡単にはやらせてくれない。しかし、あきらめてはいけない。たとえ一〇回に一回でもよい、そこへ追い込むのだと執念を燃やし、工夫に工夫を重ね、鍛錬に鍛錬を積めば、いつかその確率は上がる。

巴戦、格闘戦になってから苦労するより、昔から「苦労は先にせよ」という言葉があるように、一回負けたら命を取られ、己れの人生も一巻の終わり、逃れることのできない勝負なら、執念と苦労を重ねて人事を尽くして天命を待つ心境、これが、勝負師の不撓不屈の信念というものだ。しかし、〝人を見て法を説け〟、若い搭乗員たちにはそこまでの強制はしなかったし、またそんな閑はなかった。誰でも一戦一戦を体験しながら体得していくのである。

宮本武蔵に学ぶ

太平洋戦争開戦前の数ヵ月、私は吉川英治著の『宮本武蔵』を繰り返し読んだ。あの内容は剣を筆に持ち換えた、吉川武蔵の心の内容と私は見たが、近い将来、剣ならぬ零戦の固定銃をもって連日のように真剣勝負をする自分には、まさに最高の教科書だと心得、熟読した。今でもそう信じている。

もちろん武蔵の行なった数十度ともいわれる真剣勝負には、天下国家のためといった大義名分などは感じられないが、当時の武門の面目、剣士の意地をかけた執念には恐れいった。〝我こそは日の本一の剣士なり〟を証明するためには、目指す相手と命をかけた真剣勝負を行ない、相手を倒して自分は生き残り、勝たなければならない。勝ち抜き生き抜く以外に証明の方法はない。それではどうすればよいかを武蔵は考え続け、それを実行した。

たとえば、これより一〇日後の何月何日の辰の下刻、勝負の場所は何々ケ原と約束を交わす。その時点から武蔵は勝負をはじめている。特に相手多数の時、強敵と見た時がそうだ。

その相手と戦う時、どんな武器を使おうと負けたら命をおとす。まず生き残り勝ち抜くためには、たとえ相手から卑怯と言われようと、約束違反となじられようと、その勝負に勝つための手段を約束の時点から発動しはじめている。

一方相手方は、武蔵が約束の場所に現われた時を勝負の開始点と考えた。そこに大きなちがいがある。先手必勝の真理はここだと私は感じた。勝つためには敵の意表に出て斬り込み、パッと退き身を隠し、おびえた相手にまた斬り込む。時刻をちがえることなど敵のいらだちを誘う手段、広い境内のどの一点という約束はない。　多数の敵に対しては、敵の弱いところから斬り込み、素早く退く。

一〇日前に戦いを開始した武蔵と一〇日たった今を勝負の開始点と考えた相手とのちがいは、生と死となって非情にも証明される。智の見張り、心の見張り、気の見張り、眼の見張りによって勝ち取る主導権こそが先手必勝を生む真剣勝負の心構え。

私は敵に先んじて敵を発見、まず主導権をとることの大切さをこの本から読みとり、その頃から昼間の星を見つけ得る視力を開発したのである。

卑怯と言われようと約束がちがうと言われようと、一回負けたらこの世の終わり、命がなくなる。絶対に生き残って次の勝負の権利を握る、この一念である。どんなに泣き言を叫んだところで、負けたら終わり。重ねて述べるが、武蔵は約束をした時から戦いをはじめている。やられた相手は、約束場所に武蔵が現われたことを知った時に戦いをはじめている。ここに命をかけた真剣勝負の観念というものが根本的に大きくちがっているのである。

戦闘機の戦いも、敵味方同時に相手を見た時から勝負をはじめたのでは遅すぎる。私は空中戦の真剣勝負は先手必勝、大空で先手をとるには敵に先んじて敵機を発見する以外にあり得ないということを真剣に考え、昼間の星を見うるところまで視力を鍛えたことが絶対に先手を生み出した所以であると自負している。

当時、台南海軍航空隊の軍医長から「坂井の視力は三コンマはある」ともいわれたが、私が視力の鍛錬の重要性を強調しても、執念かけてやってみようという者がほとんどいなかったのは正直言って残念だった。

——ここに一通の書簡がある。ラバウルで生死をともにした中隊長笹井醇一中尉の差し出したもので、引用されている内容は私事にわたるので大いにためらいがあるが、先手必勝の視力に言及しているので、そのままの転記とした。

（前略）坂井三郎という一飛曹あり、撃墜機数五〇機以上、特に神の如き眼を持ち、小生の戦果の大半は、彼の素早き発見にかかっているのでして、また、私も随分危険なところを、彼に救われたものです。人物技量とも、抜群で、海軍戦闘機隊の至宝ともいうべき人物だろうと思います。（中略）私の撃墜もいま五四機、今月中か来月の半ばまでには、リヒトホーフェンを追い抜けるつもりでおります。私の悪運に関しては絶対で、百何回かの空戦で被弾はたった二回というのを見ても、私には敵弾は近づかないものと信じています。（後略）

追記するなら、この書簡は笹井中尉の最後の手紙である。

第一次世界大戦中のドイツの撃墜王リヒトホーフェンになぞらえて「ラバウルのリヒトホーフェン」と言われ、「私には敵弾は近づかないものと信じています」と書いた笹井中尉であったが、昭和十七年八月二十六日、ガダルカナル上空で戦死、その死は全軍に公布され二階級特進となっている。

それにしても、八月二十六日は私の誕生日にあたる、奇しくも、としか言いようがない。

双眼鏡も及ばぬ視力

先日、私は北極圏で生活するエスキモーの行なうアザラシ猟の実録画面をテレビで見て、わが意を得たりという場面に出会った。

説明によるとアザラシは、その地のエスキモーの重要な脂肪、蛋白源で、これを手に入れることは一家一族の生命をつなぐ手段の一つであるという。北極圏の短い夏の氷の割れ目に決まって現われるアザラシ捕獲猟の場面である。

村から猟場まで一五～一六頭曳きの犬ぞりで行くのだが、友人、親類が数人でチームを組み、片道数日かけての命がけの旅である。見渡す限り白一色の銀世界。どのように猟法を行なうのか不思議だ。たしか二日目に入って一休みした時、リーダーの一人が橇(そり)の上に立ち上がって進行方向を眺めて叫んだ。

「先行組が猟を終わって帰ってくるぞ」

と。同行した日本人の取材班がリーダーの指さすほうを見たが、真っ白で何も見えない。そこで双眼鏡を取り出して見たが、まだ見えない。リーダーは、

「あ、あとからもう一組、そのあとにもう一組、〇〇さんたちかな！」

と手を上げた。数十秒か数分が経過した頃、ようやく双眼鏡の取材班が発見した。

命をかけて生き抜くために絶対に必要な、文明人には考えられないような見張り能力を彼らは生まれながらに備え、その上に鍛錬し、体験を重ねるうちに、双眼鏡も及ばない視力を

保持するようになったのだろう。取材班の人たちは、「考えられない！」といって感心することしきりであったが私は納得であった。あの地では、あの力がなければ命がない、生きてゆけないのであり、当然の能力である。

また、アフリカ人でギニアの元在日大使館員であるオスマン・サンコンさん。よくテレビで見る人だ。大変素晴らしい方である。そのサンコンさんが、

「どうもここ数年東京にいて、文明生活を続けていて気がついたのですが、いつの間にか視力が落ちてしまいました」

同席した日本人が、

「どの程度に落ちたんですか、現在の視力は？」

と問うと、

「二・〇になってしまいました」

視力二・〇とは日本人なら最高の視力だ。アフリカ原住民の視力は五・〇だと平気で説明した。一般の人は、これを疑うかもしれないが私は絶対に信じる。

あそこに危険な猛獣がいる、あの木の下に獲物がいることを動物並みに気がつかなければ命がない、生きてゆけないとすれば、自然に、生まれながらにして現地以外の人たちには考えられない視力を天が与えるのであり、また経験を重ねることで、なお一段の能力を増すという、生きるためのしたたかさの証しといえるものだろう。

われわれ日本人でも、この能力を保持しなければ、たった一つの命が守れないと自覚して

鍛えれば、視力でものばせるのだ。私が視力をのばす鍛錬をやったのは、この大戦の空中戦で殺されてたまるかと思ったからである。

サッチ戦法、防御の型

昭和十九年夏の硫黄島上空におけるグラマンF6F戦闘機との戦いで、アメリカ戦闘機隊はサッチ戦法なる編隊戦闘法で零戦隊と空中戦を行なった。しかしながら敵味方入り乱れての多数機の空中戦では、わが零戦隊の編隊空戦の思想も、アメリカ戦闘機隊のサッチ戦法も、型どおり、マニュアルどおりには行なわれなかったというのが実態であろう。

その思想を心において戦ってはいるが、乱戦ともなるといつの間にかお互いに自我が働くものだ。協同支援、相互連絡という点では、個人主義でどちらかといえば孤独を好む日本人より、アメリカ戦闘機隊のほうが優れていたことは確かで、時折見せつけられる連繋プレーには舌を巻くものがあった。

昭和十九年六月二十四日、この日の空戦はすごかった。

何組もの敵機群と移りかわりの空戦である。ようやく一機を仕留めてホッと一息ついた時、高度四〇〇〇メートルの雲の中からグラマンが一機また降ってきた。すると少し遅れてもう一機のグラマンが最初のグラマンのはるか右、三〇〇〜四〇〇メートルに降ってきた。離れてはいるが、この二機が組んでいるのはすぐ感じた。

前の敵機が緩降下から水平飛行に移った。私の直前方、おあつらえ向きで、まるで射って下さいだ。しめたとばかり、私は後上方から突っ込んで追尾に入ろうとした。私が突っ込んでいるので気速は速い。直後方に入ったので私に気がついていない。それは素振りでわかる。約四〇〇メートル。発射にはまだ遠いので、ぐんぐん距離をつめながら、私はもう一機のグラマンが目の前にいる一機を撃墜するまでにどう動くかを素早く読みながら急進した。

距離三〇〇メートル、まだ発射には遠い。ぐんぐん敵機が近づいて、いよいよ照準に入ろうとした時だ。右側にいたグラマンは当然私の後方にまわりこむという私の読みがはずれた。そうくると予測した右の一機が、なんと、いきなり左横辷り（すべ）に旋回をしながら、流れるように目の前の標的のグラマンと軸線を交叉しながら割り込んできたのだ。

私の射線を横切ることは、自分がやられることを意味する。しかし、いさいかまわず割り込んだ。その時、この新しい標的のほうが距離は近い、狙いを変えろと私の頭が命令した。息を止めて引金を握ろうとする緊迫の一瞬だ。ここで目標を変更して命中するはずがない。わかっちゃいるけど止まらないのだ。

日移りした私は、まんまと二機に操られた。その二機はあっという間に鋏（はさみ）を使うようにして右と左に飛び交いながら急上昇で雲に入っていった。

それこそあざ笑うかのように。防御面におけるサッチ戦法の見本を見せられたのであった。空戦心理学を心得ていなければ、あんな行動はとてもできるものではない。よほどのベテランであり、気合ぴったりのペアであったのだろう。敵ながら天晴れと言わざるを得ない早技であった。

日本人と欧米人の勝負観

太平洋戦争で数えきれないほどの真剣勝負を自ら体験し、また、陸上、海上で私の知らない戦場で命をかけて戦った人々の実際の経験を聞いて思うことがある。日本人と欧米人の勝負観には大きな相違があるということだ。こう思うのは私だけではないと思う。

たとえば武技、体技を例にとると、日本の場合、剣道にしても柔道にしても、一本とれば勝者となる。三本勝負なら二本とればよい。相撲などは先に手をつくか、土俵の外へ出されれば負となる。まだまだ戦力は充分残されているのに、負の烙印を押され勝負あったとなる。敗者にもそのいさぎよさが讃えられることがある。

ところが欧米人の勝負観はボクシングやレスリングに見られるように、相手をノックアウトするか戦意喪失した時をもって勝負あったとする。そのあたりを考えさせられる場面が戦争においてもいろいろとあった。特に、大局から見た時その感が深い。

たとえば太平洋戦争初日のハワイ真珠湾攻撃である。なぜに二次、三次と攻撃を繰り返し、完全に太平洋上唯一のアメリカ海軍の根拠地を徹底的に破壊し尽くさなかったかということである。

一本とれば勝者という日本的な勝負観で、すでに我が面目は立った。これ以上長居をすれば、取り逃がした敵空母の反撃を受けるかもしれない。六隻の空母を擁しながら、とり逃がした一隻か二隻の影におびえ、仕事半ばにして勝った勝ったと叫びながら逃走を計った日本海軍機動部隊に、あるいは機動部隊を帰途につかせた司令官の心の底に、一本とれば勝者としての面目は立ったとする日本的勝負観があり、それが反復攻撃をさせなかったのではないか。

繰り返すが、二次、三次と攻撃をしかけ、軍港施設に壊滅的な被害を与えていたら、後の作戦の推移も大きく変わっていただろう。そう思うと残念でならない。

一本とれば勝利者の観念は、現代の日本人にもまだ残っているようだ。

私の空戦指導書

私は若い頃、ベテラン搭乗員の技術を懸命に盗んだ。古参パイロットの体験談に耳をそばだてた。そして、先輩に実戦を通じて空戦術を教えられ、その学んだことは部下に叩き込んだ。事あるごとに指導した。

ここに列挙するのは、空中戦に対するいわば私のノウハウである。私は自分が体得したノウハウを部下に徹底させることを常に念頭においていたのである。先に書いた進攻作戦の一例や台南空の空戦所見と重複する部分もあるが、これを私の空戦指導書と考えていただいて結構である。

内容はことさら物語化せず箇条書きとした。そのほうが論旨明断だと考えたからである。

○前夜の睡眠　よく眠る。

○食事を正しくとれ　快食　快通　快眠　心、身体の調節を心がける。
○排泄を正確に。
○先輩たちの成功談、失敗談を自ら質問して聞け。
○機側にある即時待機員以外の者も、指揮所よりの口達の届く範囲で待機せよ。
○毎日後方を振り返る首の運動、腰の運動を心がけよ。
○空戦は先手必勝、敵に先んじて敵を発見するにはすぐれた見張り能力、身体の回転が大事。
○見張の元は優れた視力にあり、近視の条件をさけ、遠見の訓練を心掛けよ。必ず効果はある。
○機上携行品は常に整備し、身近に置け。止血、防火用品も自分で準備せよ。忘れ物したのではという不安は禁物。
○迎撃戦では万一の場合に陥った時必ず落下傘を使え。そのためには自分の落下傘バンドの置き場所を確認しておけ。
○飛行服、飛行帽、ライフジャケットその他、飛行に必要な服装は常に着用せよ。防火、防寒、絶対に必要。
○サングラスなどパイロットにとっては百害あって一利なし。日本人の眼には必要なし。空中では眼鏡の縁の陰にも敵機がいる。
○零戦は増槽（ドロップタンク）なしなら無風で一九〇メートル、風速五メートルなら一四〇メートル、風速一〇メートルなら一〇〇メートルで離陸することを常に頭に置け。

ラエ基地でのこと。この日は出撃なしということになっていた。しかし、いつ敵の来襲があるかもわからないので、搭乗員一同、指揮所の近くでヘボ将棋やザル碁に興じていると、ラエ東方五〇浬（約九二キロメートル）の通信所から無電である。

「敵爆撃機の一群、ラエへ向かう」

それっとばかり搭乗員たちは自分の飛行機に向かって走ったが、もっと急を要するケースでは手近な飛行機に飛び乗って適宜離陸、迎撃戦態勢をとるのだ。

○迎撃戦に予定なし。

○敵戦闘機が目測一〇〇〇メートルに迫ったら離陸を断念せよ。五秒で敵機は迫る。

○搭乗機には全速で走り、もっとも身近の機に飛び乗れ。地上走行中も搭乗後も地上員の見張りを頼りにせよ。

○乗ったらベルト装着はもちろん、落下傘とバンドの接続、自動索の懸け金を確認。

○同時にピトー管覆の取外しを確認、地上員のエナーシャースターター用意の間に、燃料の量確認、燃料コック、メインタンク使用位置確認、AMCの解除確認、機銃弾の半装填確認、エナーシャーの最高回転を確め下と阿吽の呼吸を合わせてメインスイッチ「コンタクト」一発で起動、動力計器——ブースト、筒温、排温、燃圧、油圧、油温、回転計等々、計器は二秒で確認（日頃から暗記）することが肝心。この間つとめて冷静沈着に、慌てふためいたらすべてぶち壊し。
○その間も整備員の動きに注意、敵機が近い、危いと判断したら離陸は断念、大和魂もここではやられる。
○準備可能な機から先を争わず、整然と離陸することを心掛けよ。可能な限りリーダーに引き続いて上がるが、この際はこれにこだわる必要なし。編隊離陸に自信のある者は、前後機より六〜七メートル距離があれば十分離陸できる。滑走中にやられたら、滑走路の左右空き地へ変針して後続機にゆずれ。この際咄嗟のことながら、状況によっては脚を収納すれば早く止まって助かる率が高い。
昔から一頭の馬狂えば一〇〇〇頭の馬狂うのたとえあり。一人のパイロットの不手際で後続全機があたら地上において全滅した例あり。心すべきことなり。
○離陸したらただちに上昇することなく、全馬力で超低空飛行で這い、第一に気速を速めよ。この際筒温計に注意しカウルフラップを開くことを忘れるな。エンジンを焼くおそれあり。風房を締め、かけていた飛行眼鏡をはずし、まず後上方の敵を見張る。超低空を這う理由は、後上方の一撃を喰っても敵機は地面、海面が近いため引き起こしが早くなり、遠距離射撃となるため命中率が悪くなる。この時、機をわずかに横辷り（よこすべ）させて飛ぶことを忘れるな。辷ってておれば、まず敵の弾丸は当たらない。
○全速で飛び続ける時注意する動力計器は、筒温（シリンダー）と排気温度だけでよく、エンジンの焼損だけに気を配っていれば運転状態は勘でわかる。ここでO・P・L照準器を点灯し、七ミリ七の全装填を行ない試射を行なう。
○飛行場より五〇〇〇～六〇〇〇メートル離れたら、徐々に高度を上げながら、この日のメンバーで小隊長以上のリーダーと自負する者は、小さなバンクを繰り返して列機を呼び寄せる。できる限り九機（後期には八機）にまとまることを心がけるが、最低六機あれば充分だ。六機いれば一二の眼があり、敵機発見が早い。
○リーダーは敵の常套手段を考え、敵機の侵入高度に気を配れ。高度の優位は空戦の鉄則、できる限り高度をとれ。敵機は高度四〇〇〇メートルで侵入する確率が高いが六〇〇〇メートルのこともあり、また六〇〇〇メートル、四〇〇〇メートルの重層配備で来ることもある。まず四〇〇〇メートルをとったらこっちのものだ。
○太陽側、大きな雲の側は要注意だ。

空中戦に勝ちぬくためには、視野の広い視力が絶対に必要である。加えて、戦闘機乗りの神経の使い方は一点集中では危ない。気になる一点に集中しながらも、他の面にも注意深くなければならない。これが分散集中だ。

ポートモレスビーに攻撃をかけた時のことだ。ポートモレスビー上空約六〇〇〇メートルで一二～一三の黒点を発見、すぐに対敵行動に移ったがどうもおかしい。

偵察機からの報告によれば、もっと数多くの敵機がいても不思議ではないのである。私は全神経を視力に集中して見張りを続けると、いたいた、今発見した敵機の後方にもう一群、そのまた後ろにもう一群の編隊がいるではないか。
——敵はいつも一機、一群でいるとは限らない。
○空中戦の鉄則は、まず見張りである。いかなる態勢であっても敵に先んじて敵機群を発見することが第一条件であるが、リーダーが第一発見者になるとは限らない。第一発見者は全速で編隊の先頭に躍りでて、小刻みのバンクを振りながら、敵機の方向に機首を向け七ミリ七を連射して敵出現の方向を知らせる。
敵を発見するのは高度が優位になってからとは限らない。編隊でも単機の場合でも、敵を発見したらお互いに固定銃だから距離と態勢のいかんにかかわらず、自分は照準器に敵機を入れられるが、相手は狙ってこられない位置、つまり自分は撃てるが相手は撃てない位置にもぐり込め。空中戦は、牧羊犬の動きと考えよ。高度不足の時は、素早く敵機の腹の下に入れ。敵機は必ずミスを犯す。
○一機の敵、一群の敵機にのみ気をとられるな。敵機は数十機、数群いるぞ。
○敵機に先に発見されるか、同時に向かい合った場合、向首反撃、向首打ち合い(こうしゅ)は禁物である。敵機のほうが機銃の数が多い。大和魂も精神力も弾丸にはかなわない。こんな時は弾丸の多いほうに利がある。敵の照準を狂わすために急速な横辷り、マイナスGの急降下、自分のもっとも得意とする飛行法で射弾をかわす。意識して急操作を行なえば、まず弾丸はかわせる。これは実戦の体験だ。向首反撃は不可なり。まず射弾を回避、しかる後の反撃を心得よ。

○接敵中、空戦中、何か変だと感じたらただちに対策に移れ。何かある。素早い検討処置こそ大事なり。
○うまく敵機をとらえ射撃する時、一瞬後を振り返れ。自分が敵機に追尾されていることが多い。鹿を追う者は山を見ずのたとえだ。
○乱戦になったら敵の動きを見て、先の先を読め。目先有利で敵を仕留めても、次に自分がやられては何にもならぬ。
○リーダーの列機として戦う時は、リーダーの指示に従え。リーダーの前にシャシャリ出たら必ずやられるぞ。
○空戦域に入ったら、空戦開始に必要なスピードを保て（二五〇〜一七〇ノット）。これは零戦のもっとも操舵応答のよいスピードであり、いたずらに全速は禁物。エンジン使用にゆとりと巧みさを持て。
○敵機は二機一組で巧みに連携しながら一機の零戦に立ち向かう戦法をとるようになった。一機を追う時身近の一機が無謀と思われるように彼我の中に割って入り、こちらの気を乱す方法をよくとる。二機にまどわされるな。追尾したらその機に全力接近、発射せよ。命中しても、射撃が終わったら機を辷らせ他の一機の所在を確かめ、軸線をはずせ。

物事には基本がある。剣道、柔道などに基本の攻め型、受け型があるように、飛行機の操縦にもいくつかの基本型がある。

操縦練習生の時は基本型に忠実であるべきだ。忠実に正当な操縦がこなせれば「優」である。しかし、空中戦となったら「優」の操縦はよくないことが多い。正直な水平直線飛行や上昇直線飛行をやったら、自分の飛行機の未来位置を簡単に見破られてしまい、命はいくつあってもたりない。射撃の一瞬だけ優等生飛行をせよ。自機が辷ると弾丸も辷る。

○敵は五〇〇～六〇〇メートルから撃ってくる。よく翼の前縁(ぜんえん)をオレンジ色にして遠距離から撃ってくるが弾丸はまず当たらない。早射ちする奴ほどヘボな奴だ。二〇〇メートルあたりから当たり出す。敵の弾丸は晴天の日でもよく注意すればキラキラと(曳光弾、焼夷弾)見える。狙われて目の前を弾丸が走ったら、すかさず弾道の反対側に急速な操作で横辷りし弾道より遠ざかれ。

○襲われたらどんな態勢でも敵機と軸線を合わせてはならない。命中率が高い。敵機の進行方向と角度をもつことが肝要なり。

○逆に敵機を狙う時は後上方、追尾、いずれの場合も敵機と軸線を合わせて射て。

○射撃の瞬間は精神統一して可能な限り接近して射て。この際気がはやるが、早射ちは禁物。ガマンをして発射時間は短く、敵機の尾部に食いついて撃て。それでも五〇メートルはある。

○初心者が敵機に近迫して発射直前目測一〇〇メートルと判断する時、実距離は三〇〇メートルだ。常に地上で味方戦闘機を参考に歩測で距離感を養え。

○射撃は漏斗(じょうご)なり。正面、背面、横面、姿勢のいかんにかかわらず、敵機を漏斗の穴と思え。

○一撃終わったらただちに列機の位置につけ。
○リーダーからはぐれたら最寄りの味方と併合せよ。この時は、味方識別のバンクを振り、日の丸が見えるよう味方機の横から近づくごとく行動し、絶対に味方機の真後ろから接近するな。敵機と見られて無駄な反撃をうける。
○空戦開始または敵機発見の時刻を必ず記憶せよ。敵戦闘機の味方上空滞空可能時間は、機動部隊の距離にもよるが、おおむね滞空二〇分前後が限度である。追い込まれた時に参考になる。
○敵機群に追われ高度が下がってきたら、横辷りを使いながら全速で飛び、早く海面または地面すれすれに這え。敵機は地面・海面が気にかかって照準が狂い早射ちとなる。中途半端の低高度は禁物。

硫黄島上空で一五機のグラマンに包囲されたことがある。一五対一だ。懸命に左急旋回で回避を続けて逃げた。戦闘機乗りとしての自分の命脈もここで尽きるかと追いつめられた時、ふと気がついた。これだけの敵機に追われていても、相手が何機であろうと、ある瞬間に私を攻撃できるのは一機だけではないか、その瞬間さえかわしていけば何とかなると。
○多数機に追い込まれてもあわてるな。瞬間射撃できる相手は一機だけだ。二機で同時に狙えば敵機同士が空中接触、空中衝突を起こすから、必ず一機と一機の攻撃の間には間隙がある。

○連続攻撃を受けても敵機の弾丸を一度かわし得たら、どんなに苦しくても方法を変えるな。苦しくなると何かほかの方法がよいのではないかと迷い出す。ほかの方法に変えた時にやられる。それまで射弾回避が成功しているのだから、それを繰り返せばよい。相手も同じミスを繰り返すことが多い。右一〇メートルはずれた時、大体また一〇メートル修正してくるから同じようにはずれる。中に二〇メートル修正してくる奴はこわい。これはベテランだ。

○飛行機に弾丸を食ったら、機が重傷か軽傷かを沈着に直ちに判断せよ。

○操縦席に火が入った時、操縦系統破損で操縦困難になった時、躊躇なく落下傘降下を行なえ。瞬間のこととはいえ、気速を可能な限り落として、風房を極限まで開き、思いきって機体の軸線と直角に真上に蹴れ。火災に際してはただちに眼鏡をかけることを忘れるな。

○単機になったらやられるぞ。味方機に常に合同するごとく心得よ。

○エンジンを焼くな。カウルフラップを開いて戦え。

○深追いは絶対禁物。他の敵機が迫っている。

○格闘戦に入ったら、自分の得意の技に相手を引き込むごとく操縦せよ。今まで見えなかった相手の尾部が目に入ったらわれ勝てりだ。自分が苦しい時は相手はもっと苦しんでいる。そこを乗り切った時に勝利がある。

○格闘戦は自分が不利に立たされた最後の手と思え。相手を動かさない先手必勝の据え物斬りこそ空中戦の極意である。

○真剣勝負の場には天佑神助といったものはない。勝利をつかむのは自分の空戦技術と負けじ魂だ。経験を積んでくると相手がビビっているのが見えてくる。

○迎撃戦でも常に機位（どこを飛んでいるか）を確認せよ。

○雲は味方であり敵ともなる。太陽、雲を活用する潜在意識を常に持て。

○一か八かはヤクザ剣法、常に戦いは理にかなう。無理なことはどだい無理、無謀は前述以前の暴挙。命は一つしかない、死んだら次はないと心得よ。

○戦争は死ぬことと考えるな。戦場へ来た目的は敵を倒し、祖国を勝利に導くためだ。われわれは勝ちにきたことを忘れるな。はじめから上手達人はいない。一戦一戦たとえそこで敵機を撃墜できなくても、体験こそ真の学問だ。死を覚悟することと命を粗末にすることとはまったくちがう。

○反撃と射弾回避を混同するな。

○零戦は一対一なら負けない。

○空中戦場では絶対に直線飛行するな。

○射撃の時は機を辷らせるな。

空中戦での射撃は初心者ほど早射ちになる。原因のひとつとして敵機との距離が実際より近く見えるからだ。三〇〇メートルが一〇〇メートルに見える。そして、ダダッダダッと射ち続ける、射ちっぱなしになりがちだ。対して、ベテランほど射撃開始が遅い、これを私は

「ためて射つ」と表現している。しかも弾数が少ない。私は相手が戦闘機の場合なら長くて三秒、普通二秒だった。零戦の七・七ミリは一秒間におよそ一〇発発射された。

○射撃は一瞬と思え。

○射撃が長いと、その間気が虚ろになるので無駄弾となる。相手が気づいて射弾回避運動に入る。直後から射たれた時は、敵の機銃音が聞こえる。

○格闘戦で敵は右旋回戦闘に引き入れようとする。その手に乗るな。

○零戦の得意技は左旋回戦闘だ。

○自分の得意技に敵機を引きずり込め。

○相手が変な行動をとったら何かある、気を配れ。

○相手が急降下で逃げても追うな、過速になる。その機に気をとられると後ろに敵がいる。

○垂直降下、垂直上昇で撃つ弾丸はまず当たらない。

○少しの高度の優位よりスピードだ。相手の腹の下、後下方へもぐり込め。相手は必ずミスをやる。

○旋回銃を持った雷撃機や爆撃機とやる時は、追尾に入っても真後ろにつくな。相手の旋回銃が固定銃になるからだ。わずかに角度をつけろ。旋回銃を斜めにさせれば当たらない。

○眼光翼背に徹する心眼の見張りこそ第一。

○昨日やられた戦友の仇討ちなどと張り切るな。心が乱れる。冷静であれ。零戦は性能以上の働きはしてくれない。理にかなうことをやれ。
○功をあせるな。
○常に起こり得るあらゆる悪条件を想定し処置法を考えよ。
○やられた時しまったしまったは何度唱えても駄目。どう処置するかを考えろ。最少の被害でくい止め、最良の処置をするように考えよ。
○あわてふためいて考えることはみんな間違い。まず冷静さを取り戻せ。その方法は自分で考えよ。
○冷静さを取り戻す方法として深呼吸があるが、息を吸うより息を吐け。この時下腹に力を入れ、尻の穴を締めよ。なで肩になれたら満点だ。

私は数多くの空中戦を体験している。しかしながら、何回やっても満点の空中戦は一度としてなかった。どんなに味方が大勝した時でも、その空戦には反省点が必ずあった。針で突いたほどのミス、わずかな油断も、敵が突いてこなかったからミスにも命とりにもならずにすんだというケースは多い。

空戦場は、実に難題続出の場であった。

第六章　零戦、運命の日

戦闘機無用論

平成三年は太平洋戦争開始から五〇年目ということで、敗戦国の日本ではさしたる行事の予定もなかったようだが、アメリカでは各地でリメンバー・パールハーバー、開戦五〇周年を記念して盛んに催しが行なわれ、五月には私も他の三人の元海軍士官の中に混り、テキサス州ニミッツミュージアムで行なわれた日米開戦五〇周年を記念するシンポジウム（パート1）にパネリストとして参加し数々のことを勉強させてもらったが、私も一戦闘機パイロットからみた太平洋戦争に関する意見を述べさせてもらった。

そこでは、太平洋戦争の実態を正しく国の歴史として勉強しようという、アメリカ国民による熱心な討論が行なわれ、臭いものには蓋をという現代の日本人の風潮とは大いにちがうところを見せつけられる体験もした。

確かに、日本でも一部の歴史家や評論家によって語られてはいるが、それらの太平洋戦争の歴史は、とかく、かつての上層部の人々が語る記憶なり残した記憶によって作られていることが多い。しかし、特務士官、准士官、下士官・兵として戦った九五パーセントのわれわれが語る歴史もまた、真実である。

山本五十六長官は、「大艦巨砲主義」が主流だった日本海軍部内にあって、今後、海戦の主役は飛行機になると予断していた数少ない海軍上層部の一人であったというのが、今、一般に伝聞されているこの人の評価だ。山本長官は大正十年十一月にはじまったワシントン軍縮会議において主力艦の保有比率が英・米・日、五・五・三と定められてからは、兵力制限のない航空戦力の時代がくることを主張し「航空主兵論」の牽引車となったと言われている。なるほど先駆者だったと私も思う。

空母赤城艦長、航空本部技術部長、第一航空戦隊司令官、航空本部長などを歴任し、海軍航空戦力の充実に努めはしたが、山本長官自身は航空機に搭乗し、自ら操縦を行なったことはなく、元々大艦巨砲主義者と同じ鉄砲屋(砲術専修)であり、こと飛行機に関しては耳学問である。つまり、航空主兵を説きながらも、航空機に関する知識はあくまでも耳学問の域から出ていない人だった。

これまでにもたびたび書いたが、昭和十六年十二月八日、太平洋戦争開始と同時に、台南海軍航空隊戦闘機隊は台南基地から長駆比島のクラークフィールド米航空基地を攻撃した。参加機数四五機、問題は搭乗者である。この時四五機の出撃搭乗員の中に六名のまだ若年の兵搭乗員を参加出撃させなければならなかったことは問題である。

これは、開戦初日から日本海軍戦闘機隊の搭乗員編成の余裕のなさを暴露したものであり、その技量はともかく、太平洋戦争の当初から全パイロット、将校で編成されたアメリカ軍戦闘機隊と対比してみた時、とても準備万全を期して戦端を開いたとは言いきれない。しかも、この海軍戦闘機隊の人的余裕のなさは太平洋戦争全般を通じ影響し、それから後引き続いてパイロットに大きな負担をかけることになるが、こうなった原因のひとつに「戦闘機無用論」なるものが影を落としている。

昭和十二年から十四年にかけて日本海軍が行なった航空戦力整備計画の過程において、戦闘機無用論なるものが提唱され、山本五十六長官はそれに賛同しこれを採用、長期にわたって実施した責任者であることを知る人は少ない。しかも、この戦闘機無用論に対し意見を言う者が海軍部内にほとんどいなかったと言われているが、どうしたことであろうか。

海軍兵学校出身の士官の間では、陸軍とは相対的に言論は比較的自由であったというのが定説だ。それにもかかわらず、この意見を巡っては反対するどころか有力な士官搭乗員が賛成側に立ったのだから驚きである。

戦闘機削減

事のあらましはこうである。

その頃日本海軍では、後にハワイ作戦やミッドウェー作戦で日本機動部隊の航空参謀となる源田実中佐が自分自身、戦闘機パイロット出身でありながら、「戦闘機無用論」なるものを提唱し、同じ航空機でも攻撃機は有用だが戦闘機は必要なしと提言、何とこれが実施に移されたのである。昭和十四年以降に日本海軍戦闘機パイロットになった人たちは、このことをまず知らない。

私が言う論旨の下敷になっているのは思兼書房刊の柴田武雄著『源田実論』である。柴田武雄（終戦時、海軍大佐）は源田中佐と同期で海兵五二期。私の戦闘機の師匠で直接の上官でもあり、最後まで海軍戦闘機隊の司令として第一線で活躍した人物だ。

戦後二六年を経過した昭和四十六年一月だった。

「おい坂井、こんな本を書いたからよく読んでおいてくれ。歴史は誤ってはいけないからな……」

と言って柴田大佐の渡してくれたのが『源田実論』である。「もし必要な時があったら、私の刊行書の中で引用してもかまいませんか」「ああ、いいよ」と許可を得ておいたので、ここに参考とした。

柴田大佐は現在でも私のもっとも尊敬する海軍時代の上司の一人で戦闘機の師匠だが、戦時中も戦闘機の用兵においては抜群の実力を発揮、今もって当時の部下搭乗員たちから心から敬慕されている。また最高の実戦理論家であり、実戦指導の第一人者でありながら、日本海軍の中枢にはついに登用されることなく、常に第一線勤務を命ぜられ海軍勤務を終了している。そこには常に中央に顔を利かした源田実の横槍があったと私はよく聞かされた。

こうした話、真偽の保証は難しく、特務士官の私にはよくわからないことであった。しかし、噂は時として真実よりも勝る。

なぜ、源田中佐が戦闘機無用論を唱えたのか。

当時日本海軍の攻撃機としては、最新鋭の全金属製単葉双発の九六式陸上攻撃機が登場していた。九六艦戦はこのあとを追うように現われたが、この時、戦闘機はまだ複葉機の九五式艦上戦闘機しかなかった。戦闘機より陸攻（陸上より発着する攻撃機、略して陸攻または中攻と称した）のほうがこの段階では進歩が速かったと考えればよい。

演習では飛行速度の速い九六陸攻を、速度の遅い旧式の九五艦戦が追撃する。当然追いつけない。そこで「こんな戦闘機では、高速化した世界の攻撃機や爆撃機を追跡し撃墜することはできないから、戦闘機は不要」という意見が飛行機の知識のない上層部から生まれた。追いつけなければ、爆撃機より速い戦闘機を作ればよい。欧米ではとっくに実証済みであり、九五戦とは比較にならない高性能の九六艦戦の誕生直前のことなのだ。

航空機の知識をもたない日本海軍幹部による、いわば素人の目先の意見に、戦闘機の専門家と自負する源田実が、軽率にも同調し主唱者となった。そればかりかこの戦闘機無用論は、当時海軍航空界のトップにあった山本五十六航空本部長によって迂闊にもただちに採用されたのだ。その結果、昭和十二年度の海軍航空兵力配備では、戦闘機の数の実に三分の一が削減され、戦闘機搭乗員や学生、練習生も減らされた。

一方的に戦闘機のパイロットをやめさせられた私の仲間たちは、一部は攻撃機に、あるいは他機種にまわされて冷飯を食い、また多くの仲間たちは、鈴鹿空（鈴鹿航空隊）などの偵察練習航空隊に転勤させられ、九〇式機上作業練習機に偵察学生や練習生を乗せて、フーワフーワと情けない飛行を繰り返す毎日で、これを私たちの仲間では「馬車ひき」と呼んで自嘲していた。

ロスした貴重な時間

「馬車ひき」の仲間には前述の豪勇、当時の赤松貞明兵曹、日華事変（日中戦争）でトップエースの一人となった田中国義兵曹などの優れた戦闘機パイロットが入っていたが、何を基準にこの有能なベテランたちが貧乏くじを引かされたのか、その理由がわからない。

私は幸運にも戦闘機に残ることができたが、この削減の期間、戦闘機パイロットの訓練・養成という重大課題がおざなりにされてしまった。ところが、日華事変（日中戦争）が勃発してみると戦闘機の数が不足し苦戦を強いられることになった。やがて開発された九六戦の活躍により戦闘機無用論も徐々に退けられていったものの、日本海軍の航空戦力にとっては、貴重な時間のロスとなった。

この失った時間の揺り戻しは大きかった。

一度国が定めたことは、それが間違っていることが途中でわかってもなかなか方針は変更されないものだ。私の周りでも日華事変の戦地勤務を終えて帰った昭和十四年、帰還組で優秀な仲間の一人が戦闘機パイロットから除かれ、中攻隊に廻された。

このようにして戦闘機乗りが三分の一も削減された結果、昭和十五年八月に世界に誇る零式艦上戦闘機が世に出た時には、すでに決定的な戦闘機パイロット不足という事態に陥っていた。これが実情である。

戦闘機乗りは、そう簡単に養成できない。何年もかけて二歩前進、一歩後退を繰り返しながら仕上げていくものだ。員数さえ急いで揃えればそれですむというものではない。

急降下爆撃機、雷撃機もそうだが、飛行機乗りの技能は多岐多様にわたるものである。たとえば、大砲や陸戦などに参加する兵隊の能力は、どんなに区別してもせいぜい一位から五位ぐらいのランクに分けられると思う。しかし、飛行機乗りのランクは一位から一〇〇位まであり、極言すれば一位のパイロット一人に対して一〇〇位のパイロット一〇〇人でかかってもかなわないのだ。

源田実が提唱し、山本五十六長官が採用推進した「戦闘機無用論」は、この二人が「航空主兵論」を唱えながらも、実は、戦闘機の使い方を知らなかったことを露呈したものといえる。ちなみに、源田実大佐はよく日本海軍の名戦闘機パイロットと言われるが、実は一回の実戦経験もないパイロットで、もちろん一機の敵機も撃墜した実績のない戦闘機パイロットであることを知る人は少ない。

太平洋戦争開戦前、日本の陸海空軍は大空軍国相手の実戦の経験はまったくなかった。それでもその頃、日本海軍がそれまでに得た教訓から、戦術的に考えられることは、陸戦、海戦を問わず、制空権なくしては戦いを進められないことは明白であり、その制空権獲得の主力となるのが単座戦闘機であることは、誰もが考えた。

つまり、戦場においては、味方攻撃機が敵艦隊を攻撃する前に敵戦闘機に迎撃、撃墜されないよう、味方戦闘機の随伴援護が必要であることは素人でもわかるだろうに、軍政、軍令を司どる上層幹部、連合艦隊、連合航空隊幹部の中から戦闘機無用論に異論を唱え、この考えが誤りだと反論し抵抗した軍人が柴田中佐以外に一人もいなかったことは、不思議というより情けない日本海軍としか言いようがない。

当時、下士官搭乗員であった私たちでさえ、お偉い方々は、どんな神様のような頭脳の持ち主か知らないが、この弊害はきっと表われるぞと囁き合ったものだ。あの時、零戦が出現していなかったら、日本海軍は太平洋戦争を決意しなかっただろう。

言い換えれば、山本長官は開戦に踏み切れなかっただろう、と言われている。数年前まで無用、無能とのけもの扱いにした海軍戦闘機に対し、一転してお前たちが頼りだぞと豹変したのだ。この変節は不思議というより認識不足も甚だしいと言われてもしかたがない。

実際、戦争のはじめの頃には、中国戦線で実戦経験を積んだ熟練者たちがいてどうにか間に合った。しかし十九年のはじめ頃では、パイロットの員数だけは揃ってもいずれも練度の低い者が大半。その結果、十九年六月十九日のマリアナ沖海戦ではアメリカ側に「マリアナの七面鳥狩り」と屈辱的な呼び方をされるほど悲惨な戦いとなってしまった。

米機動部隊攻撃に向かった日本機は、待ち受けた敵戦闘機隊の迎撃と敵艦隊からの対空砲火により、まるで手も足も出ない七面鳥のように撃ち落とされ、何と一日で二〇〇機近くを失ってしまったのだ。

マリアナ沖海戦は一例でしかない。いたるところで零戦に終末が近づいていた。もし、山本五十六長官が飛行機の使い方を熟知していたなら、愚かな「戦闘機無用論」を採用することもなく、そして、もしその時期、パイロットの養成を怠らず戦闘機の増強に力を入れていたら、戦況もちがった展開になっていたかもしれない。

戦闘機乗りとしては、そんな無念の思いを抱かざるを得ないのだ。

「戦闘機無用論」は、日本海軍戦闘機隊の指揮官級の士官搭乗員の養成にも影響をおよぼしている。養成員数がいかにも貧弱なのだ。これは数字をみていくと符節が合う。

しかもこの期間に無用の長物、戦艦大和、武蔵が建造され、それに続く三号艦、四号艦が計画されていたことを考えると、何とも無念の思いがしてならない。

海兵出身士官で将来の指揮官候補者たる飛行学生は、二七期生昭和十一年十一月卒業者わずかに四名、二八期生十二年九月卒業者六名、二九期生十三年五月卒業者五名、三〇期生十三年七月卒業者五名、三一期生十四年三月卒業者一〇名、三二期生十五年四月卒業者七名、三三期生十五年六月卒業者五名、三四期生十六年四月卒業者五名。そして太平洋戦争直前の十六年十一月卒業生になってようやく艦爆からの転科者を含めて一六名、太平洋戦争突入後に卒業した三六期生は二九名、三七期生三九名、三八期生四二名、昭和十九年一月卒業の三九期生五〇名と増加はしているが、体験不足で戦力とはいえず、開戦当初からまったくの人材不足で最後の最後まで戦闘機無用論実施の弊害によるロスを取り戻せなかったと私は考える。

ちなみに昭和十六年の十一月卒業でようやく太平洋戦争に最若輩の士官搭乗員として間に合った三五期生は終戦までに全員戦死。三六期生は二九名中二三名、三七期生三九名中三五名、三八期生四二名中三四名、三九期生五〇名中三九名が戦死している。

すべてに恵まれた条件の中で効果的に大量養成されたアメリカ戦闘機搭乗員たちの前に圧倒的な数の上でも押しつぶされた感を受けるのは私だけだろうか。

二五期生の新郷大尉が台南空、二六期生の横山大尉が三空の戦闘機隊の指揮官であったことからみると、二七期、二八期、二九期、三〇期生の士官搭乗員たちは、太平洋戦争初期から中期にかけて中堅の中隊長クラスだったが、前記したとおり淋しい限りの員数である。

戦闘機無用論の弊害は、指揮官級の士官パイロットの絶対的な兵力不足となって表われている。しかも、このあおりは下士官にもおよんだ。中堅の小隊長クラスの下士官パイロットもこれに比例して太平洋戦争の当初から不足をきたした。霞ケ浦の練習教程を卒業してわずか二年程度の腕前と体験では、到底指揮官を務めることは無理であった。

開戦当日の編成

昭和十六年十二月八日、太平洋戦争開戦第一日目、比島クラークフィールド米航空基地攻撃に参加した台南海軍航空隊戦闘機隊の編成表を改めて見てみよう。

台南基地からは零戦四五機が出動した。三機をもって一個小隊、三個小隊をもって一個中隊、三個中隊をもって一個大隊とする編成だが、人員、機材が台南空（台南航空隊）の正規の編成に間に合わず、第三大隊のみが一個中隊のみの九機編成となっている。

◉クラークフィールド米航空基地攻撃隊
第一大隊
大隊長兼第一中隊長兼第一小隊長（一番機）海軍大尉　新郷英城
二番機　一等飛行兵曹　田中国義
三番機　三等飛行兵曹　倉富博
第二小隊長（一番機）飛行特務中尉　豊田光雄
二番機　一等飛行兵曹　酒井東洋夫
三番機　二等飛行兵曹　山上常弘
第三小隊長（一番機）一等飛行兵曹　坂井三郎
二番機　二等飛行兵曹　横川一男
三番機　三等飛行兵曹　本田敏秋
第二中隊長兼第一小隊長（一番機）海軍大尉　瀬藤満寿三
二番機　一等飛行兵曹　菊地利生
三番機　三等飛行兵曹　野沢三郎
第二小隊長（一番機）飛行兵曹長　中溝良一
二番機　二等飛行兵曹　和泉秀雄
三番機　三等飛行兵曹　湊小作
第三小隊長（一番機）一等飛行兵曹　佐伯義道

二番機　二等飛行兵曹　日高義巳
三番機　三等飛行兵曹　石井静夫

第二大隊
大隊長兼第一中隊長兼第一小隊長（一番機）海軍大尉　浅井正雄
二番機　二等飛行兵曹　篠原良恵
三番機　一等飛行兵　比嘉政春
第二小隊長（一番機）飛行兵曹長　宮崎儀太郎
二番機　一等飛行兵曹　太田敏夫
三番機　一等飛行兵　島川正明
第三小隊長（一番機）一等飛行兵曹　酒井敏行
二番機　二等飛行兵曹　有田義助
三番機　一等飛行兵　本吉義雄
第二中隊長兼第一小隊長（一番機）海軍大尉　若尾晃
二番機　二等飛行兵曹　河野安次郎
三番機　三等飛行兵曹　青木吉男
第二小隊長（一番機）飛行兵曹長　原田義光
二番機　一等飛行兵曹　上手秀雄
三番機　一等飛行兵　藤林春男

第三小隊長（一番機）一等飛行兵曹　佐藤　康久
二番機　二等飛行兵曹　石原　進
三番機　一等飛行兵　西山静喜
計三六名

◉別動部隊として、第三航空隊に編入され、イバフィールド米航空基地攻撃隊

中隊長兼第一小隊長（一番機）海軍大尉　牧　幸男
二番機　三等飛行兵曹　広瀬良雄
三番機　一等飛行兵　島田一三
第二小隊長（一番機）飛行兵曹長　磯崎千利
二番機　一等飛行兵曹　坂口音治郎
三番機　三等飛行兵曹　福山清武
第三小隊長（一番機）一等飛行兵曹　小池義男
二番機　二等飛行兵曹　西浦国松
三番機　一等飛行兵　河西春男
計九名

以上　合計四五機

零戦四五機中二一機が征空隊、他は陸攻の直掩隊。陸攻隊のクラークフィールド飛行場爆撃は全弾命中、地上にあった爆撃もれの機は零戦の地上掃射で炎上壊滅、空中の迎撃機はなんなく撃墜、撃退と、この日の攻撃はわが方の一方的大勝利で終わった。

零戦隊四五機中に含まれた若年の兵搭乗員六名（比嘉政春一等飛行兵は進級拒否者で、日華事変〔日中戦争〕以来のベテラン）は総飛行時間もようやく四百数十時間、実戦経験などあるはずもなく、零戦隊の精鋭と言われるにはほど遠い存在であった。

もちろん数ヵ月の実戦即応の猛訓練でめきめきと腕を上げてはいたものの、本人たちは内心びくびくものだったにちがいない。各小隊の三番機となった下士官たちも、この一等飛行兵たちに比べて実力的には同等のレベルであった。

南方第一期作戦

高雄を基地とする同勢力の高雄第三航空隊（第三空）は、台南空に比べて開隊も早く、幹部の人たちの人集めの能力が勝っていたのか、搭乗員の平均レベルは台南航空隊より上位であったことは否定できない。その三空、それに台南空の二個戦闘機隊が約三ヵ月間の南方第一期作戦、すなわち、航空撃滅戦において米、蘭、英空軍を一機残らず撃滅した。その間の戦闘における実績では戦運に恵まれたこともあって、台南空より三空のほうが実力のとおりやや優位に立っていた。

それなのに、基地零戦隊の中で台南空が後世に大きく名を残した理由は、一期の作戦を終わって、その半数の勢力をもって次の第一線、それこそ空の激戦場となったニューブリテン島ラバウルに進出、大活躍を成し遂げたからで、正にラバウル進出は台南空にとっては天が与えた戦機だった。

それにしても、開戦初日における零戦隊四五機の中に兵搭乗員六名が参加していながら、全員将校で編成されたアメリカ戦闘機隊に対し一歩もひけをとらないどころか、開戦初期には圧倒的強さで打ち破ったのだから、階級だけでは戦いは勝てないという証左でもある。

開戦を前にして大本営海軍部が作成した編成表によると、第二三航空戦隊に所属する台南海軍航空隊、第三海軍航空隊の兵力は、それぞれ零式艦戦九二機、九八陸偵一二機となっている。ところが開戦第一日、未熟な兵搭乗員までも動員してやっと四五機、陸偵に至っては用意された機数はわずかに五機で、開戦当初から日本海軍航空隊は上げ底「空軍」だった。開戦後、引き続き行なった攻撃においても、初日を除き、一回の出撃最大能力で三〇機がようやくであったと記憶している。

当時日本海軍を牛耳る大艦巨砲主義者たちは、日米戦争はあくまで戦艦の主砲の射ち合い、特に戦艦大和、武蔵、陸奥、長門の主砲のアウトレンジ戦法（大砲対大砲の射ち合いで、弾丸到達距離の長いほうが必ず勝つという意。飛行機同士でも航続力の大きいほうに利がある）によって米海軍を撃滅し得ると盲信していた。形の上では一見堂々たる戦艦群の陣容ではあっても、それはあくまで制空権下においてであるという但書きを信じようとしなかった。海上戦闘に絶対必要な航空部隊の戦備となるとその必要機数、必要人員、要するに一大消耗戦が予想される航空戦力の整備、生産計画、搭乗員の養成などに関して、日本はとても米英豪を相手に戦える国力ではない——ということが判断できなかったのだから情けない。

その頃海軍戦闘機隊の先端の一小隊長としての立場にあった私には、全海軍の戦略、戦術に関して、口をはさむ資格も能力もなかったが、戦闘機パイロットとして、祖国の栄光を信じて若い命を捧げていった戦友たちに代わり一言いわなければ気がすまないことがある。太平洋戦争は制空権の戦いとなったが、そこに戦闘機無用論の弊害がたちはだかったことである。大きなツケが回ってきたのだ。

戦闘機無用論はある意味で太平洋戦争の帰趨を決したといえる。

搭乗員の命の価値

一ノットでも早く、そして最大の上昇力、軽快な運動性——米英の戦闘機より比較的小馬力でありながら、互いに相反する性能を要求された零戦は、鋲の一本にも気を配り製作した攻撃一点張りの戦闘機だっただけに、防御、すなわち燃料タンクを火災から守る装置、パイロットを敵の機銃弾にさらさないよう防御鉄板などを備えつけることの処置はまったくなされていなかった。

攻撃は最大の防御なりの思想は、良きにつけ悪しきにつけて日本海軍に浸透し、パイロットたちも攻撃面に関する項目に対しては熱心に要求した。しかし極言すれば防御の面においては一顧だにしない風潮があり、たまに防御面を主張する者に対しては卑怯者呼ばわりさえする思想が一人歩きをし、いつしか搭乗員は消耗品なりと陰で呼ばれた時代もあったのだから恐ろしい。

一人前の搭乗員を養成するには、長い年月と莫大な国家予算を費やす。飛行機一機は貴重高価な国家財産、これに対して搭乗員は消耗品と称した一時代があったとは、まことに悲しむべきことだ。

敵地へ殴り込みをかける攻撃隊搭乗員が「落下傘を敵地上空では使用せず」を心意気とし、「生きて虜囚（りょしゅう）の辱め（はずかしめ）を受けず」といった行動をとることに何の抵抗も示さず、それどころか、これを男子の本懐と心得させたことは、昔、戦国時代の日本人同士の戦いにおける武士の思想を、民族の存亡をかけ国家総動員で外敵と戦う太平洋戦争にも適用させたものであり、どう考えても文明国の軍隊に採用されるべき思想ではなかった。

これに反して当時の敵国アメリカでは、わずか一機の洋上不時着機に対しても可能な限りの救出作戦を行なった。飛行艇、水上飛行機、そして潜水艦と、一人のパイロットの命を救うために全力をかけた。

この当然のことが、日本ではなされなかったし、考慮の外であったのは何という浅慮だろうか。我々は戦前、アメリカ軍は弱腰で厳しい戦闘には耐えられないなどと知らされていた。

しかし、実際に私たちが戦った相手は、戦闘機も雷撃機も爆撃機もみんな極めて勇敢だった。祖国のためには命をかける気概が、日本人以上に彼らにはあると感じられる戦いもあり、そこには、どんなことがあっても、国家は自分たちを見捨てない、必ず救出に来てくれるという信頼感が、彼らの勇敢さの支えとなっていたことは間違いない。

残念ながら当時の日本には、たとえ救出への配慮がなされていたとしても、それを実現する力はまったくなかった。余裕は持たなかったのである。言い換えれば、まだまだこの点に関する限り、近代戦を行ない得る国力ではなかったということだ。

アメリカのパイロット養成

国力の差は戦争の行方を左右する。

あれほど強かった零戦隊も、戦局の推移とともに戦力を消耗し、昭和十九年に入った頃から完全にあやしくなる。日米の航空戦力が逆転し、太平洋の全戦域にわたって押し寄せる圧倒的な米軍の強さと、その数にはただただ驚き入ったものだ。対する日本は燃料欠乏、機材不足、そして押し寄せる敵機の空襲による被害で進まない戦力増強、ついに押しまくられて敗戦となったが、戦後、渡米して知ったことだが、空軍搭乗員の養成ひとつとっても、アメリカと日本ではまるでスケールがちがっていた。

当時のアメリカ軍航空部隊の主たる訓練基地はテキサス、カリフォルニアなどの十数ヵ所の基地だったといわれる。

見て、まず驚いたことはその施設の規模の大きさだ。至れり尽くせりの立派な設備、整った教材、機材、そして教官の質と量、指導方針の徹底。松根油にまで頼った当時の日本の燃料の乏しさに比べて浴びるほど消費できるガソリン・オイル、どれ一つとっても、とても対等に戦える相手ではなかったと感じずにはいられない。加えてこれほど恵まれたアメリカ軍に、天はさらに大きな恵みを与えていたことを私は知ったのである。

それは飛行訓練には欠かすことのできない天候の恵みである。搭乗員の訓練は、昔から二歩前進一歩後退と言われるが、新人の訓練には、この天候が大きく作用する。初歩の頃は日曜一日休んだだけで、次の月曜日には前の週の金曜日の技量に戻ってしまうもどかしさがあった。

その上日本では雨の日が多いため、余計進歩が悪くなり、教者も習者も天を恨んだ。平均すると一週間のうち飛行訓練可能の日数は、わずかに四日ぐらいだったと思う。この点前記のアメリカの訓練基地の晴天率は高く、特にカリフォルニア地方の太平洋沿岸地域では、春先のわずかの期間を除き、一年中ほとんど雨が降らないということだ。飛行訓練を行なう者にとっては、最大の天の恵みである。

ちなみに、日本で野外行事を行なう時は、その予定表や案内書に、当日雨天の場合は……という但書きがつくが、彼の地ではその必要はないとのこと。

命令された自爆

「日本はＡＢＣＤ（アメリカ・イギリス・中国・オランダ）包囲陣によって経済圧迫を受け、このままでは日本国家は成り立たない。特に石油の欠乏は死活の問題となってきた。このままでは、飛行機も軍艦も何の役にも立たないことになる。しかしその日本が欲しい石油が、この台湾の南の近いところにある。売ってくれなければ取りに行くしかない。その第一陣が我々だ」

開戦前、台南海軍航空基地にあった中攻隊、戦闘機隊搭乗員の総員集合がかかり、中攻隊の総指揮官によって、このたびの戦争の意義、そして、初日から敵地に乗り込み戦う全搭乗員の心構えに関する訓辞並びに約束事が発表された。

「ここで全搭乗員と約束したいことがある。これまでの日華事変（日中戦争）では、敵上空で被弾したら自爆することを美徳、快しとして日本海軍は実行してきたが、この考え方は間違いであった。搭乗員も飛行機も国家の宝、虎の子だ。今度の戦争は、わが国の文字どおり運命をかけた戦いだ。戦いは決して短日月では終わらない。もしもこれからの戦いで搭乗機が被弾し帰還不可能と判断しても、絶対に自爆するような愚かなことはするな。南方の海は温かい。安全な海上に不時着して、泳いで待て。ライフジャケットは七時間は充分保つ。日没後海岸に泳ぎついて、ジャングルに潜んで待て。必ず陸上部隊が救出に来る。絶対に自爆するなど考えるな！　やられても、やられても、生きぬいて国のために戦うのだ」

この言葉はわれわれ全搭乗員に大きな希望をもたらした。

その時私の心も決まった。

ところがこの時、搭乗員間で申し合わせたことは、何の効力もないという悲劇が間もなく起こった。当時、私たち台南海軍航空隊零戦隊とともに十二月八日開戦の日から戦ってきた一空（第一海軍航空隊〔中攻隊〕の略称）所属の中攻隊の中の一機が、その後の攻撃で敵地上空において不運にも被弾、あの時の申し合わせに従って敵地に不時着、約束を実行して搭乗員六名は無事原住民に保護され、やがて陸戦隊に救出された。実にこれはめでたい限りのことである。

ところが連合艦隊司令部、軍令部は、彼らの生還を許さなかった。やられても、やられても生きぬいて国のために戦うのだと言った舌の根も乾かぬうちにこれである。

一度未帰還戦死と認定された搭乗員は、すでに原隊へ復帰どころか籍さえ奪う処置をとった。しかも恩着せがましいではないか、せめて武士の情けとして、死に場所を与えることになり、当時ラバウル、ブナカナウ基地に進出しポートモレスビー攻撃を行なっていた陸攻隊森玉部隊にこのペアを預け、九六陸攻一機を与え、部隊長に対しては理不尽にも自爆させることを要求した。部隊長は、攻撃の時もっとも敵戦闘機に食われやすい編隊の末端の位置（これは俗に鴨中隊の鴨番機と言われる）に配置し、彼らが撃墜される日を待ったが、攻撃のたびに被弾しながらも生還した。実に幸運のペアであり、歴戦のペアでもあった。連合艦隊司令部では、この間彼らの自爆の報を待ち、部隊長に督促を続けていたというが、ついに断を下した。彼らに運命の日が来た。

五月上旬をもって、自爆を決行させよ、という命令である。

これまで森玉部隊長は、心では彼らをかばい、祈る思いで出撃隊に加え、彼らの武運を祈ったが、司令部の命令には抗しきれなかった。連合艦隊司令部は、あたら歴戦の有能な搭乗員と貴重な飛行機一機を抹殺することにしたのだ。何という非情、というより愚かな決定であろう。貴重な兵力が失われることなく生還し、再び第一線の戦力となって戦えるようになったことを喜びもせず、連合艦隊司令部、そして山本長官は、自分の部下を抹殺することを命じたのだ。

これは罪なき者どころか功ある者の処刑である。信じられないかもしれないが事実だ。罪どころかよくぞ生還してくれたと称賛してこそ、人の上に立つ者のとるべき態度である。敵地攻撃で被弾不時着、大きな手柄を立てた者たちではないか。このペアを日本人としても日本海軍搭乗員としても認めない、死ねと言い、最後に殺すという判定を下すなど狂人と言わざるを得ない。

人的に物的に不足が深刻化し、長期戦が叫ばれている時期である。愚か極まるという言葉をもってしても表現しきれないことだ。浮かばれないのは理由もなく処刑され自爆させられた、中攻機搭乗員の魂だ。

生きて生きぬけ

私の考えは、自爆にいくこの中攻を断腸の思いで見送った時から一変した。開戦前、現場の指揮官と搭乗員たちで、

「お互いに無駄死にするな、命を大事に、飛行機を大事にして、たとえ敵地に不時着しても、石にかじりついても帰還して、また戦い続けよう」

当然のことと思える第一線の約束も、現場指揮官の指図、命令も、大本営や連合艦隊司令

部には通用しないとわかった時、私は自分の二番機、三番機を呼んで決意を話した。

「今後、たとえ敵上空で被弾して帰投不可能と判断しても自爆するな。エンジンが停止しても自爆するな。敵地に不時着しろ。飛行場だったら、脚を出し、フラップを開いて、ゆっくり大きくバンクを振りながら降下すれば敵は射たないはずだ。射たれたらしかたがないが、それでも滑り込め。捕虜になってもかまわない。捕虜になって、敵の飯を食い、監視兵をつけられれば、それだけでも敵の戦力を削ぐことになる。生きる見込みがある限り死ぬんじゃないぞ。俺たちは、ただ死ぬために戦地に来たんじゃない。命ある限り敵と戦い敵を倒すために来たんだぞ！」

この時から私の列機の目の色が変わった。敵地上空でやられたら自爆するという絶望感から、敵地に不時着しても生き抜け！　この考えに変わった時、人の心には希望が湧くのだ。

日華事変（日中戦争）以来、次々と変わったが、そのたびに私はこのことを告げた。編成替えとともに列機は次々と変わる列機とともに数えきれないほどの戦闘を体験したが、おかげさまで最後の最後まで、その日その時、私が率いて戦った部下列機の中からは、一人一機の戦死者を出すことなく大戦を終わった。私はいつも「自分の未熟、自分の不注意、自分の愛情の足りなさで部下の命を失ってはならない」という信念を持ち続けて戦ったことに、神仏も味方してくれたと今も思っている。

私がガダルカナル上空で重傷を負い、治療のため内地病院に去ったあと、それまで私の二番機であったK二飛曹が、ニューギニアの東端ミルン湾のラビ攻撃で激戦の末、敵機を撃墜しながら、自らも被弾して他の僚機二機とともに、海岸線に不時着した。幸い沿岸住民に助けられ保護を受けたが、日本側と信じていた住民が寝返り、オーストラリア軍に通報したため、捕らえられてオーストラリアに送られた。

日本の公式記録ではK二飛曹ほか二名の搭乗員は不時着の日が戦死日となっている。しかし、彼らは生きのび、あのカウラ捕虜収容所で昭和十九年八月、日本陸海軍の捕虜約一一〇〇名が突撃ラッパを合図に起こした自殺的集団暴動で監視兵の銃弾に倒れ、若い一生を異境の地で終わった。無念であったろう。

そのK二飛曹が捕らえられた時の尋問調書なるものを私はアメリカで見る機会を得たが、在ラバウル海軍戦闘機隊司令斎藤正久海軍大佐と並んで、一下士官にすぎない。SABURO SAKAIの名前が記録されていた。

話が前後してしまったが、前述の陸攻のペアにまつわる話である。

その日その時、私は彼らを血の涙で見送ったのである。

以下、その時、彼らの自爆用九六陸攻を見とどけ、因果を含めて送り出す責任者を命ぜられた森玉部隊の飛行長と、飛行長を乗せた陸攻の機長を務めた私の同級生の手記をここに記してその証拠とするが、自爆を命ぜられたペアの氏名、及び同級生の姓名は仮名とする。

その理由は御遺族の方々は、立派に名誉の戦死をされたことを心の拠り所としておられるだろうに、連合艦隊司令部によって無理やり殺されたことを知られたら……と思うと忍びないからである。

それにしても連合艦隊司令部の幹部職員の中で、誰一人無実の勇士である彼らをかばう者がいなかったとは、悲しくて、情けなくて、涙も出ない思いだ。この自爆行を強硬に主張したF参謀長自身は、二度も捕虜を体験して生き残っている。自爆を命ぜられたペアは下士官のペアだった。もしもこれが海兵出身の士官のペアだったら、海軍上層部はこのような愚かな極まるむごい処置をとったであろうか。

私は今でも、あの日見送った戦友たちの一人ひとりの顔が、鮮烈な記憶として瞼の裏に焼きつけられて消えない。私は今、自宅の一間に、あの戦争で散った敵味方の御霊をお祀りしてあるが、このペアの氏名を書き並べて「悔しかったろうなあ!」と手を合わせる毎日が続いている。

自爆を強要

――同級生の手記を再録する時がきた。前記のように自爆を命ぜられたペアの氏名および同期生の姓名は仮名である。

「開戦時の比島方面の攻撃を終えた一空(台南航空基地中攻隊)は、十七年四月はじめ、全隊を挙げて、約一ヵ月間の予定で転進作戦のためラバウル、ブナカナウ基地へ進出した。

五月下旬、悲しいかな、捕虜最後の時が来た(実はこの搭乗員たちのペアは、捕虜ではなかった。比島攻撃に引き続きマレー方面の攻撃に参加し、不運にも被弾、帰還不能となり、開戦前在台南基地全搭乗員を代表する先任将校の指示、提案に従って、自爆することなく海上不時着、夜陰に乗じて上陸、現地人に保護され、のちにメダンの町を歩いているところを日本軍に収容され、原隊に帰りついた勇士たちだった。連合艦隊司令部はこれを捕虜と定め、理不尽にもこの六名の勇士搭乗員たちの部隊長に自爆を命じさせたのである）。

九六陸攻二機がラバウル発、東ニューギニアのラエ基地（台南空戦闘機隊の前進基地）に向かった。その一機には飛行長松本少佐、私（鈴木一飛曹）、偵察員早川一飛曹、電信員坂川一飛曹及び搭整員一名の計六名、他の一機こそ捕虜搭乗員六名の乗る一機であった。

二機はラバウルを発しラエ飛行場に着いた。ラエ基地には当時、台南空所属の零戦十数機が待機していた。われわれと捕虜になった搭乗員は円陣になり、松本飛行長は最後の命令を下した。

『わが国は、捕虜を認めることはできない。比島を皮切りに相次ぐ南進攻撃作戦に従事したるも、君等はついに名誉挽回の機に接することができなかった（戦死しなかったの意）。誠に残念である。只今から発進し、敵地陣地を爆撃、戦果を確認し、敵高角砲陣地に自爆を決行せよ』

との命令であった。静まり返った最前線の基地は、時折砲弾の音が響いてくる。先ずサイダーを一本あけ、一口ずつ全員（二機の搭乗員全員）に廻し、次いで一本のたばこに火をつけて一口ずつ吸い廻しをした。『では頼む……』。同年兵の搭乗整備員がエンジンを始動、残るわれわれに手を振りつつ、爆音高く飛び立った。まさに劇的瞬間であり、彼等の心情を思いつつ目をとじ、手を合わせた。わずか一時間足らずで、わが機の電信員が傍受した電報を持ってきた。

『われ任務終了せり。大日本帝国万歳。自爆決行す』。声を出して読む者は一人もいなかった。静まり返った前線のわれわれのほおに、熱いものが伝わり流れた。天晴（あっぱ）れな戦死であった。

この一瞬、脳裏にひらめいたものは何であったろうか。彼等搭乗員を仕上げるのに、一体国はどれだけの費用をかけ日時を費やしたことであろう。日華事変（日中戦争）以来、われわれとともに戦ってきたこの中攻搭乗員を、中央のおえら方は自爆させよとは！　短期決戦を望めないことはわれわれ下士官・兵でさえ察知できているのに、何と馬鹿げた事であろう。開戦直前上官から、搭乗員は命を大事にしろ、死んでは戦うことはできないのだと言われたことが、急に思い出され切ない、悲しい思いに胸がつまる気がした。今後の作戦従事中、運悪く彼等のような立ち場に立ったとき、彼等と同じ運命になることは間違いない。こんなことを思いつつ、ラバウルにわが機は再びもどり、落下着陸で我に帰った。

海軍航空界広しといえども、今日この劇的真相を知る者は、あのとき立ち会ったわれわれ下士官四名ではなかろうか。しかし戦後の特空会、又中攻会の名簿の中に、あの時のペア三人の名前を見つけることのできないのは残念だ。戦後三四年、改めて彼等自爆機の冥福をお祈りする」

——以上が霞ケ浦の操縦練習生時代の同期生で、中攻で日華事変（日中戦争）、太平洋戦争を戦いぬき、奇跡的に生き残り、平成二年、その生涯を終わった鈴木三朗海軍少尉の手記である。海軍上層部としてはこの事件、できれば隠密にしたかったであろうが、どっこい、その自決せよの引導を渡すラエ基地の現場に同期生の坂井がいたことを忘れたか——。類被りはできないものだ。

海軍の機密漏洩

日本海軍では、新兵教育を終わって、一兵士としてようやく艦船や実施部隊に配属されたその時点から、乗り組んだ艦船、そこで使用される兵器に関してはもちろん、訓練の種類、方法、そしてその性能などに関する一切の情報は、民間人に公表してはならないという守秘義務が厳しく課せられていた。艦隊や部隊の行動についての情報も当然のごとく厳しく統制されていた。

これは海軍だけではなく、陸軍に関しても、一連の軍に関する情報の秘匿に関しては、厳しすぎるほどの神経が使われていた。そのため、海軍では一般社会を娑婆（しゃば）と呼んで軍隊とははっきりと区別していたが、娑婆への艦船でいえば上陸、陸上部隊でいえば外出に際しては下士官・兵の持ち出す物品のすべてが、たとえば「包み開け！」の号令一下、一人ひとり当直将校（副直将校）によって点検された。

諸学校、練習航空隊において使用する教科書の大部分も、その表紙の色によって秘密のランクが示されていた。ピンクは秘、赤は極秘または軍極秘扱いである。入場上陸（外出）の際、下宿、クラブでもなお勉強したい者は、許可を得ることによって持ち出すことができたが、もし万一、紛失すれば、進級停止ぐらいでは済まない罰則が加えられた。

これを今、静かに考えてみると、いや考えるまでもなく妙な話で、一般下士官・兵が知り得る情報や兵器の性能など、極秘などとはいえないもので、海軍で使用される兵器のすべては、民間企業や民間人によって構成される海軍工廠や民間軍需工場の製品である。

その性能に関しては、すべてが公表されたと同じ状態にあり、下士官・兵が知る以前に外部に漏れるものは漏れており、周知のことが大部分だ。したがって、極秘、軍秘といったところで、よく女房の浮気に関して言う「町内で知らぬは亭主ばかりなり」とも似た滑稽な事情であった。

秘密と言うと「この優れた兵器の性能が、他に漏れてはならぬ」と直感しがちである。なるほど、それもあったであろうが、半面「日本海軍ではこんな劣悪な兵器を今でも使用しているのか！」ということを知られたくない秘密もあった。

結局はこれを利用して、下士官・兵に緊張感を与え、統制、統御の方法に使い、また民間人の知り得ない情報を貴様たちは知っているのだという優越感を与える便法としたとするなら、その考えたるやお粗末の限りである。

最下級の情報しか持ち得ない下士官・兵の行動をそこまで厳しくチェックするのなら、その数段上級の情報を持つ准士官以上の言動はさぞや厳戒であったろうと思うと、これがまったくのフリーなのだから、落語の種にするほどの価値もないのが実情だった。

階級が上になればなるほど、その守秘の程度は当然高度なものとなるが、ある高級参謀の自宅の机上には軍極秘ともいえる書物が不用意に置かれ、その官舎に仕える女中や使用人が盗み見するのは容易であったという事実を、戦後私は数多く耳にしている。軍といういかめしいところでは、常識では考えられないような自ら作った陥し穴があったような気がしてならない。

そういえば、軍首脳部が極秘暗号を駆使して行なった命令、連絡の電報は、イギリス諜報機関によって開戦前から敗戦までの全期間、そのほとんどが解読され、手の内を読まれていたというのだから、ただもう絶句である。

太平洋戦争において、山本五十六長官の最大の失敗はミッドウェー作戦の惨敗といわれ、その最も大きな敗因は作戦情報の漏洩とされている。

今世紀最大の奇襲大作戦となった真珠湾攻撃作戦では、直接身をもって攻撃にあたる全搭乗員がこの作戦を知り得たのは、千島列島の根拠地、単冠湾をハワイに向けて出港した後である。その以前、日本の各根拠地を思い思いに出港し集結地千島列島に向かう艦は、外界との一切の交流を遮断され、外界との音信は不能であった。それでもなおこの作戦については艦内に公表されていない。そこまで秘匿がなされてあの奇襲実現となった。ミッドウェー作戦においてはどうであったか。

聞くところによると、昭和十七年の六月はじめにミッドウェー攻略の大作戦が行なわれるということは、呉軍港市内のよく士官たちの利用する床屋の主人たちでさえ知っていたといわれる。

最近日を通したある高級海軍将校の手記の中に、出撃前、呉市内に上陸した海軍の兵隊たちが、ミッドウェー作戦が実施されることを口走ったことが米軍に漏れたということが記してあった。下士官・兵の知り得る以前に上部において言いふらされていたのを山本長官が知らなかったというならば、何をか言わんやである。

機密をもらした長官

こんな逸話がある――ここから第三者に漏洩したかどうかは別として。

開戦以来全海軍将兵に、機密保持に関して厳命を下していた山本長官は、ミッドウェー作戦を下命、昭和十七年五月二十九日、主力艦隊を率いて柱島泊地を出港していったが、その二日前の五月二十七日、海軍記念日の日に、こともあろうに愛人と称する新橋の芸者に、二十九日には太平洋へ出動、全軍を指揮する旨の手紙を書き送っている。

……二十九日にはこちらも早朝出撃して、三週間ばかり洋上に全軍を指揮します。多分あまり面白いことはないと思ひますが。今日は記念日だから、これから峠だよ。アバヨ。くれぐれもお大事にね。……

この愛人芸者の存在は海軍士官の間では周知のことといわれていたが、この愛人をスパイが狙わなかったという保証はない。

何が面白いことなのか、峠とは何を指して呼んだのか、深く詮索する気はない。ただ、真珠湾の時と比較して機密保持はいかにもルーズであった。

司令長官自らこのていたらくでは、以下推して知るべしであろう。こんなことでは、勝利の女神も呆れ果て、目をつぶったことであろう。

慢心というべきか油断というべきか、ミッドウェーの大惨敗は司令長官の姿勢がその原因を創り出していた。一事が万事の言葉のように、意思決定、すなわち戦略を誤ったならば、いかに前線において将兵が戦術を駆使して戦っても補いきれるものではないという証左であろう。

アメリカ太平洋艦隊の洋上撃破を狙ったミッドウェー作戦はそのあらましがすでに敵国へ筒抜け、先刻察知され、豊後水道を威風堂々と出撃する日本艦隊を二隻のアメリカ潜水艦がお出迎えしたといわれている。

それまで珊瑚海海戦を除いてあまりにも順調に推移した戦闘結果に酔いしれた日本艦隊は、勝って兜(かぶと)の緒を締めよ！ の教訓を忘れ、アメリカ海軍何するものぞ！ との驕(おご)りが自らの墓穴となった。ミッドウェー海戦はさんざんもいいとこだ。あまりの惨敗ぶりに頭をかしげたある軍事評論家は機密保持の杜撰(ずさん)さについて、

「あれは大本営海軍部の陰謀で、アメリカ主力艦隊をこの海域に誘い出すための情報漏らしであり、アリューシャン方面にしかけた航空部隊の陽動作戦もその一環だ！」

などと、うがったような意見も出されるほど、おかしな負け方であった。

鎧袖一触と出撃していったミッドウェー作戦は、太平洋戦争のターニングポイントとなった。

ミッドウェー海戦

昭和十七年六月四日（日本時間五日）、ミッドウェー島攻撃に向かった第一次攻撃隊総指揮官友永丈市大尉より、南雲忠一中将指揮の機動部隊に電報が入る。

「第二次攻撃ノ要アリト認ム」

これで南雲艦隊は混乱した。空母の甲板上にはアメリカ機動部隊の出現に備え艦攻隊が魚雷を抱えて待機中である。南雲艦隊にはミッドウェー基地から日本軍の攻撃を空中退避で避けていた攻撃機が来襲しているが、直衛の零戦の活躍と対空砲火で日本艦隊に被害はない。

しかし、この陸上機を攻撃を受けたことから南雲中将は、ミッドウェー再攻撃を決定、艦攻隊の魚雷を急ぎ陸用爆弾に替えることを指令した。魚雷をはずして爆弾との換装、甲板上は大混乱である。ところが、そこへ索敵機からアメリカ機動部隊発見の報である。

混乱に輪が掛かった。第二次攻撃用の陸用の兵装を解き、また、魚雷に付け替えである。これに、ミッドウェーから帰ってきた第一次攻撃隊の収容が重なる。それも、懸命な努力の結果、ようやく雷装への切り替えを終え攻撃隊がいよいよ発艦しようとしたその時、頭上には米急降下爆撃機が到着し狙いをつけていたのだ。

よくこの時のことを魔の五分間という人が多いが、実態は早くも襲いかかった敵雷撃機の攻撃に気を奪われ、母艦上空に零戦一機も上げず、空っぽにしたまぬけの五分間と言われてもしかたがない。

赤城、加賀、蒼龍はまたたく間に炎に包まれ、換装の混乱で甲板上に放置されたままだった魚雷、爆弾が次々と誘爆、状況は致命的の一語に尽きた。

ミッドウェー海戦を振り返るたびに、私はいつも「なぜ？」と問わずにはいられない。

まずは、爆装、雷装と指令が次々に変わるようでは話にならない。戦いは拙速を尊ぶ——敵機動部隊が現われたなら、陸用爆弾であろうと、とにかく攻撃に向かい、爆弾を空母の甲板に落とせばよいのだ。艦は沈まなくとも、甲板が使えなくなれば飛行機も使えなくなり空母の戦力はゼロになる。

それを「軍艦攻撃には魚雷を以て」のマニュアルどおり積み替えている。狭い甲板と格納庫で魚雷と爆弾がぶつかり合おうものなら艦は自爆しかねない。索敵機から米機動部隊発見の報が入った時、飛龍の山口第二航空戦隊司令官から「ただちに攻撃の必要あり」と意見具申があったのは、けだし当然の処置である。

一艦健在だったその飛龍も、やがて米軍機の集中攻撃を受け赤城や加賀、蒼龍と同じ運命をたどる。

次に不可解なのは、第一次攻撃隊を収容し、第二次攻撃隊を発艦させる時に、なぜ上空哨戒（しょうかい）、迎撃戦闘機をあげておかなかったかという点である。空母部隊で一番危ないのは発艦と収容の時なのだ。

航空母艦を攻める時は「下をくすぐっておいて、上から攻める」のが戦術のイロハのイの字。敵の急降下爆撃隊が来襲する前に、雷撃隊が南雲艦隊を攻撃している。雷撃で下をくすぐられたら、上に注意し戦闘機をあげておくべきだった。アメリカの急降下爆撃機など零戦にかかったら物の数ではなかった。

三つ目として索敵の問題がある。日本海軍では一般に索敵は軽視された傾向にある。この海戦で南雲艦隊の空母の数は四隻、米機動部隊は三隻であったのに索敵機は米艦隊の半分に満たない。しかも、どうしたわけか重巡利根の索敵機の敵発見の報が大本営、連合艦隊と回り、戦隊の司会部へ回ってくるまでに一時間近くもかかっている。どうやら、海軍上層部にはレキシントン撃沈、ヨークタウン大破という一ヵ月前の珊瑚海海戦の戦果からおして「敵機動部隊が現われるはずがない」という希望的観測があり、索敵機からの通報をどこかで止めていたふしがある。

また、私が洩れ聞いたところでは、索敵機から通報が入った時、

「報告者は士官か下士官か、下士官の言うことなんか当てにならん」

となかなか信用されなかったという秘話もある。偏見もはなはだしい。こんな量見だから航空母艦四隻を百戦錬磨の搭乗員、熟練整備員ともどもに失うというとり返しのつかない大きな犠牲をはらう羽目になるのだ。信用しない下士官偵察機なら、はじめから出さなければよいのだ。

ミッドウェー海戦は大敗北であった。そして、その敗因については諸説があげられている

が、やはりものを言ったのは、日本側の暗号が解読されアメリカ側が日本の企図を事前に察知していたことだろう。ミッドウェー島を攻撃された時点でアメリカ側は日本機動部隊の位置を確実に知ったはずだ。

横須賀線での情報

情報もれ！　諜報！といえば、ある事実を知って、私は自分の耳を疑ったことがあった。戦後、私は二十数回アメリカにわたり、数々の情報を手にいれたが……ここにその一つを発表したい。

戦争中、日本海軍では横須賀、呉、佐世保に軍港があり、それぞれ所属する艦艇の根拠地とし、それぞれの鎮守府がこれを管轄していた。中でも横須賀は帝都に近く、三鎮守府の中でも重要な位置にあり、別格ともいわれる地位にあった。

横須賀鎮守府、略して横鎮としては、全海軍の軍攻、軍令を統制する東京の軍令部、海軍省との連絡が特に重要であったので、その交通機関として横須賀線が開設された。いわば横須賀線は日本海軍のためにあったといわれるほど海軍にとっては重要路線。この横須賀線に米英の諜報機関が目をつけないはずはなかった。

「私たち諜報機関は、朝の上り、下りの始発から終電まで、諜者、すなわちスパイを入れ替わり立ち替わり乗り込ませた。特に現在のグリーン車、当時箱にブルーの線の入った二等車に重点をおいた。この箱を日本海軍の軍服、私服の士官が利用するからだ。日本海軍の士官は実におしゃべりで、一日に集めた情報を集計すると、横須賀鎮守府管内でその日何が行なわれ、何が起こったかを手にとるように知ることができたし、その附録として軍令部、海軍省の情報までも手に入れることができました」

油断大敵を絵に描いたようなものだ。中には日本では将校の軍服が有効だったことを強調して、

「私は海軍少佐の軍服を着て、何度も海軍省の中に入ったことがあるんですよ」

そう言って首をすくめた人もあった。太平洋戦争突入前のこととはいえ、贋（にせ）の外国人士官が省内を徘徊できたとは呆然である。

とるに足りない下士官・兵の情報漏らしを必要以上に厳しくチェックした士官たちが、このていたらくであったとは――。

最低の情報しか持っていない下士官・兵に、どんなに機密の漏洩をきびしく言ったところで、ザルですくうような話だった。

監視されていた攻撃隊

諜報に関する司令部の怠慢といえば、こんなことがあった。

その頃、私たち攻撃隊がラバウル基地やラエ基地を発進して敵地上空へ進入する時、味方の情況を熟知していなければこのような迎撃はできない、また途中の待ち伏せについても、

「どうも我々の行動は監視されているようだ」と搭乗員たちは噂をしていた。勘でわかるの

だ。司令部のお偉方はそんなことはないと言い、とり上げる気配さえなかった。

しかし、敵の監視、それは事実だった。

アメリカ海軍や海兵隊は、開戦当初から西南太平洋方面の戦域に沿岸監視隊（コーストワッチャー）なるものを配置して、日本軍の行動を監視していた。

方法は夜間、潜水艦より密かに要所に上陸し、数名一組となっての活動だ。食料、飲料、観測機器、無線機器を携行し、原住民の協力も受けて活動したが、日本軍に悟られることを警戒し、短い時は一週間で場所を変え、人員も交代させて活躍した。

私は一〇年前、戦後のラバウルを訪ねた際、アメリカ人の案内でココポのコーストワッチャーの秘密の場所を訪ねた。

そこは、戦闘機隊が使用した東飛行場からラバウル港を含む、湾を隔てた西方、目と鼻のところにあった。切り立った崖（がけ）ぷちに六畳ほどの室をつくり、監視窓を設置、シンプソン湾からラバウル港は一望である。全船舶、艦艇の出入はすべて細大もらさず観察でき、私たちの飛行場は丸見えであった。監視員は時々交替をしていたが、土地の人の協力もあって、終戦まで日本側はまったく気がつかなかったという。

その崖の下の海岸平地には、陸軍の大部隊が長期にわたって滞在していた。コーストワッチャーの存在ひとつ考えても、太平洋戦争中の敵国はとても対等に戦える相手ではなかった。日本人その陸軍部隊にも海軍の飛行場にも、多くの現地人が使役として採用されていた。日本人が現地人とあなどって使っていたその人たちの中には、連合軍によって立派に訓練された者が諜者として潜入していたことを、私はココポで聞いた。

どうも日本の軍隊は武勇伝には関心をもつが、偵察・諜報にはまことに抜けたところがあった。諜報こそが戦いに大切であることは知っていても、意を注がなかった点は迂闊千万、ただし、これは私たち戦闘員の責務ではない。

あの日本敗戦の端緒となった米軍のガダルカナル上陸。これを日本側は、はじめ単なる陽動作戦、チョッカイだと判断した。ところが、これこそが大反攻のはじまりだった。

戦いに限らず、何か変わったことがはじまる時、必ず兆しがある。ガダルカナルへの大反攻の開始される五日前頃からガダルカナル島、それも主として北側沿岸の住民の姿が海岸から消えた。これは米軍が現地人に対し、激戦となる地域海岸から密かに避難するよう通報したからだというが、まことに心憎いばかりの配慮である。

このあたり虎の子ともいわれる自分の部下を、自ら手を下して自爆させた日本の司令部とは、雲泥の差を感じないわけにはいかない。その時、あの島で近くに迫った米上陸軍を知らなかったのは日本軍だけであった。

航空主兵論は亜流

日華事変（日中戦争）で活躍する零戦の実態をアメリカやイギリスの在中国駐在武官が知らなかったというのもお粗末だが、零戦の所属する日本の海軍上層部さえ、この飛行機の実力は掴んでいなかった。海軍上層部は航空時代の到来を認識していなかったのだ。

日本海軍を牛耳っていた階層は、あくまでも大艦巨砲主義者たちであった。山本五十六長官が先駆者となった航空主兵論は海軍の中では亜流として扱われていた。

海軍兵学校では、昭和二十年の敗戦直前まで、海戦術の講義で生徒たちに太平洋戦争はなんと戦艦の主砲の砲戦によって決すると教えていた。山本長官は「職を賭してまでも」航空戦力主導の「ハワイ真珠湾作戦とミッドウェー作戦を押し進めた」のに、海軍内部で航空主兵論を育てることはできなかった。そこにも山本長官の限界があったようだ。

飛行機の活用法を本当に知っていたかどうかは別として、日本海軍航空戦力の生みの親となった以上は、「職を賭して」までも日本海軍の大艦巨砲主義の伝統を徹底して変えていく責任が山本長官にはあったはずだ。

その意味で、山本長官の限界はすでにハワイ作戦の時から現われていたように思われる。開戦劈頭（へきとう）、連合艦隊は空からの攻撃のほかにもう一つ、意味不明の「甲標的」と呼ばれたほとんど帰還不可能の特殊潜航艇による海からの奇襲を行なっている。これから戦争をはじめるというのに、初めから必死の特攻隊を出す作戦がどこにあるか。これは大艦巨砲主義によるものとしか考えられない。

そもそも真珠湾のような水深わずかに一三〜一四メートルしかない浅い軍港で、しかもその入口には当然のように防御網がぎっしり張ってある。うまくいくはずがない。

最初から成功率がゼロに近い特殊潜航艇に甲標的などという奇妙な名前をつけて出撃させたのは、日米開戦の歴史ある初日に亜流である飛行機部隊に先に手柄を上げさせてなるものか、日本海軍の主流水上部隊が飛行機部隊に先がけて第一撃をやったんだという大艦巨砲主義者のはかない意地でしかなかったのではなかったか。これに選ばれた者こそ不運であった。両目を立てるのはいいが、面目の道連れにされる者はたまったものではない。

その結果、二人乗りで五隻出撃したうち、一隻が軍港入口で座礁し、乗組の一人だけが負傷して生き残り、太平洋戦争捕虜第一号になった。ほかは九人とも何の成果をあげることなく行方不明となり、名誉の戦死。つまり最初から「軍神」をつくることに目的があったとしか考えられない。

そうした日本海軍をあやつる大艦巨砲主義者たちを、山本長官は押さえきることができなかった。というより、実は、いびられれどおしだったのかもしれない。戦後さまざまな山本像がつくられたが、現実には世間で思われているほどの力量は持ち合わせていなかったのかもしれない。私にはそう思われてならない。

次期戦闘機の開発をみても海軍部内では航空派が亜流であったことは想像がつく。

昭和十五年八月、はじめて戦場に登場して以来、零戦があまりにも優れていたことが理由の一つであったとしても、水上戦闘機強風から改造した紫電改が開発されるまでの約四年間、征空戦闘機は一機種も開発されていない。

これは、その間続々と新鋭機をくり出した陸軍に比較して、海軍側がいかに次期戦闘機の開発を怠ったのかの証明にほかならない。

ここにも、大艦巨砲主義が重くのしかかっている。もしと仮説をたて、航空派が海軍の主流であったら次期戦闘機の開発には海軍をあげて取り組んでいたにちがいない。

航空機開発にかけては、一般に海軍が陸軍に対して一歩進んでいたと受け取られているが、それは誤りで、事実はその反対だった。陸軍は有名な隼戦闘機以後、単座戦闘機だけでも鍾馗、飛燕、疾風と開発している。性能や結果は別としてもその意識、意欲にかけては、陸軍が常に先行していたようだ。

援護の零戦六機の中身

日本海軍の末端で戦ったわれわれには、山本五十六大将が連合艦隊司令長官になったと聞いても、あるいは山本長官機がブーゲンビル上空で撃墜されたと知っても、特別の感慨もなかったというのが正直な話である。

すでにミッドウエー海戦の惨敗、ガダルカナル攻防戦のたび重なる失敗で、表面上はともかく、末端で戦うわれわれの心の中では、長官に対する信頼感は消えかかっていたと言いたい。山本長官の名前は、戦後美化されて語られることが多いが、軍人は昔から「軍隊の要は戦闘にあり、ゆえに諸事、万事戦闘を以て基準とすべし!」——日本海軍は、私たちにこのように教えた。戦闘を以て基準とすべしとは、戦闘において敵に撃ち勝つことと教え、要求した。

しかし、これは末端のわれわれだけに対する要求で、司令長官や司令官は、たとえ作戦を誤って惨敗しても「戦いは時の運」という言葉で逃れられた。言われるとおり、戦いが時の運だと本気で信じているなら、軍隊においては訓練も研究も、装備も努力も不要ということになる。

敵地攻撃に行って立派に任務を果たし、不運にも被弾、敵地に不時着して帰還した中攻隊の勇士を讃えるどころか、貴重な陸攻一機とともに処刑にも等しい「死」を命じた司令長官の頭は狂っていたとしか言いようがない。

日本海軍では昔から、罪は下に重く上に軽く、功は下に薄く上に厚くという風潮があった。現代の日本にもこの風潮は、受け継がれている気がする。

アメリカでは開戦から五〇年経った今でも、開戦時の在ハワイ艦隊の司令官で奇襲され惨敗責任者として左遷されたキンメル提督の子息が、父の名誉回復を叫んでいる。一方では当時比島方面の米軍司令官であったダグラス・マッカーサーの作戦失敗の責任を追及する運動がなされている。勝敗は時の運で逃げられる日本の将軍、提督は幸せ者であろうか。お互いにミスをかばい合い、隠し合い、なめ合い、時にはなぐさめ合う上層部の風潮は、今も昔もあまり変わっていないようだ。

ところで、山本長官の最期は実に運命的であった。

「い号作戦」展開のためラバウルに滞在していた山本長官は、作戦終了を待ってラバウルより南へ進出している味方基地を巡視することにした。

日程は日帰り。視察は言うまでもなく前線兵士の士気高揚のため、まずラバウルからブイン・カヒリ飛行場へ飛ぶ。距離は一五〇浬（約二七八キロメートル）、当時日本戦闘機隊の制空権下にあり、長官機が敵戦闘機に迎撃されるとは誰も考えなかった。しかし、長官たちが第一線の視察に陸攻二機に分乗して行くとなれば、護衛をつけないわけにはいかない。援護機の指示を受けた在ラバウル零戦隊の現場の飛行隊長は艦隊参謀に、

「長官機を護衛しろとおっしゃるなら、ラバウル、ブインにある全戦闘機をもって護衛します」

と答えた。それに対してキャリア組の艦隊参謀は、

「そんな大袈裟なのはいらない。制空権下ではないか」

と六機をつけることを定めた。

疑問なのは、護衛戦闘機六機の内容である。長官機が万に一つとはいえ敵の戦闘機に襲われた場合を勘案した上で最善を尽くしたとは思われない若年搭乗員からなる編成である。長官機が第一線のブイン基地を視察するのだから、儀礼的にせめて二個小隊ぐらいは随伴させなければ格好がつかないといった程度の軽い気持ちではなかったか？本当に護衛する気があったら、たとえ六機でも、当時ラバウルにあった零戦搭乗員たちの中からエースクラスの名だたる精鋭を選んだはずだ。

戦前の貴重な三年間にわたって「戦闘機無用論」を採用し、それを具体化し、日本海軍戦闘機隊の戦力を弱体化し、搭乗員養成の貴重な時間のロスを招いた本人が、未熟な戦闘機乗りたちの護衛をP38に簡単に破られ不慮の死を遂げるに至った。どこか因縁めいたものを感じずにはいられない。

ダッチハーバー攻撃

昭和十七年六月四日（日本時間五日）――。

この日は日本人にとって、日本海軍にとって永久に忘れることのできない日となった。この日こそは十二月八日開戦の勝利の感激の日とはまさに正反対、日本海軍の主力機動部隊が米機動部隊に、まさかの壊滅的打撃を蒙り（こうむり）、この大敗北がひいては日本敗戦の端緒となった日だからである。

しかし、軍中枢部は国民に与える動揺を恐れたものか、十二月八日の大々的な新聞報道に比べ、ミッドウェー敗戦の事実は極秘扱い、日本国民にはまったく知らされなかった。その頃私たちは、ラバウルを基地として戦っており、われわれ下士官搭乗員たちにもミッドウェーで海空戦であったことは知らされたが、あれほどの惨敗を喫し、日本海軍の虎の子ともいうべき最強の空母、加賀、赤城、蒼龍、飛龍の四艦全部が撃沈され、精鋭の搭乗員の大半が艦上で無念の最期をとげたということは知らされていなかった。知ったのは、それからずっとあとだった。

同じ六月四日の午後である。ミッドウェー島よりはるか北のアリューシャン列島方面において、日本海軍にとっては痛恨の、アメリカ軍サイドからすれば狂喜すべきもう一つの一大事が起こった。

ミッドウェー島攻略に向かう第一、第二航戦（加賀、赤城、蒼龍、飛龍）に呼応して、空母龍驤、隼鷹を基幹とする第四航空戦隊が、一万トン級の重巡洋艦高雄、摩耶と第七駆逐戦隊からなる護衛部隊をともないアリューシャン列島を目指し、密かに大湊を出港したのは昭和十七年五月二十六日正午である。

作戦目的は、ミッドウェーを攻撃する南雲部隊の動きに対応して、アリューシャン方面に行動し米艦隊を牽制するという、いわゆる陽動作戦に加え、アッツ・キスカ両島の占領に向かう陸軍上陸部隊を援護するという二つの任務をもって行動した。攻撃目標のダッチハーバーは米海軍北辺の要衝であり、六月四日、五日の両日、悪天候を衝いて空からの攻撃を行なっている。いわゆる、ミッドウェー・アリューシャン両方面作戦である。

この時期に、この作戦が実施されたのについては伏線がある。ミッドウェー作戦に先立つこと約五〇日、昭和十七年四月十八日、日本本土は思いもかけない米爆撃機の空襲をうけた。日本近海に迫ったアメリカ機動部隊による空襲以外考えられないことだが、攻撃してきた機種は常識で考えられる小型の艦上爆撃機群ではなかった。双発の中型陸上爆撃機ノースアメリカンB25一六機だった。

後にアメリカ側の発表を知って驚いたが、これは母艦から発艦し日本列島を一なめして中国に着陸するという片道攻撃なのである。航空母艦に陸上爆撃機を搭載——日本海軍航空隊の中にこの奇想天外の発想をもった人が一人でもいただろうかと思われるやり方である。

幸運にも空襲の被害は軽微ではあったが、この空襲が日本人に与えた心理的効果は大きかったと言えよう。

対して意気のあがったのがアメリカである。日本空襲でハワイの仕返しをなしとげ、アメリカ国民の戦意高揚の大役を果たした指揮官ドゥーリットル少佐は後に将軍となり、英雄となっている。

北方への過剰警戒

通り魔にも似たB25による日本初空襲が、山本長官の度胆をぬいたのは確かだ。特に皇居上空を米機に侵され、宸襟（しんきん）を悩ませたということが、山本長官はじめ陸海の大本営をあずかるお偉方には、作戦思考からはずれた神経の作用となったらしい。そして、その焦慮（しょうりょ）がミッドウェー作戦とアリューシャン方面作戦を急いで発動する原因となったとみられている。けだし正解であろう。特に当時の航空機の性能を知らない日本の最高指揮官たちは、日本本土空襲の第二段はアリューシャン方面からの大型陸上機によってなされるのではないかと恐れおののき、アッツ、キスカへの陸軍の上陸作戦、そして米海軍の北の根拠地ダッチハーバー攻撃を急ぎ行なうこととした。今にして思えばまったく無駄な作戦であった。

アリューシャン方面作戦にあたり、艦爆隊を指揮してダッチハーバー攻撃に参加して苦戦した、母艦搭乗員艦爆隊長がその時の感想を語ってくれた。

「だいたい北方作戦そのものが、私には大いに疑問である。何のためにアッツ、キスカを占領したのか？　ドゥーリットルが帝都を爆撃したように、次には米軍がアリューシャンから重爆を飛ばして、わが国土に侵攻するとでも中央は考えたのであろうか」

この疑問に対し、当時アリューシャン方面の指揮官だったアドミラル・ラッセルに私は質問をした。

「あの当時米海軍にアリューシャンから列島沿いに飛んで日本を攻撃する企図があったか否か、またその能力があったか否か？」

と。これは戦後各種の資料を読んで、私が以前から疑問に思っていたことだ。答えは簡単明瞭だった。

「とんでもない。あの当時、できることではなかった」

また、確かに陽動作戦は一つの戦法ではある、しかし、北方部隊も加えてミッドウェーに兵力を集中していたら結果はどうなったか。これも馬鹿のあと知恵と笑われるかもしれない。

だがアメリカの一評論家は次のように述べている。

「ダッチハーバーの戦闘は、第二次大戦において、日本に対しアメリカが究極の勝利を得る上で二つの点で貢献した。その一つは、日本軍をアリューシャンと南太平洋とに分散させることで、相対的にミッドウェーでの攻撃的地位を弱化させた。日本海軍はその敗北の結果、士気が低下して海上の優位性が米側に傾いた。もう一つは、アクタン島で発見した零戦を徹底的に研究したことが、爾後の日本に対する航空戦に大いに役立った」

零戦の不時着

先に書いた、「日本にとっては痛恨の、アメリカにとっては狂喜の一大事」を解明しておかなければならない。

一大事とは「以後の日本に対する航空戦に大いに役立った」とアメリカの評論家が言っている、アクタン島で米軍に発見された零戦のことだ。

アクタン島の零戦が、どのようにして米軍の手にわたったかを、知り得た記録の中から追跡するとその経緯はこうなる。

六月四日午後、九九艦爆一七機と零戦一五機は、悪天候をついて発艦、ダッチハーバーを攻撃、基地、港湾施設を爆撃し帰途につくため反転した。その時零戦隊はダッチハーバーの東方で低空を飛ぶ米海軍PBY飛行艇一機を発見。これを攻撃、撃墜することができたが、最後まで攻撃を続けていた零戦一機は、不運にも敵機の旋回銃によって被弾、オイルパイプをやられたパイロットは、母艦への帰投は無理と判断、かねて被弾時不時着の場所として予定されていたアクタン島の海岸近くの平坦な草原に向かい着陸姿勢をとった。

不時着が成功すれば、零戦を焼却した後、海岸に出て味方の潜水艦で救出される手はずである。脚を出しフラップを開いて沈着に行動し不時着は成功したかに見えた。

ところが、上空からは草原とみえた不時着地は不運にも湿地帯だった。地面が柔らかく、機は脚をとられ、もんどりうって転覆し、パイロットは頭骨を強打して無念の戦死。零戦は完全に裏返しとなり、ほんのわずかの破損で残った。この不運の搭乗員は、空母龍驤戦闘機隊所属で福岡県出身の甲種飛行予科練習生三期生の古賀忠義二等飛行兵曹であった。

ところで古賀機の被弾時の状況については別の説もある。この日ダッチハーバーで古賀機とともに戦った僚機は、少しちがった報告をしている。すなわち湾内に碇泊中のＰＢＹ飛行艇を銃撃した際、地上砲火によって古賀機は被弾したと証言し、飛行艇の旋回銃によって被弾という米軍側の説明とは大きく相違している。

戦場ではこのような見解のちがいはよくある例だが、私は目撃者の談話を信用したい。それというのも古賀機は増槽を持ったままで不時着を行なっている点にある。たとえ相手が飛行艇でも空戦となれば増槽を切り離すのが常道である。対して私たちもジャワで飛行艇銃撃を行なった時には、増槽を落とさなかったことを考えるとうなずける。

米軍、ゼロを発見

古賀機の遭難については、不時着直前まで見守っていた僚機だけの知るところであって公表されたわけではない。その時米軍もまったくこのことに気がついていなかった。したがって、そのまま放置されたままの状態でいれば、古賀機は厳しい風雪にさらされ、いつしか朽ち果ててしまう運命にあったが、不時着から一ヵ月を経過した七月上旬、偶然にもアクタン島上空を飛んだ米軍機によって発見されるのだ。奇しくも、その米軍機は古賀機があの日、最後まで喰い下がって撃墜した敵機と同型のＰＢＹカタリーナ飛行艇であったのも因縁めいた話である。

ほとんど無疵の零戦捕獲——。

この報にアメリカの関係者が歓喜したことは言うまでもない。開戦以来、驚異的な高性能で米英の戦闘機を翻弄、バタバタと撃墜してきたゼロファイターの全貌がこれで掴める。この機会にゼロの神秘性をはがさなければならない。

古賀機は、昭和十七年八月十二日、サンディエゴのミラマー海軍基地に運ばれると、米海軍の専門家たちによって綿密な調査が行なわれ、完全に復元されて飛行可能の状態となった。複数の米海軍パイロットによってテスト飛行が行なわれ、米戦闘機との空戦実験も繰り返され、当時、米戦闘機搭乗員から悪魔の如く恐れられていた零戦の全容が次第に解明されていった。

そのパイロットたちの中には、この以前から零戦にうち勝つための戦法としてサッチウィーヴ戦法なるものを編み出したサッチ少佐も含まれていた。

零戦はすっかり裸にされた。

アメリカのパイロットたちは、はじめて日本の零戦を操縦してどのように感じ、また、その実験飛行の結果をもとに、零戦に対する戦法をどのように変えたのか。その詳細を記録したものを読んでみると、その実験飛行の結果報告の中にはいくつかの納得のいかない項目もあり、零戦搭乗員としては大変興味深いものがある。

実験報告の概要

実験飛行を行なった米軍戦闘機パイロットたちは、その感想を次のように述べている。

「零戦は極めて軽く作られた戦闘機であり、軽量化のためには防弾タンク、操縦者を守る防弾装置等をまったく無視し、操縦者の操縦技術と無茶な闘志で零戦の強さは発揮されていたようで、我々にはこのような思想はまったく通用しない考え方だ。また零戦の三舵の利きは、中低速では極めてスムーズであり、特に左旋回性能は素晴らしいの一語に尽きるが、右旋回となると米軍機と大差ない。また、エンジンはプラット・アンド・ホイットニーの模倣で、特に長所はないが、凍結防止装置は有効であると感じた。

失速速度が米戦闘機に比べて極端に小さく、失速状態からの回復は極めて良好である。また急上昇力は抜群であると感じたが、補助翼（エルロン）面積がなぜか極めて大きく作られているので、中速以上のエルロンロール（主としてエルロンを使って横転する操縦法）は極めて操作が重く困難であり、また背面飛行時、または機首を急に突っ込んで行なう急降下開始時、すなわちマイナスGをかけた時に、エンジンがストップするのは大きな欠点である」

このほか、詳しく述べると限りないほど当時の資料はあるが、総体的に要約すると以上のようなことになる。また、一人のパイロットが「操縦席の見晴らしのよいことはよい構造である」と言っているのは、実戦の体験者の貴重な意見であると私は感じた。

こうした零戦実験者の意見に対して、いくつかの反論を零戦パイロットとして述べておきたい。

国家による機器、兵器の開発の思想は、その国の国民性に大きく左右されることは、いずれの国も同じだろう。たとえそれが物理的に不可解と思われることでも、それを無視して押し進められることがある。推し進めるというより、理論を無視してそれが当然なりと考えることがよくあるようだ。

日本の戦闘機の開発に当たり、その計画、そして設計製作にかかる発想の原点として、必ず日本人の頭にひらめくものは、原動力となる石油の生産がほとんどない資源小国という宿命的な悲しさからか、小馬力のエンジンからすぐれた性能をいかにして引き出すかという無理な考えだ。これはどうしても浮かぶ。

アメリカのように、浴びるほどの燃料を喰う大馬力エンジンを装備し、防弾タンク、操縦席防御といった重量物搭載も気にせず、強力エンジンで機体を強引に引き上げるという豪華な発想はとれないのである。そのために虻蜂（あぶはち）とらずに陥った機種がいくつも生まれたことは事実だ。

その上、日本の軍隊では、いつの頃からか、戦場においては生きて虜囚のはずかしめを受けずという、今にして思えば人間の尊厳を無視した思想で教育誘導がなされた。その結果とはいえ、戦闘機のパイロット自らが、機体のみならず自らの防弾さえ拒否し、攻撃一点張りの戦闘機を望む風潮に走り、そのことが、開戦当初の零戦の強さと結びついたのだ。

それも、パイロットの腕前が優れていた時だから零戦もまた素晴らしい攻撃的性能を発揮し、魔物のように敵戦闘機に恐れられた。

ところが、パイロットの技量の低下と比例して、零戦は弱点を暴露していき、太平洋戦争中に米軍が記録した日米戦闘機の撃墜数の比率は、効果的な防火燃料タンク、操縦員の防御を欠かさなかった米戦闘機隊の思想が正しかったことを明らかにしている。

どうやら、国力と国民性が正しい戦闘機の性能のあり方を定めるようである。

米軍の実験への所見

前置きが長くなったが、これはアメリカ人パイロットによる零戦実験飛行の結果報告に対する私なりの反論である。

私たち零戦パイロットが何の不満も感じなかったエルロンの利きに関してだが、テスト飛行を行なったパイロットが必ずこのことに言及しているのは、どういうことか。

それは、私たち零戦パイロットが演練した特殊飛行、そして空中戦に要するスピードは大体一五〇ノットから一七〇ノットを理想として好む習性であったのに対して、強馬力エンジンで強引に引っぱる米戦闘機パイロットは総じて、二〇〇ノット、それ以上の空戦スピードを好んでいたらしい。

中低速の舵の利きに重点をおいて設計した日本の零戦は、米戦闘機に比べて三舵の面積は大であり、それだけに高速となれば操縦桿を操作するために腕力を要し、舵の利きも悪くなる。その点、米国の戦闘機は、中低速では零戦ほど舵の利きはよくないが、三〇〇ノットを超す高速時においても、利きは良好であった。

私はここ数年の間に、アメリカの太平洋戦争当時に活躍したいくつかの飛行機に搭乗し、操縦の体験をした。

平成三年には、待望久しかったP51ムスタングに搭乗する機会を得たが、この機の高速時における操縦性のよさは抜群なものがあり、あの当時、零戦では試してもみなかった降下エルロンロールが何の苦もなくスムーズそのものといった感じで行なえたのは驚きで、零戦こそ最高の操縦性と自負していた自尊心を失いかけるほどの操縦性だった。

スタント（特殊飛行）にも国民性があるようだ。日本の戦闘機パイロットはどちらかといえば、宙返りを利用した縦の運動を好む性格であるのに対し、アメリカの戦闘機パイロットはエルロンロール、日本流に言えば横転系統を好む習性があるようだ。

エアーショーなどでも、いろいろの種類のエルロンロールを披露することが多く、また観衆もこれを喜ぶ。彼らは零戦の実験飛行においてもこのことに盛んに言及するが、私は実戦においてエルロンロールを行なう必要はほとんどないと思う。なぜなら、空中戦で有利な攻撃側に立った時は、まったく必要のない操縦法であり、立場を変えて、相手に追尾され、相手を振りきろうとする時、または射弾を回避する場合の操縦法にもその必要はないからだ。

たとえば、日本の時代劇の映画で忍者が逃げる時に使う手として、巧みにトンボを切りながら逃げる場面がよくある。あれは、戦闘機でいえばエルロンロールかクイックロールの手だが、その手を使う理由は二つ考えられる。

ひとつは敵の意表をついたとんぼ返りで相手の勘を狂わす。その第二は追跡する相手より早く遠ざかり、距離を開くことだ。しかしながら、とんぼ返りやロール戦法で勘を狂わされるようでは、まったくの未熟者で、話にもならない。距離を開こうと考えるなら、直線で駆け抜けるほうがもっともスピードが得られるのに、なぜか彼らはエルロンロールを使おうとする。私たち零戦パイロットにはこんな考え方はまったくなかった。

次に縦の運動、操縦桿を引く操作によって形を作る宙返りを利用した運動に要する舵、すなわち昇降舵の利きは素晴らしい。特に中低速においては抜群であることを述べている。

アメリカは反復して零戦の性能、構造上の調査を行なったはずだ。それでいながら設計者堀越技師が昇降舵の操縦系統に施した、世界初の剛性低下方式の採用、そして、その効能に気がついていないとはどうしたことか。

要するに、零戦は中低速においてはすぐれた操舵応答を示すが、二六〇ノット（時速四八二キロメートル）以上においては操縦不良になることを感じとったということだ。

次にエンジンについての意見の中で、背面飛行、または瞬間マイナスGとなる急降下開始時にエンジンが息をつき一時停止する弱点があると述べていることに関してであるが、私の零戦操縦の体験の中ではこのように感じたことは一度もなく、気化器の分解後の結合の手順の誤りか、部品の欠落と考えられる。

もっとも、日本海軍の戦闘機隊では、長時間の背面飛行の実験や実用体験を、その必要を感じないためほとんど行なわなかったということもあって、アメリカ側が指摘していることが欠点であるとは考えなかった。なお、日本海軍のエンジンの技術陣は、すでにその頃気化器の改良を行なってそのことは解決ずみと聞いていた。

曲技飛行家ならいざしらず、前述のとんぼ返りではないが、戦闘機が長時間の背面飛行を行なわなければならない理由はまったくなく、正常の飛行姿勢で足りることだ。また急降下開始時の操縦桿を前方に突っ込むことで生じるマイナスGの状態において、背面飛行状態と同じくエンジン停止の欠点があると述べられているが、これも私は体験したことがない。

戦闘機の特殊飛行

ここで少し戦闘機のスタント、すなわち特殊飛行はどのような観念のもとに行なわれるかを説明しなければならない。

パイロットが特殊飛行を演練する理由は三つある。その第一は、地上で上下左右に自分の体を動かすのと同じように飛行機を操縦する術を身につけるため（生まれながらにして空を飛ぶ鳥でも、宙返りや背面系統の飛行はできない）。

第二は、自分の操縦する飛行機が、操縦ミスを犯して異常な飛行状態に陥った時、速やかに正確に正常の水平飛行状態に戻すための操縦技術を体得するため、異常飛行状態を特殊飛行で作り出して演練する。その第三は、単座戦闘機独特の敵機との格闘戦に要する特殊飛行の操縦技術を身につけることにある。

まず基本の型としては、次のようなものがある。垂直旋回、宙返り、宙返り反転、失速反転、緩横転、急横転、そしてその応用型の高等飛行術である。

パイロットは、たとえ水平飛行を行なっている時でも、必ず目標を定めて飛ぶのが常道で、ただ漫然と飛ぶことなどあり得ない。まして特殊飛行を行なう場合は、基本の水平飛行状態から開始するが、必ずはっきりと目標を定めてから開始するのが鉄則だ。

宙返りや垂直旋回のように円運動になる場合でも、途中で一時目標を見失うことはあっても、やがて見えてくる初めに定めた目標の位置を推定して、中間目標を追いながら行なうものだ。

急降下も同じである。急降下というと、いきなり操縦桿を前に倒して前下方へ突っ込むことを一般の人は想像されるが、そのような操縦法は絶対にあり得ない。なぜなら、操縦席の前には胴体の延長があり、その前方にはエンジンがある、そのため前下方はパイロットにとってはまったくの死角である。そこには何があるかわからない。その見えない空間に向かって、いきなり操縦桿を突っ込んで、マイナスGになり、体を浮き上がらせながら突き進むような操縦法は、絶対にあり得ない。

では、どうすればよいか。前下方へ急降下しようとする場合は、軸線に沿って、または軸線と交差して機体を傾けて見ればよい。傾けた状態から目視によって定めた目標に向かってマイナスGをかけることなく急降下することは、何の苦労もいらない操作だ。

アメリカのパイロットの報告に、「いきなり操縦桿を前に倒して前下方へ急降下に移る時のマイナスGで零戦はエンジンが息をつき、一時停止する」とあるのは、実際に戦闘機を操縦したことのない技術者がパイロットの報告を自分なり、素人なりに解釈して記述したとしか考えられない。

零戦への対応

アクタン島に無念の不時着を敢行し捕獲零戦の第一号となった零戦二一型を以て、その後数々の実験がなされた結果、大馬力の米海軍待望のグラマンF6Fヘルキャットが登場するまでの間、アメリカではグラマンF4F、カーチスP40、P39エアコブラなどをもって、どのような戦法で零戦に臨むかが研究発表され、実施に移されることになった。

一、零と戦う時はスピードを落とすな。高速で飛べ。
一、零と戦う時は水平戦闘では左旋回をするな。右旋回戦に引き込め。
一、低速から急上昇を続ける零のあとを追うな。こちらが失速してやられる。
一、特に二六〇ノット（四八二キロ）以下のスピードでは、零との格闘戦に入るな。やられるぞ。
一、できる限り上空よりの急降下一撃離脱の戦法をとれ。
一、二機以上で一機の零を挟みうちにする戦法をとれ（サッチ戦法）。
一、零とはできるかぎり格闘戦をするな。
一、現有機で戦う間は、できる限り機体の重量軽減に努めよ。不急、不要、空戦に必要のない搭載物はすべて取りはずせ。

このことから私は対零戦の実戦実験に参加したパイロットたちの、一見冷静淡々とも思える報告書以上の警戒感を感じた。

運命の古賀機は、種々の実験を重ねた最終過程において、地上事故を起こし大破、その破片となった残骸の一部はワシントンDCにある海軍工廠の海軍博物館内に展示されている。三菱製二一型（A6M2）がその機体である。

単座戦闘機の命ともいえる武装に関しては、零戦の二〇ミリ機銃も実験されたが、携行弾数が少なく、初速が遅く命中精度の悪いこと、弾丸の重量が大きいために、弾道低下率が大きいことなどが難点とされ、低い評価となった。次期戦闘機グラマンF6Fヘルキャットには、当初の計画どおり多銃多弾方式の命中精度がよく携行段数の多い一二・七ミリ、六梃を翼内装備することが決定された。

私自身、昭和十九年夏の硫黄島上空の戦いで、翼前縁をオレンジ色に輝かせ、砂をつかんで投げかけるほどの弾丸の束で射ちかけてくるF6Fの機銃のすごさを見せられ、羨ましい限りであった。単座戦闘機の固定銃はたびたび述べたが、一機種の多銃多弾方式に軍配が上がったと考えている。

運命の日

ミッドウェーの敗戦を取り繕うようにアリューシャン作戦は過大に報道された。

ダッチハーバー完膚なし

軍事施設の大半壊滅

敵廿一機の撃墜破判明

昭和十七年六月十九日付の朝日新聞は「ダッチハーバー急襲の詳報」としてこう報じている。

しかし、アメリカは喉から手の出るほど欲しかった零戦をついに手に入れたのである。それまで、アメリカは撃墜した零戦の破片や部品を各地で拾い集めては、何とかつなぎ合わせて復元しようと努力を続けていた。

もちろん、一度として成功例はない。日本は相変わらず世界最強の戦闘機をもって太平洋の空を制圧中である。連合国側が何とか零戦の秘密を探ろうと焦燥したのも無理はない。日本の怒濤の進撃の鍵は零戦が握っていたからだ。

そこへほとんど原形のままの零戦発見である。場所はダッチハーバー東方のアクタン島。その零戦、つまり古賀機を米軍が入念に調査したことは今述べてきたとおりだ。

成果はあった。その後米軍は零戦にまさる新鋭機を陸続と第一線に送り出すのだ。リパブリックP47、グラマンF6F、ノースアメリカンP51――。

このうち、グラマンF6Fヘルキャットについては注釈をつけておこう。

昭和十八年八月三十一日、南太平洋の空に初登場し、零戦をその数量、空戦性能、空戦技量、火力で圧倒したF6Fは総生産機数一万二〇〇〇機。零戦を上回るこの数字はいかに信頼された戦闘機であったかを示唆している。よく、F6Fはアメリカ軍航空機の強敵零戦を目標に開発されたものと思い込まれているむきがある。

しかし、これは誤りである。F6Fはグラマン F4Fワイルドキャットの次期戦闘機として、零戦が活躍する以前から開発が進められていた機種である。しかもこの機は一度も改良の手を加えられることなく終始した。

——アリューシャン方面作戦のところで、私は昭和十七年六月四日を日本海軍にとって永久に忘れることのできない日と述懐した。アリューシャン作戦中に発生したたった一機の不時着機喪失が、海軍航空隊どころか日本国の崩壊すら早める運命を背負っていたとは、「ダッチハーバー完膚なし」のこの時点で、一体、誰が想像できたであろう。

しかし、零戦はよく戦った——。

零戦隊の力は大きく、名実ともに一時期の太平洋を席捲(せっけん)した。もし、あの時、零戦が開発されていなかったら、日本海軍は開戦に踏み切らなかったと言われている。

文庫本　平成八年七月　講談社刊

NF文庫

零戦の真実

二〇二一年五月十九日 第一刷発行

著 者 坂井三郎

発行者 皆川豪志

発行所 株式会社 潮書房光人新社

〒100-8077 東京都千代田区大手町一-七-二

電話/〇三-六二八一-九八九一㈹

印刷・製本 凸版印刷株式会社

定価はカバーに表示してあります

乱丁・落丁のものはお取りかえ致します。本文は中性紙を使用

ISBN978-4-7698-3213-3 C0195

http://www.kojinsha.co.jp

NF文庫

刊行のことば

第二次世界大戦の戦火が熄んで五〇年——その間、小社は夥しい数の戦争の記録を渉猟し、発掘し、常に公正なる立場を貫いて書誌とし、大方の絶讃を博して今日に及ぶが、その源は、散華された世代への熱き思い入れであり、同時に、その記録を誌して平和の礎とし、後世に伝えんとするにある。

小社の出版物は、戦記、伝記、文学、エッセイ、写真集、その他、すでに一、〇〇〇点を越え、加えて戦後五〇年になんなんとするを契機として、「光人社NF（ノンフィクション）文庫」を創刊して、読者諸賢の熱烈要望におこたえする次第である。人生のバイブルとして、心弱きときの活性の糧として、散華の世代からの感動の肉声に、あなたもぜひ、耳を傾けて下さい。